別愛上陌生人

THE GOOD GIRL

MARY KUBICA

瑪麗．庫碧卡——著　吳宗璘——譯

獻給A與A

之前的伊芙

電話響起的時候，我正坐在牆角小桌喝可可亞。我沉浸在自己的思緒之中，望著飽受早秋摧折的後窗草坪，佈滿了落葉。現在大部分的樹葉幾乎都已經枯死了，只剩下一些依然纏戀在樹梢，了無生氣。時已傍晚，天色陰暗，氣溫陡降到攝氏五度至十度之間。我覺得，我還沒有心理準備迎接這一切，一直在苦思時間到底去了哪裡？儼然像是昨天我們才歡迎春天，然後，過沒多久之後，夏天來了。

我被鈴響嚇了一大跳，我想鐵定是推銷電話，所以一開始的時候根本懶得站起來。我享受最後這幾個小時的沉靜時光，等一下詹姆斯就會火爆衝入家門，闖入我的世界，我萬萬不想浪費寶貴時間，聽什麼我一定會拒絕的行銷話術。

惱人的電話鈴聲沒了，但又響了起來。我接電話只有一個理由，讓對方不要再打來了。

我現在站在廚房中央，屁股緊貼中島，聲音惱怒，「喂？」

那女子問道，「是丹尼特太太嗎？」我思索了一會兒，不知道該說她打錯電話？還是立刻回以沒興趣堵她的嘴。

「我就是。」

「丹尼特太太，我是阿亞娜・捷可森。」我之前聽過這個名字，我從來沒有見過她，但是米雅這一年多來經常提到她。我聽到米雅說起這名字不知多少次了：

阿亞娜和我一起這個……阿亞娜和我一起那個……她開始解釋她怎麼認識米雅，兩人在市區的另類高中一起當老師，她說道，「希望沒有打擾妳才好……」

我好不容易恢復正常呼吸。「阿亞娜，沒事，我只是剛進門而已……」我撒了謊。

米雅再一個月就要滿二十五歲了：生日是十月三十一號。她是在萬聖節出生，我猜阿亞娜是為了這件事打電話吧。想要為我的女兒籌辦派對——來一場驚喜派對。

她說道，「丹尼特太太，米雅今天沒來上班。」

我沒想到會聽到這句話，過了一會兒之後才再次回神，「哦，一定是生病了吧……」我的第一個念頭是為女兒找藉口，她沒有上班或打電話請假一定有合理解釋，我女兒性情自由不羈，對，但她也是可靠的人。

「妳沒有她的消息嗎？」

「沒有……」不過，這也不算異常狀況。我們常常多天沒說話，有時候長達好幾個禮拜。自從電子郵件發明之後，我們的最佳溝通形式已經變成了互相轉寄無聊的訊息。

「我打到她家，但是沒有回應。」

「妳有沒有留言？」

「留了好幾次。」

「她沒有回電？」

「沒有。」

我心不在焉聽著電話另一頭的女子在講話，目光飄向窗外，緊盯著鄰居的小孩們正在搖晃某棵脆弱的樹，將它殘留的葉子全部震晃下來，飄落在他們身上。那些小孩是我的時鐘，當他們出現在後院的時候，我知道下午到了，已經放學，當他們再次消失進入屋內的時候，就是晚餐開始的時間。

「她的手機呢？」

「直接轉語音信箱？」

「妳有沒有——」

「我留言了。」

「妳確定她今天沒有打電話請假？」

「行政室一直沒有她的消息。」

我擔心米雅會惹出什麼麻煩，擔憂她會被炒魷魚。有個念頭在我心頭閃過，她搞不好已經惹了什麼麻煩。

「希望沒有對妳造成太大困擾。」

阿亞娜開始向我解釋，米雅第一堂課的學生沒有人講出老師缺席的事，直到第二堂課的時候才爆發出來：丹尼特老師今天沒有出現，也沒有代課老師。校長跳下來維持秩序，一直等到代課教師出現為止，他在牆面上看到了幫派塗鴉，使用的是米雅的昂貴美術材料，當初行政室拒絕採購、她自掏腰包買下的那些用品。

「丹尼特太太，妳不覺得奇怪嗎？」她問道，「這不像是米雅的風格。」

「阿亞娜，我想她一定有充分的理由。」

「比方說？」

「我等一下打電話去醫院，她那裡有好幾家——」

「我已經打了。」

「然後再找她的朋友……」話雖這麼說，但我根本不認識米雅的任何朋友。我偶爾會聽到一些名字，比方說阿亞娜與蘿倫，我還知道有個靠學生簽證進來的辛巴威人，接下來要被遣返，米雅覺得太不公平了。但是我不認識他們，而且要找出這些人的姓氏與聯絡資訊太難了。

「我已經找過他們了。」

「阿亞娜，她一定會出現的。這純粹就是一場誤會罷了——」

阿亞娜說道，「丹尼特太太……」我這才驚覺：出事了。我腹部疼痛，心中的第一個念頭是自己在懷米雅七、八個月的時候，她的健壯四肢狂踢猛揮，我的肚皮浮現了小手小腳的形狀。我拉出一張高腳椅，坐在廚房中島前面，開始不自覺胡思亂想，米雅快要過二十五歲生日了，我還沒仔細思索該送什麼禮物，我還來不及規劃派對或是建議我們所有人，詹姆斯、葛瑞絲、米雅，還有我，在市區預約某個地方，吃一頓優雅的晚餐。

我問道，「好，妳覺得我們接下來該怎麼辦？」

電話另一頭傳來嘆息聲。「我本來盼望妳可以告訴我，米雅在妳身邊……」

之前的蓋比

我把車停在那棟住宅前面的時候，已經天黑了。燈光從英式都鐸豪宅窗戶流洩而出，落在行道樹街頭。我看到裡面聚集了一群人，正在等我。不停踱步的法官，丹尼特太太坐在某張襯墊椅的邊緣，拿著玻璃杯正在啜飲，顯然是酒。此外，還有一名制服員警，另一名棕髮女子，我在街上拖拖拉拉、遲遲不肯進去的時候，她一直透過前窗盯著我。

丹尼特這一家人，就跟芝加哥北岸——沿著密西根湖延伸到北部的郊區地帶——其他家戶一樣，有錢得要死。在我明明應該靠著自以為擁有的影響力走向這座豪宅的時候，我卻窩在自己車內前座拖拖拉拉，也就不足為奇了。

我想到了警佐在交派這案子給我之前所說的話：千萬不要搞砸了。

我坐在自己安全溫暖的破車座位裡面，打量這座奢華宅邸。從外觀看來，不若我所想像的內在裝潢那麼嚇人。它散發出英式都鐸屋舍理應具備的舊大陸魅力：

半露木外觀、狹長形窗戶、陡斜式屋頂，讓我聯想到中世紀城堡。

上級嚴厲警告我一定要秘密行事。雖然警佐交派這件重大案子給我，我應該要感到幸運才是，不過，也不知道怎麼回事，我感受不到那種榮寵。

我準備走向大門，從人行道旁邊的草坪抄近路，上了兩級階梯，敲門。天氣寒冷，在等門的時候，我把雙手插在口袋裡保暖。這身便裝讓我覺得自己實在太隨便了——卡其褲，皮外套，裡面是一件馬球衫——迎接我的是全美最有權勢的治安法官之一。

「丹尼特法官。」我進去屋內，表現出超乎自我感覺的權威性，展露平日深藏不露、專為這種時刻演出的自信跡痕。丹尼特法官的體格與權力都很可觀，要是把這個案子搞砸了，我工作一定不保，這是最有可能的結果。丹尼特太太站起來，我展現我最優美的語氣，「拜託，請坐著就好……」另一名女子，從我的初步研究結果判斷，應該是葛瑞絲．丹尼特——年紀比較輕，應該是二十八、九或是三十出頭——她到了門廳與起居室的連通區，與我和丹尼特法官一起會合。

「我是蓋比．霍夫曼警探。」我沒有展現在一般自我介紹時，對方以為會聽到的那種輕鬆感，我沒有笑，也沒有主動伸手示意。那女孩說她是葛瑞絲，根據我先前蒐集的情報，我知道她是達爾頓與梅耶爾律師事務所的資深合夥律師。不過，光憑一開始的直覺，我就知道我不喜歡她，渾身上下散發出一股優越感，對於我的藍領打扮一臉蔑視，而且語氣中的那股譏諷讓我毛骨悚然。

丹尼特太太開口了，語調依然帶有濃重的英國腔，不過根據我先前的事實查據，她從十八歲就到了美國。她似乎很驚慌，這是我的第一印象，她的音調高亢，手指不管碰到什麼就是不斷東摸西摸。「警探，我女兒失蹤了。」她結結巴巴，「她的朋友都沒有見到她的人，也沒有跟她講到話。我一直打她的手機，留言，」她哽咽了，拚命忍住淚水。「我去過她的公寓，想知道她是不是待在那裡，」她隨後坦承，「我一路開到那裡，但是房東不肯讓我進去。」

丹尼特太太是令人驚豔的大美女。我忍不住盯著她那一頭金色長髮、亂七八糟落在胸前的模樣，她上衣的第一顆釦子沒扣，乳溝呼之欲出。我之前看過丹尼特太太的照片，與她先生一起站在法院階梯，不過，那些照片根本比不上親眼見到伊芙．丹尼特本人。

我問她，「妳最後一次看到她是什麼時候？」

這名法官說道，「上個禮拜。」

「詹姆斯，不是上禮拜，」伊芙停頓了一會兒，發現自己打斷丈夫講話之後對方所露出的怒容，然後又繼續說下去，「是上上個禮拜，搞不好是更早之前的那個禮拜，我們與米雅的關係就是如此——有時候好幾個禮拜都沒講話。」

「所以，這就不是異常狀況了？」我問道，「好幾個禮拜沒她的消息？」

丹尼特太太老實承認，「不是。」

「那妳呢？葛瑞絲？」

「我們上禮拜有通電話，很快就結束了。我想是星期三吧，也許是星期四。對，是星期四，因為她打電話給我的時候，我正好走進法院，準備參加某場排除非法證據的聽證會。」她附帶丟出那一段話，擺明要讓我知道她是律師，彷彿那一身細紋外套與擱在腳邊的真皮公事包還不足以透露身分一樣。

「有沒有任何異狀？」

「那時候的米雅跟平常沒兩樣。」

「意思是？」

法官打斷我，「蓋比……」

「請叫我霍夫曼警探。」我的語氣堅定，充滿權威感。如果我必須喊他法官，那麼他當然得叫我警探。

「米雅個性非常獨立。應該可以這麼說吧，我行我素。」

「所以理論上你女兒從上星期四就不見了。」

「有個朋友昨天與她講過話，在她上班的時候見到她。」

「什麼時候？」

「我不知道，下午三點吧。」

我瞄了一下手錶。「所以，她失蹤超過二十四小時了？」

丹尼特太太問道，「超過四十八小時沒有消息，才能被當作失蹤人口，是不是這樣？」

「伊芙，當然不是……」她丈夫的語氣聽得出在貶抑她。

「丹尼特太太，不是這樣，」我努力展現友好，我不喜歡她丈夫輕視她的那種態度。「其實應該這麼說，就失蹤人口案件來說，一開始的那四十八小時通常是最關鍵時段。」

法官插嘴，「我女兒不是失蹤人口，只是沒有出現在應該出現的地方，輕率行事，不負責任，但是她並沒有失蹤。」

「法官，那麼最後一位看到你女兒的人是誰，就在她——」我自作聰明，所以我一定會說出這種話，「——沒有出現在應該出現的地方之前？」

回答我的是丹尼特太太。「阿亞娜．捷可森，她和米雅是同事。」

「妳有聯絡電話嗎？」

「我寫在紙上，放在廚房裡。」

我向某名員警點頭示意，請對方去廚房拿字條。

「米雅以前會做這樣的事嗎？」

丹尼特太太回道，「沒有，絕對沒有。」

不過，這位法官與葛瑞絲．丹尼特的肢體語言所吐露的卻不是這樣的訊息。

葛瑞絲大吼小叫，「媽，不是這樣，」我等她繼續說下去，律師們就是喜歡聽自己講話，「米雅因為各種狀況離家出走有五、六次了，不知道晚上在幹什麼，也不知道跟誰在一起。」

嗯，我心想，葛瑞絲．丹尼特個性好賤。葛瑞絲跟她爸爸都是一頭黑髮，遺傳了媽媽的身高，父親的體型，不是很好的組合。某些人會把它稱之為漏斗身材，要是我喜歡這個人的話，應該也會這麼說，但現在的我會把這種體格稱之為臃腫。

「這根本是兩回事。那時候她是中學生，有一點天真無知又淘氣，但是……」

丹尼特法官說道，「伊芙，不要過分解讀。」

我問道，「米雅喝酒嗎？」

丹尼特太太說道，「喝不多。」

「伊芙，妳對米雅的行為有多少了解？你們兩個很少說話。」

她把手伸到面前擤鼻涕，在那一瞬間，我因為她指間的寶石尺寸而嚇了一大跳，所以沒有聽到詹姆斯．丹尼特在對他老婆碎碎唸，怎麼在他回家之前就逕自打電話給艾迪——不過，我在這時候嚇到的原因並非只是因為法官與我上司已經到了可以直呼名字的互動等級，而且還是綽號的等級。丹尼特法官似乎認定女兒只是出門找樂子，完全不需要任何官方介入。

我問道，「你覺得這不是該交給警方偵辦的案子？」

「當然不需要，這是我們要自己處理的家務事。」

「米雅的職業道德感如何？」

「抱歉？」法官嗆我，他的額頭冒出了皺紋，他伸出老化得更嚴重的手，撫平額痕。

「她的職業道德感。她過往就業紀錄是否良好？有沒有曠職過？是否經常謊稱病假缺勤？」

「我不知道。她有工作，有薪水，可以自給自足，我從不過問。」

「丹尼特太太？」

「她熱愛她的工作，真的很愛，她一直想要從事教學。」

米雅是美術老師，在高中任教，我趕緊寫在筆記本裡面註記提醒自己。

法官想知道我是否認為那一點很重要。我回道，「是有可能。」

「為什麼？」

「法官，我只是想要了解你的女兒，明白她是怎麼樣的人，如此而已。」

丹尼特太太現在快要哭出來了。她的湛藍雙眼變得紅腫，因為可憐兮兮的她想要壓抑淚珠奪眶而出。「你覺得米雅出事了嗎？」

我心想：那不就是妳打電話叫我來的原因？是妳覺得米雅出了事。不過，我卻開口安慰她，「我認為我們現在展開行動，之後發現這一切只不過是虛驚一場的時候，就可以感謝上蒼。我很確定她不會有事，真的，但我寧可至少要仔細評估狀況，不能等閒視之。」如果——如果最後出了狀況——我一定會自責不已。

我問道，「米雅自己一個人住有多久了？」

丹尼特太太的回覆直接了當。「再過三十天就滿七年了。」

我嚇了一大跳。「妳一直在計算日子？從一開始到現在？」

「十八歲的時候她就搬出去了，迫不及待要離開這裡。」

「我就不多問了……」不過，其實也不需要多問，我自己也迫不及待想要離開這裡。「她現在住哪裡？」

法官回答，「市中心的某間公寓，靠近克拉克街與艾迪遜街的交叉口。」

我是芝加哥小熊隊的超級球迷，所以這地方讓我很亢奮，光是提到克拉克街或是艾迪遜街就足以讓我豎起雙耳，像隻餓壞的小狗一樣。「瑞格利區，很好的區域，治安良好。」

丹尼特太太主動開口，「我把地址給你。」

「如果您不介意的話，我想要過去查看一下，是否有窗戶破損，強行進入的痕跡。」

丹尼特太太詢問我的時候，聲音在發抖。「你覺得有人闖入米雅的公寓？」

我努力向她保證不要擔心。「丹尼特太太，我只是想要確定一下而已。那棟公寓有沒有門房？」

「沒有。」

「保全系統？攝影機？」

法官咆哮，「我們怎麼知道？」

「你沒有去過那地方嗎？」我脫口而出，已經來不及收回了。我等待對方說出答案，但一直沒聽到答案。

之後的伊芙

我為她拉好外套的拉鍊，幫她套上兜帽，走入無情的芝加哥狂風之中。「我們現在得要加快腳步……」她點頭，但她並沒有問為什麼。當我們奮力走向停在兩公尺外的詹姆斯的休旅車停車處時，幾乎要被強風吹倒，我抓住她的手肘，我唯一確定的是萬一我們當中哪個人跌倒，一定是兩個一起遭殃。聖誕節過了四天，停車場佈滿一層薄冰，我努力護住她，以免讓她受到冰冷暴風的襲擊，我把她拉入懷中，伸出手臂摟住她的腰，為她取暖，但我自己的纖弱身軀比她瘦小多了，想必這樣的任務一定是悲劇收場。

當米雅進入車內的時候，我對她說道，「我們下個禮拜回來……」我的聲音蓋過了關門的砰響與扣安全帶的聲音。廣播電台對我們發出嘶吼，在這種寒風刺骨的日子當中，車子引擎幾乎在瀕死邊緣。米雅面容抽搐，我請詹姆斯關掉收音機。待在後座的米雅很安靜，凝望窗外，望著車子，一共有三台繞著我們，宛若一小群飢餓的鯊魚，車內的駕駛不斷窺視，虎視眈眈。其中一個把相機舉高到眼睛部位，鎂光燈猛閃，害我們幾乎看不見。

「當我們需要警察的時候，媽的他們人在哪裡？」詹姆斯其實並沒有要跟誰講話，然後，他猛按喇叭，逼得米雅伸手蓋住雙耳，躲避那可怕的噪音。相機又閃個不停，那些車子在停車場徘徊不去，引擎繼續運轉，濃密廢煙從排氣管冒出來，瀰漫在灰暗天色之中。

米雅抬頭，看到我在盯著她，我語氣和善，「米雅，有沒有聽到我在說話？」她搖搖頭，而我聽到的只有從她心頭掠過的令人不安的思緒：克洛伊，我的名字是克洛伊。她的湛藍雙眸緊盯著我的雙眼，因為忍淚而紅腫泛水光，這是米雅返家之後經常出現的情景，但只要詹姆斯在旁邊，一定會提醒我要保持安靜。我拚命想要搞清楚這一切，臉上硬是擠出笑容，雖然勉強，但絕對真心，而腦海中浮現不斷翻攪、無法言說的話語：我真不敢相信妳回來了。我小心翼翼給予米雅空間，不太確定她需要多少，但我百分百確定一件事，我不希望僭越。她的每一個姿態、表情，都讓我看到了她的病況，她站立的姿態，已經完全沒有我以前所認識的米雅所流露的滿滿自信，我知道她一定遭逢了可怕事件。

不過，我很好奇的是，她是否感受到我產生了變化？

米雅別開目光，我說道，「我們下個禮拜回來找羅德絲醫生，」她點頭回應。「星期二的時候。」

詹姆斯問道，「幾點鐘？」

「一點。」

他單手查了一下自己的智慧型手機，然後告訴我，我得要自己帶米雅看診。他說有一場他不能不參加的審判。而且，他說道，他非常確定我可以獨自處理狀況。我告訴他，當然，我可以處理狀況，但我挨過去，對他附耳說道，「她現在需要你，你是她父親。」我提醒他，我們之前有討論過某些事，他也同意了，還有他許諾的過程。他說他會看看自己能怎麼辦，但我的疑慮卻壓得我心頭沉重。我看得出來，他認為他既定的工作排程絕對不能為了這樣的家庭危機騰挪時間。

我們在州際九十四公路高速奔馳，坐在後座的米雅一直凝望窗外，盯著世界飛逝而過。現在是某個星期五下午，時間接近三點半，新年的週末，所以車況超級壅塞混亂。我們被迫停下來，等待，然後以龜速慢慢前進，快速道路的時速不超過五十公里。詹姆斯沒有耐心，他盯著後照鏡，等待狗仔隊再次出現。

「好，米雅，」詹姆斯開口，想要打發時間，「那個縮頭人❶說妳有失憶症。」

「啊，詹姆斯，」我乞求他，「拜託，現在不要講這個。」

我先生不願等待，他想要追根究柢。米雅回家還不到一個禮拜，由於她現在不適合一個人獨居，所以與詹姆斯和我住在一起。我想到了聖誕節的那一天，那台破舊的深紅色汽車緩緩駛入我們家的私人車道，裡面載著米雅。我還記得幾乎總是疏離冷漠的詹姆斯，逼自己走出大門，成了第一個迎接她的人，在滿佈白雪的車道上面，將這名憔悴女子擁抱入懷，彷彿在漫長、恐懼的那幾個月哀傷不絕的人是他，而不是我。

不過，自此之後，我親眼目睹那一瞬間的釋然感，慢慢凋萎，因為處於遺忘狀態的米雅，已經讓詹姆斯心生厭煩，這只不過是他越來越多的積案中的另一個案子罷了，並不是我們的女兒。

「那不然要什麼時候？」

❶精神科醫生的俚語shrink。

「拜託，之後再說，而且，詹姆斯，那女子是專業人士，」我態度堅持，「那是精神科醫生，不是縮頭人。」

「好啦，隨便，米雅，那個精神科醫生說妳有失憶症，」他重複了一次，但米雅沒有回應。他透過後照鏡打量她，棕色雙眼死盯她不放。有那麼一時半刻，她努力回瞪了一下，但目光隨即落在自己的雙手，全神貫注盯著某個小塊斑點。他問道，「妳有沒有什麼想說的話？」

米雅回道，「她也是這麼告訴我的……」我記得在那間氣氛低迷的辦公室裡面，醫生坐在詹姆斯與我對面時所說的字字句句——當時她編了理由叫米雅去等候室，讓她在那裡翻閱過期的時尚雜誌——然後，以逐字方式告訴我們急性壓力失調的教科書定義，而我當時想到的全是那些可憐的越戰老兵。

詹姆斯嘆氣。我看得出來他覺得這真是不可置信，她的記憶就這麼消失在稀薄空氣之中。「好，那接下來是怎樣？妳記得我是妳爸爸，這是妳媽媽，但妳卻覺得自己是克洛伊。妳知道妳自己幾歲，住在哪裡，還有個姊姊，但對於柯林．薩切爾卻一無所知？妳是真的不知道自己過去這三個月待在哪裡？」

我為了捍衛米雅，立刻插嘴說道，「詹姆斯，這叫做選擇性失憶。」

「妳的意思是她自己挑選她願意記得的事？」

「這並不是米雅自己的意思——而是她的潛意識或無意識狀態什麼的做出這樣的事。將痛苦思緒放在她找不到的地方，這並非是她決定這麼做，而是她的身體幫助她面對狀況的方式。」

「面對什麼狀況？」

「詹姆斯，整起事件，先前發生的一切。」

他想要知道我們該如何解決。關於這一點，我不確定，但還是說出了可能的答案，「我想，時間吧。治療、藥物、催眠。」

我認為催眠與失憶症一樣，確有其事，他對此嗤之以鼻。「什麼樣的藥物？」

「詹姆斯，抗憂鬱藥物……」我轉身，拍了拍米雅的手，繼續說道，「也許她的記憶永遠不會復返，這樣也沒有關係。」我端詳欣賞她好一會兒，幾乎是跟我同一個模子印出來的長相，但是比較高，比較年輕，而且她跟我不一樣，她距離皺紋、深金色髮叢之間冒出的白色髮絡，還有多年之遙。

「抗憂鬱藥物會幫助她恢復記憶嗎？」

「會讓她心情好一點。」

詹姆斯個性一向直來直往，這是他的缺點之一。「伊芙，我靠，要是她想不起來，那怎麼會有心情惡劣的問題？」我們的目光都飄向了窗外的車流，這段對話應該就此劃下句點。

之前的蓋比

米雅・丹尼特任教的高中位於芝加哥的西北方，也就是著名的「北中心」。相當好的區域，距離她家很近，當地居民幾乎全部都是白人，平均月租金是一千美元以上，這一切對她來說，都是好兆頭。如果她在恩格爾伍德的話，那麼我就沒這麼有把握了。這所學校的宗旨是要教育中學中輟生，在狹小的環境當中，他們提供職業與電腦訓練、生活技能之類的課程。加入米雅・丹尼特這樣的美術老師，其目標是要添加在傳統高中被剝奪的非傳統才能。在那種傳統學校裡，需要為數學與科學付出更多的時間，對那些根本不鳥這種東西，不適合體制的十六歲孩子來說，根本無聊死了。

阿亞娜・捷可森與我約在辦公室會面。我足足等了十五分鐘，因為她正在上課，所以我就把自己硬塞在那些脆弱的小型學校桌椅裡面。這對我來說當然不是易事，我早已不是當年的六塊肌身材，不過我樂觀認為自己多了一點肉也是好事。秘書從頭到尾緊盯著我，彷彿我是被校長叫來約談的學生。很遺憾，這種場景我也習慣了，我念中學的時候經常得面臨這種尷尬處境。

我對她自我介紹，我是蓋比・霍夫曼，她對我說道，「你想要找到米雅……」我說沒錯。

最後有人看到米雅或是與她說話，已經將近是四天前的事了，所以她已經被正式歸為失蹤人口，這一點讓法官甚為氣惱。報紙與電視新聞頻道已經披露了消息，每天早晨我下床的時候都告訴自己，今天就會是我找到米雅．丹尼特的日子，我將會成為英雄。

「妳最後一次見到米雅是什麼時候的事？」

「星期二。」

「在哪裡？」

「這裡。」

我們進入了教室，阿亞娜——她請我千萬不要喊她捷可森老師——她邀請我坐入某張桌面佈滿塗鴉的破爛連體桌椅。

「妳認識米雅多久了？」

她坐在她自己書桌後頭的舒適真皮座椅，我覺得自己跟個小孩一樣，但其實我足足高了她三十公分。她交叉長腿，黑裙衩口開了，露出了大腿的皮膚。「三年，也就是米雅任教的這段時間。」

「米雅和大家相處得好嗎？學生？員工？」

她一臉嚴肅。「米雅和每一個人都很融洽。」

阿亞娜在我面前滔滔不絕講述米雅的事。她當初是在什麼時候、如何進入這間另類高中，她天性慈悲，對於學生充滿同理心，彷彿自己也是自小在芝加哥街頭混大的一樣。還有米雅如何為學校找金主，支付窮困學生的生活費。「你絕對猜不到她是丹尼特家族的人。」

根據捷可森老師的說法，大部分的新進教師在這類的教育環境中都待不了太久。由於最近就業市場的關係，有時候另類學校是唯一招募新血的地方，所以大學畢業生會待在這裡騎驢找馬。

但米雅並非如此，捷可森老師告訴我。「米雅就是想留在這樣的地方。」

「我給你看個東西……」她從自己書桌上的某個紙匣取出了一疊紙，走到我附近，在我旁邊的某張學生書桌坐下來。她把那一疊紙放在我面前，首先映入眼簾的是一團拙劣的手寫字跡，比我自己的還可怕。「今天早上，學生們在寫這禮拜的週記……」她開始解釋，我忙著瀏覽，看到丹尼特老師的名字不斷出現，數也數不完。

「我們每個禮拜都寫週記，本週的作業就是，」她繼續說道，「在高中畢業之後，他們想要做什麼。」我沉思了一分多鐘，看到幾乎到處都有丹尼特老師的名字，「不過，百分之九十九的學生只想到米雅……」她說完了，從她語氣中的沮喪，也可以聽得出來她一心掛念的幾乎也只有米雅。

「米雅是不是跟哪個學生相處有問題？」我這麼問，只是想要確定而已。不過，早在她搖頭之前，我就已經知道答案了。

我追問，「男友呢？」

「我覺得，」她說道，「也不知道能不能稱他為男友，叫傑森啊什麼的那個人，我不知道他姓什麼。兩人根本不是認真交往，才約會幾個禮拜而已，大概一個月吧，但就只有如此而已。」

我迅速抄下來，丹尼特那一家人根本沒提到男友，有可能不知情嗎？當然有這個可能。遇到丹尼特家族，我開始有了領悟，任何狀況都有可能。

「妳知道要怎麼聯絡他嗎？」

「他是建築師，」她回我，「在瓦巴許酒吧附近的某間公司。她幾乎每個週五晚上的促銷歡樂時段都會在那裡與他見面。瓦巴許還有……我不知道，瓦可？反正就是在河邊。」對我來說，這根本是亂槍打鳥的資料，但我準備要追查下去，在我的黃色拍紙簿寫下了這條線索。

米雅·丹尼特有神秘男友，這一點對我來說是天大的好消息。就這樣的案例來說，一定都是男友犯案。找到了傑森，我相信也一定可以找到米雅，或是米雅的殘屍。一想到她已經失蹤了四天，我開始覺得這故事最後恐怕會有不幸結局。

傑森在芝加哥河畔工作：壞消息。天知道每年有多少具屍體從那條河打撈上岸。

他是建築師，所以很聰明，是解決問題的高手，比方說，要怎麼在無人注意的狀況下丟棄五十五公斤的屍體。

「如果米雅和傑森在交往的話，」我問道，「他沒打算找她，不是很奇怪嗎？」

「你是不是覺得傑森可能涉案？」

我聳肩。「我只知道要是我有女友，而且四天沒跟她講到話，我可能會有點擔心。」

「我想也是。」她起身，開始擦黑板，微小粉塵落在她的黑裙。「他沒有打電話給丹尼特家人？」

「丹尼特夫婦根本不知道她有男友，就他們的認知，米雅是單身。」

「米雅與她爸媽不親。他們有某些……意識形態的差異。」

「看得出來。」

「我覺得她不會把這種事告訴他們。」

這話題扯遠了，所以我把阿亞娜拉回來。「但是妳與米雅很親。」她說沒錯。「妳覺得米雅會把什麼事都告訴妳嗎？」

「我想是這樣沒錯。」

「她是怎麼在妳面前說傑森這個人？」

阿亞娜坐回去，這次是靠在桌邊。她瞄了一下牆上的時鐘，拍了拍雙手沾染的灰塵。「不會持續太久的。」她開始努力找尋合適字詞解釋。「米雅不是太投入感情，從來沒有認真談戀愛。她不喜歡束縛、承諾，她超級自信，也許已經過頭了。」

「而傑森……很黏人？渴求感情？」

她搖頭。「不是，不是那樣，反正他不是真命天子。當她講到他的時候，並不會神采飛揚，她並不會像一般女孩遇到真命天子時嘰嘰喳喳個不停，我每次都得要強迫她告訴我有關他的事，這就像是在聆聽一部紀錄片：我們一起去吃晚餐，我們看了電影……我知道他工作時間亂七八糟，這一點讓米雅很不高興——他總是放她鴿子或遲到，米雅痛恨自己被他的行程綁死。在第一個月就出現這麼多問題，不可能持久。」

「所以米雅打算與他分手？」

「我不知道。」

「但米雅也不是很開心。」

「我不會說米雅不開心，」阿亞娜回道，「我只是覺得，她反正不是很在意。」

「就妳所知，傑森是否也有相同感受？」她說她不知道，當米雅提到傑森的時候，態度相當冷淡。她們的對話內容平淡無奇：兩人當天做了什麼的逐項清單，關於那男人的統計數據——身高、體重、頭髮與眼珠的顏色——但顯然是漏掉了姓氏。而米雅從來沒有提到他們是否接吻過，也沒有那種腹底的激動感——這是阿亞娜的措辭，不是我說的話——也就是遇到白馬王子時的那種反應。當傑森放她鴿子的時候，米雅似乎也從來沒有真的動怒。對於他們在芝加哥河畔的深夜聚會似乎也不是很興奮。

「而妳覺得這是冷淡的特徵？」我問道，「對於傑森這個人？他們的關係？這整個過程？」

「米雅在等待更好的對象出現，目前是在打發時間。」

「他們有沒有吵過架？」

「就我所知是沒有。」

「但如果他們有問題，米雅一定會告訴妳……」

她回道，「但願如此……」她的深色雙眸轉為憂傷。

遠方傳來鈴響，然後是走廊的嘈雜腳步聲。阿亞娜．捷可森站起來，我想這是給我的暗示。

我說我會與她保持聯絡，將自己的名片留給她，要是想到任何線索，請她打電話給我。

之後的伊芙

我下樓梯才下到一半，就看到他們了，我們家前面人行道的某組新聞團隊。他們站在那裡，拿著攝影機與麥克風，全身發抖；地方新聞台的塔咪．帕瑪身穿棕色風衣與及膝長靴，站在我家前院草坪。她背對著我，有名男子伸出手指開始倒數，三、二——當他指向塔咪的時候，我就聽到她開始播報，現在我身處的位置是**米雅**．丹尼特的家……

他們來這裡也不是第一次了。現在的人數已經開始銳減，記者轉去追其他新聞：同性婚姻法，還有經濟慘況。不過，在米雅剛回來的那幾天，他們在外頭紮營，拚命想要拍到這名受創女子的一抹身影、捕捉到什麼枝微末節，將其轉為頭條新聞。他們開車在市區跟蹤我們，等到我們把米雅安全送入室內之後才罷手。

外頭一直停放神秘車輛，為那些垃圾雜誌工作的攝影師，拿著望遠鏡頭透過車窗往外凝望，想要把米雅當成搖錢樹。

我發現米雅坐在餐桌那裡，我默默下樓，盯著女兒沉浸在自己的世界之中，然後，我闖了進去。她身穿破爛牛仔褲，貼身海軍藍套頭毛衣，我猜那衣服一定會將她的雙眼映襯得美麗動人。她剛洗完澡，頭髮還濕濕的，波浪狀的半乾髮絲垂落背脊。看到她裹住雙腳的厚毛襪，還有十指緊纏的咖啡馬克杯，讓我心生困惑。

她聽到我逐步接近，轉頭看我。我心想，對，她的套頭毛衣讓她的雙眼顯得好美。

「妳喝咖啡……」她一臉不明白的表情，我確定自己講錯話了。

「我不喝咖啡嗎？」

一個多禮拜以來，我一直小心翼翼，如履薄冰，總是努力想要講出適當的話，表現過頭——無所不用其極——想要讓她有家的感覺。我拚命想要補償詹姆斯的冷漠與米雅的混亂無序。然後，就在最令人料想不到的時刻，看似良性的互動對話，卻讓我犯了錯。

米雅不喝咖啡，其實她根本不太碰咖啡因，這會讓她緊張不安。不過，我盯著她小口啜飲，動作十分遲緩呆滯，我心想——這是我的一廂情願——也許一點點的咖啡因可以發揮效果吧。我心想，在我面前的這個有氣無力的女子到底是誰？我認得她的面孔，但是卻對於她的肢體語言或是語氣，抑或是圍繞著她、宛若泡泡的那一股令人不安的沉默，卻讓我十分陌生。

我有數不盡的事想要問她，但我沒有開口。我早已下定決心，就讓她維持這個狀態吧。而詹姆斯卻頻頻刺探，超過了我們兩人的合理探詢範圍。我會把問題交給專業人士：羅德絲醫生與霍夫曼警探，但還是有那種永遠不知道何時該住嘴的人——詹姆斯。她是我的女兒，但她也不是我的女兒；她是米雅，但她也不是米雅。她看起來就像是她，但是她卻穿著厚襪子、在大半夜的時候醒來啜飲咖啡。要是我喊她克洛伊，她的反應會比聽到本來的名字迅速多了。她神色空茫，醒著的時候宛若昏昏欲睡，而明明該睡覺的時間卻躺在那裡睜著雙眼。昨天晚上，我打開廚餘處理機的時候，她嚇得離座一公尺之遠，然後進入她自己的房間。我們會好幾個小時不見她的人影，當我詢問她怎麼打發時間的時候，她只能擠出一句話，我不知道，我認識的那個米雅，不可能坐著不動那麼久。

「看起來天氣不錯……」我主動開啟話題，但她沒有回應。今天的確天氣不錯，陽光普照。不過，一月的太陽會騙人，我確定地表溫度最多不過零下六度。

「我有東西要給妳看……」我把她從廚房帶到隔壁的用餐室，我早已把某張限量版畫取下來，換成了米雅的某幅畫作，當時是十一月，我那時候以為她一定死了。米雅的畫作媒材是油性粉蠟筆，這幅別緻的義大利托斯卡尼村落畫作源於我們多年前造訪的某張照片。她增添了油性粉蠟筆的豐富層次，為那個村子營造出充滿了感染力的效果，在這片畫框玻璃之後，捕捉到了時光一瞬。我望著米雅盯著畫作，我心想：要是一切都能夠以這種方式保留下來就好了。我開口，「這是妳畫的……」

她知道，這個她就想起來了，憶及自己坐在餐桌前，一旁放置了油性粉蠟筆與那張照片的情景。她央求父親為她買海報板，他答應了，但他認定她最近對藝術的喜愛只是某個暫時階段而已。等到她完成之後，我們大家都讚嘆不已，然後，它就與老舊的萬聖節服裝與溜冰鞋一起塞在某處，後來，被某個瘋狂找尋米雅照片的人挖了出來，警探再交還給我們。

我問道，「記得我們去托斯卡尼的那趟旅行嗎？」

她走過去，伸出美麗的手指撫摸畫作。現在她比我高了十幾公分，不過，在用餐室裡的她其實是個孩子——還不確定該如何以自己雙腳站立的弱雛。

「當時在下雨……」米雅回我話的時候，目光一直沒有離開畫作。

我點點頭，「沒錯，是雨天。」她記得，讓我好開心。但其實當初只下了一天的雨，其他都是天賜的陽光好日。

我想要告訴她，我之所以會掛這幅畫，是因為我好擔心她。我驚懼不已，每個晚上都睡不著，長達好幾個月之久，最後只是不斷猜疑。萬一？萬一她狀況不好呢？萬一她很好但我們永遠找不到她呢？萬一她死了而我們永遠不知道呢？萬一她死了，而我們知道了，警探要求我們去辨認腐爛的屍骸？

我想要告訴米雅，我掛出她的聖誕節長襪，為了那麼一個也許，我為她買了禮物，包裝好之後放在樹下。我想要讓她知道，每個夜晚我都為她留了門廊的燈，而且我撥打她手機號碼一定有成千上萬次了，就是為了那麼一個也許，也許就有那麼一次不是直接轉入語音信箱。不過，我聆聽那段話一遍又一遍，同樣的字詞，同樣的語調——嗨，我是**米雅**，請留言——這樣可以讓我暫時回味一下她的聲音。我心想：萬一這就是我聽到女兒的最後遺言呢？萬一果真如此？

她眼神空茫，表情呆滯。她擁有最無瑕的白裡透紅的膚色，我覺得無人能出其右，不過，那樣的紅潤似乎消失了，現在是一片白，慘白如鬼。我們說話的時候，她不看我；目光飄向我後方或是穿透而過，但就是從來不看我。大部分的時候，她都低著頭，看著自己的腳與手，只要能夠避免與人四目相接就好。

然後，站在用餐室裡的她，突然臉上全沒了血色。一瞬間的變化，從敞開窗簾透入的光，凸顯了米雅身體的一連串動作——勉強挺直的雙肩陡然一沉，她的手離開那張托斯卡尼的畫像垂放在腹部。她的下巴靠貼胸膛，呼吸出現喘鳴。我把手放在她瘦骨嶙峋的背脊——實在太瘦了，我都摸到了骨頭——靜靜等待。但我等不了多久，我沒耐心。「米雅，親愛的……」但她已經跟我說她很好，她沒事，我很確定一定是咖啡作祟。

「怎麼了？」

她聳肩。她的手緊貼肚子不放，我知道她不舒服，她慢慢離開了用餐室。「我純粹就是累而已，只是需要躺下來……」我默默記在心中，等一下要在她午睡醒來之前，把家裡所有咖啡因的蛛絲馬跡都清得一乾二淨。

之前的蓋比

「要找到你真是不容易。」當他招呼我進入他辦公空間的時候，我說出了這句話，這裡比較算是隔間，而不是辦公室，不過，有比較高的隔牆，還是提供了最低程度的隱私。裡面只有一張椅子——他的座位——所以我站在小隔間的入口，斜靠在軟趴趴的牆壁。

「我不知道會有人想要找我。」

我對他的第一印象是浮誇的混蛋，很像是多年前的我，但我後來發覺不該那麼自滿。他很壯碩、強壯，但不見得很高。我確定他一定有在健身，喝蛋白質奶昔，但搞不好還有打類固醇吧？我等一下會把這些重點寫在筆記本裡面，不過，現在我可不希望被他抓到我寫下這些推測，我可能會被他修理得很慘。

我問道，「你認識米雅・丹尼特嗎？」

「那要看是什麼狀況。」他剛剛一直背對我在打電郵，打完之後，終於在自己的旋轉椅裡扭身看我。

「怎麼說？」

「看是誰想要知道。」

我沒什麼興趣跟他玩遊戲。「我就想要知道。」我等一下才會亮出我的王牌。

「你哪位？」

我回他，「我在找米雅．丹尼特。」

我可以在這傢伙身上找到自己的身影，但他不過才二十四或二十五歲，大學剛畢業，依然相信世界以他為中心在運行。而我五十出頭，就在今天早上才發現到第一次冒出的幾絡灰髮，想必這一定能讓丹尼特法官幸災樂禍。

「好喔。」

他繼續打電郵。我心想，靠，他根本不在乎我站在這裡、等著要找他談話。我在他肩後偷瞄，是關於大學橄欖球的事，以dago82這個名稱寄給了某名收件者。我媽媽是義大利人——我的深色髮色與眼眸也贏得了所有女人的芳心——所以，雖然我明明從來沒去過義大利，連一個義大利單字都不認識，但覺得dago（對西語、葡萄牙語、義大利語人士的蔑視俚語）這個字就是對我族類的貶稱，反正我只是要找出討厭這傢伙的其他理由罷了。

「想必今天很忙啊。」他似乎因為我看他的電郵而不爽，立刻把視窗縮到最小。

他再次問我，「媽的你誰啊？」

我把手伸向屁股口袋，取出我珍愛的閃亮警徽。「我是蓋比．霍夫曼警探。」顯然他嚇了好幾跳。我微笑，天，我愛死我的工作了。

他假裝呆若木雞。「米雅是不是出了什麼問題？」

「嗯，這樣說沒錯。」

他等我繼續說下去，我沒有，就是要激怒對方。他問道，「她怎麼了？」

「你最後一次看到米雅是什麼時候的事？」

「有一陣子了，一個禮拜左右之前。」

「最後一次跟她講話呢？」

「我不知道，上個禮拜吧，我覺得應該是星期二晚上。」

「你覺得？」他確定了一下自己的行事曆，對，是星期二晚上。「不過，你在星期二沒有見到她？」

「沒有，我本來要見她，但我必須要取消。你也知道，工作的事。」

「是啦。」

「米雅怎麼了？」

「所以自從上星期二之後，你就沒有和她講到話？」

「沒有。」

「那正常嗎？將近一個禮拜沒講話。」

「我打過電話給她，」他坦白承認。「星期三，也許星期四也有，但她一直沒有回電，我只是以為她在生氣。」

「為什麼？是有什麼生氣的理由？」

他聳肩，拿起辦公桌上的一瓶水，喝了一小口。「我在星期二晚上取消了我們的會面，我得要工作。你知道嗎？她講電話的時候對我兇巴巴，我聽得出來她生氣了，但我得工作。所以我覺得她懷恨在心，不回電話……我不知道。」

「你們本來的計畫呢？」

「星期二晚上？」

「對。」

「在上城的某家酒吧見面。我打電話給米雅的時候，她人已經在那了。我當時已經遲到，我說我沒辦法趕過去。」

「她生氣了？」

「不高興。」

「所以你週二晚上待在這裡工作？」

「一直到凌晨三點。」

「有誰可以作證？」

「哦，有啊，我老闆。我們一起弄設計，為了要在週四與某名客戶開會。我大概每隔半小時就與她碰頭。我是不是惹了什麼麻煩？」

「我們之後再說，」我的口氣堅定，以只有我自己能夠解譯的方式，將我們的這段對話速記下來。「你下班後去了哪裡？」

「回家啊。喂，都深夜了。」

「你有沒有不在場證明？」

「不在場證明?」他變得焦躁不安,在座位裡蠕動。「我不知道,我搭了計程車回家。」

「有收據嗎?」

「沒有。」

「你家有門房?有沒有人可以向我們證實你確實返家?」

「有攝影機。」然後,他問道,「媽的米雅到底在哪裡?」

我與阿亞娜・捷可森見過面之後,調出米雅的通聯紀錄,發現她幾乎天天打給某個叫做傑森・貝克的人,然後我追查到他在芝加哥洛普區的某間建築事務所工作。我來找這傢伙,想知道他對於這女孩失蹤案到底知道多少,而當我說出她名字的時候,顯然從他的臉部表情看出他的認知,「嗯,我認識米雅,」他把我帶入他的工作隔間的時候,我第一眼就看出來了:嫉妒,他以為我是第三者。

「她失蹤了。」我努力想要判讀他的反應。

「失蹤?」

「對,人間蒸發,自從星期二之後就沒有人看到她。」

「你覺得我與此事有關?」

他比較關心的是自己的罪責,而不是米雅的生死,這一點讓我很火大。「對,」我撒謊,「我覺得你與這起事件可能有關。」不過,要是他能搞出完美的不在場證明,我就得從頭再來。

「我需要律師嗎?」

「你覺得你自己需要律師嗎？」

「我告訴過你了，我當時在工作，我沒有在週二晚上與米雅見面，你去問我老闆。」

我跟他保證，「一定。」不過，從他臉上每一吋肌肉的神情看來，他是在乞求我不要。

傑森的同事們偷聽到我在問訊。他們經過他隔間的時候，放慢了腳步，而且還故意在外頭徘徊假裝在聊天。我不介意，這樣會讓他發狂，他很擔心自己的名聲，我喜歡看他在座位裡不安蠕動，越來越焦躁。「你還有沒有其他事？」他開口詢問是要催促我，希望我不要再煩他了。

「我必須要知道你們週二晚上的計畫，當你打電話的時候，米雅在哪裡，又是什麼時候。你自己查一下手機通聯紀錄，我還得要找你老闆問話，確定當時你在這裡，還要問保全你是什麼時候離開。我需要你公寓攝影機畫面，證實你有返家。要是你樂意提供資料，那我們就一切搞定。反之如果你想要的話，我也可以拿搜索票……」

「你是在威脅我嗎？」

「沒有，」我撒謊，「只是給你不同選項而已。」

他答應要把我需要的資料都給我，包括了引介我去找他老闆，對方是一名中年女子，與他的小隔間相比，她的辦公室根本寬敞到不行，還擁有整片面對芝加哥河的大片落地窗，之後，我就離開了她的辦公室。

「傑森，」在他老闆向我保證他一整晚都在拚命加班之後，我對他鄭重說道，「我們會全力以赴找到米雅……」剛好看到在我閃人之前，他所流露的那種冷淡神情。

之前的柯林

其實不需要花太多氣力。我花錢買通了某個傢伙，叫他多加班幾個小時。我跟蹤她進了酒吧，坐在可以觀察她的隱蔽位置，然後靜靜等待電話到來，等到她知道自己要被放鳥之後，我展開行動。

我對她所知不多，只看過一張快照，她走出捷運月台的時候被偷拍的畫面，攝影師坐在停放在三、四公尺之外的某台車內，他與那女孩之間大約有十個人，所以她的臉還被紅筆圈起來。照片後面寫有米雅．丹尼特以及某個地址。大約在一個禮拜之前，照片交到我手上。我以前從來沒做過類似的事，竊盜，有；跟騷，有。從來沒有綁架，但我需要錢。

過去這幾天，我一直在跟蹤她。我知道她在哪裡買雜貨、哪裡送乾洗衣物、又在哪裡工作。我從來沒有跟她說過話，我認不得她的聲音，不知道她眼珠的眼色或是她恐懼時的表情，但我遲早會知道。

我點了一罐啤酒，但我沒有喝，不能冒著喝醉的風險，今晚不行。不過我也不想引發別人關注，所以我還是把啤酒帶在身旁，不至於看起來兩手空空。當那通電話撥打到她手機的時候，她已經等得一臉不耐，她走到外頭接聽電話，她再次進來時一臉失意。她想要離開，但還是決定要喝完自己的酒。她在包包裡找到了一支筆，開始在酒吧餐巾紙上面塗鴉，專心聆聽某個蠢蛋在台上朗讀詩。

我努力不要多想，不要去想她的美貌，我提醒自己重點是錢，我需要錢。這應該沒那麼難，幾個小時之內就可以大功告成。

「很美啊……」我的下巴朝她的餐巾紙點了一下，這是我能擠出的最棒的讚詞，我對藝術一無所知。

當我一開始湊過去的時候，她反應冷淡，根本不想理我。這樣更容易下手。就連我在稱讚她畫的蠟燭時，她的目光幾乎沒有離開過那張餐巾紙，她希望我離她遠遠的。

「謝謝。」她沒理我。

「有點抽象。」

顯然這是講錯話了。「你覺得是畫得很爛嗎？」

要是換作另一個男人，反應一定是哈哈大笑。他會說他在開玩笑，然後讚美個不停。但我不是這種人，也不會對她使出這一招。

我溜進了包廂位，要是換作其他女孩，其他的日子，我一定是一走了之。要是在其他時候，我才不會一開始就接近她的桌位，對於一臉踐相氣噗噗的女生，我一定敬而遠之，閒聊調情加上其他有的沒的，我還是留給別人。「我又沒說畫得很爛。」

她把手放在她的外套上面。「我要走了，」她說道，她喝光了剩下的酒，把酒杯放在桌上，「這個包廂座都給你吧。」

「就像莫內一樣，」我說道，「莫內也都是畫那種抽象的東西不是嗎？」

我是故意講出這些話。

她望向我，我確定這是她第一次仔細看我。我微笑，不知道她眼前的景象是否足以讓她的手離開那件外套。她的語氣變得柔和多了，她發現自己的態度一直很唐突，也許她沒那麼踐，只是生氣罷了。「莫內是印象派畫家，」她說道，「畢卡索，那就是抽象藝術，還有康丁斯基，傑克森．波洛克。」我根本沒聽過這些人的名字。她還是打算離開，我不擔心，要是她打算走人，我就跟蹤她回家，我知道她住在哪裡，而且我有的是時間。

但我還是努力一試。

我拿起被她揉成一團、放在菸灰缸裡的那坨餐巾紙，我撣去菸灰，把它攤平。「這畫不錯啊……」我把它摺好，塞入我的牛仔褲屁股口袋。

這動作已經足以讓她的目光駐留在吧檯，等待與女服務生四目相接，因為她想要再喝一杯，「你要留著它？」

「對。」

她哈哈大笑。「是為了我哪天可能會出名，對吧？」

大家喜歡覺得自己是重要人士，她也因為這句話而沾沾自喜。

她告訴我，她名叫米雅，我說我是歐文。當她問我名字的時候，我沉默的時間拖得太久，讓她忍不住說道，「我不知道這問題這麼困難。」我告訴她，我父母住在托雷多，我是銀行行員，這些全都是謊言。她沒怎麼講自己的事，我們聊的都與隱私無關：丹．萊恩快速道路的某起車禍，有台貨運列車出軌，以及接下來的世界大賽。她建議我們要聊一些不會讓人陷入沮喪的話題。很難。她一杯接著一杯，酒越喝越多，態度也越來越開放。她老實招認自己被男友放鴿子，還把他的事告訴我，他們在八月底開始約會，他信守諾言的約會次數光靠一隻手就可以數得出來。她想要博取我的同情，但我沒理會她，那不是我的風格。

後來，我在包廂裡移動位置，更靠近她，有的時候我們還有肢體接觸，桌面下的大腿意外碰蹭。

我盡量不要多想等一下會發生的事。盡量不要多想要把她逼上車或是將她交給達厄瑪爾。我聆聽她繼續說下去，到底在講什麼，我不是很清楚，因為我在思索的是那筆錢。關於那麼一大筆現金可以達成多少願望。而現在這個呢，在酒吧裡與某個我一輩子都不會搭訕的女子坐在一起，擄人要贖金——我沒什麼興趣。不過，當她看著我，我露出微笑，她摸住我的手，我也就讓她這麼繼續下去，因為我知道：這個女孩有可能徹底改變我的一生。

之後的伊芙

我在翻閱米雅成長紀念簿的時候，突然驚覺她在二年級時，曾經有個名叫克洛伊的幻想朋友。

它就在紀念簿泛黃紙頁之間，它們的空白邊界有我以藍色墨水寫下的草體字跡，夾在第一次骨折，以及害她待在急診室的某場重感冒的紀錄之間。克洛伊這個名字，被她三年級的照片遮蓋了一部分，但是我還是看得出來。

我盯著她三年級時的照片，這個無憂無慮的女孩，距離牙套、青春痘、柯林・薩切爾，還有多年之遙。她露出缺齒的燦爛笑容，一頭亂七八糟的淡黃色頭髮宛若火焰吞噬了她的頭。她整張臉長滿了雀斑，久而久之就消失不見了，而且最後的髮色也沒有那麼淡。她的襯衫領子沒翻好，包裹細瘦雙腿的是一雙鮮豔粉紅色的緊身褲，應該是從葛瑞絲傳下來的二手衣物。

這本成長紀念簿有一字排開的立可拍照片：米雅兩歲、葛瑞絲七歲時的聖誕節早晨，她們身穿同款睡衣，而詹姆斯油膩的頭髮則翹得亂七八糟。此外，還有開學日以及生日派對。

我坐在牆角小桌，成長紀念簿攤開在我的面前，我盯著尿布與奶瓶，真希望能夠回到從前。

我打電話給羅德絲醫生，我嚇了一跳，她居然接了電話。

我把幻想朋友的事告訴羅德絲醫生，她開始進行精神分析。「丹尼特太太，通常小孩創造出幻想朋友是為了補償寂寞感，或是因為真實生活中缺乏朋友。他們往往會將自己生活中渴望的特色賦予在這些幻想朋友身上。舉例來說，要是小孩害羞，就會讓幻想朋友變得外向，或者，要是小孩笨手笨腳，就會讓幻想朋友變成運動健將。」

「羅德絲醫生，」我回她，「米雅把她的幻想朋友取名為克洛伊。」

她變得沉默。「這一點很有趣……」聽到這句話，我愣住了。

克洛伊這個名字開始成了我的執念，我一整個早上都在網路到處搜尋，想要知曉有關這名字的一切。這是希臘名字，意思是茂盛……或是開花，不然就是翠綠或成長，就看我到底查的是哪一個網站而定，但反正這些字詞都是互通的同義字。今年這是最流行的名字之一，但追溯到一九九〇年的時候，它在全美新生兒的姓名排名是第兩百一十二名，介於艾麗杭特拉與瑪麗之間。全美現在約有一萬零五百人名叫克洛伊，有時候你會發現結尾的那個e上方有變音符號，有時候沒有。（我花了將近二十分鐘找尋母音上方那兩個小點的意義，我找到了——它的目的純粹就是要區辨中間那個o與字尾那個e的發音而已——我這才驚覺自己在浪費時間）。我很好奇米雅拼這個字是採取哪一種拼法，但我不敢問。米雅是在哪裡想出了克洛伊這個名字？也許是米雅的某個珍藏版花椰菜娃娃的出生證明吧，發證單位是專屬於花椰菜娃娃的「寶寶田綜合醫院」。我上了那個網站，看到今年的娃娃出現了無數的新膚色，讓我嚇了一大跳——深咖啡、乳脂、牛奶——但根本沒有名叫克洛伊的娃娃，也許是米雅二年級的另一個同學吧。

我開始搜尋名叫克洛伊的名人：甘蒂絲．柏根與奧莉薇亞．紐頓強都將女兒取名為克洛伊。

這是作家托妮・莫里森的真名，但我高度懷疑米雅在小二的時候會讀過《嬌女》這部小說。還有演員克洛伊・賽凡妮（她的名字有變音符號），以及克洛伊・韋伯（沒有變音符號），但我確定對八歲的米雅來說，第一個太年輕，而第二個又太老。

我大可以問她。我可以上樓，敲她的房門問個清楚，詹姆斯就會做這種事，打破砂鍋問到底。我也想要追查這件事的真相，但我不想要減損米雅對我的信任。換作是多年前，我會尋求詹姆斯的意見與協助，但那是多年前的事了。

我拿起電話，撥打號碼，對方的聲音親切又隨和。

「伊芙……」一聽到他呼喊我，我立刻整個人放鬆下來。

「嗨，蓋比……」

之前的柯林

我帶她到達位於肯墨爾大道的某棟高樓層公寓，搭乘電梯到了七樓。當我們沿著充滿尿漬的地毯走向廊道盡頭的某道大門時，吵鬧的音樂從另一間住房流瀉而出。我打開門的時候，她在一旁等待。公寓裡一片漆黑，只有電爐的光在發亮。我走過拼花地板，打開沙發旁邊的檯燈。幽影退散，取而代之的是我貧乏生活的內容物：《運動畫刊》雜誌，擋在櫃子大門前的一排鞋子，咖啡桌面的紙盤裝有吃了一半的貝果。我默默盯著在打量我的她，好安靜。有鄰居今晚烹煮印度食物，咖哩氣味讓她窒息。

「你還好嗎？」她開口問我，因為她痛恨這種令人不安的寂靜。她可能覺得這大錯特錯，她應該要離開才對。

我朝她走過去，伸手撫摸她的長髮，抓住了她頭蓋骨底部的髮絲。我一臉崇拜盯著她，從她的雙眼之中，我看出她對此有多麼渴望，就算只能存在那麼一瞬間也好，她已經忘了有人以崇慕眼光凝視她是什麼感覺。她吻了我，完全忘記想離開的事。

我把雙唇壓住她的嘴，某種陌生又熟悉的姿態。我的撫觸果斷，這種事我做過無數次了，她也因此變得輕鬆自在。要是我彆扭，不肯採取第一步，那麼她就有時間重新思考。其實，發生得太快了。

然後，來得急去得快，結束了。我改變心意，推開她。「怎樣？」她上氣不接下氣，「出了什麼狀況？」她在哀求我，想要把我拉回到她懷中，她的雙手落在我的腰際，迷醉的笨拙手指要拉開我的皮帶。

「這樣不好……」我別過頭去，不理她。

「為什麼？」她在乞求，她抓住我的襯衫，渴求至極，我走開，不讓她碰到我。然後，她緩緩接受了事實——被拒絕了。她好尷尬，雙手緊貼臉龐，整個人彷彿燥熱濕黏。

她一屁股坐在某張椅子的扶手上面，努力恢復正常呼吸，她周邊的空間不斷在旋轉。我從她的表情可以看得出來：她不習慣聽到不這種字詞。她重新整理皺巴巴的襯衫，汗濕的雙手梳理髮絲，一臉羞慚。

我不知道我們這種姿態會維持多久。

「反正這樣不好……」我說完這句話之後，突然想要撿我的鞋子，我把它們丟入櫃內，一次一雙，撞到後牆砰砰作響，最後全部落在櫃門後面，堆得亂七八糟。然後，我關上櫃門，什麼都不管了，眼不見為淨。

「你為什麼要把我帶來這裡？只是為了羞辱我才把我帶過來？」

我的腦中浮現我們在酒吧的情景。想像我靠過去對她說出「我們離開這裡」時自己的渴望雙眼。我說我家就在路底，我們幾乎是一路狂奔過來。

我盯著她，再次說道，「這樣不好……」她起身，伸手拿包包，廊道有人經過，他們的笑聲宛若千刃。她想要走路，但是卻失去重心。

我問道，「妳要去哪裡？」我以身體擋住大門，她現在無法離開。

「回家。」

「妳喝醉了。」

「那又怎樣？」她態度挑釁，伸手扶著椅子穩住身體重心。

我態度堅持。「妳不可以……」我心想，不能在我即將手到擒來的時候離開，但我說出口的卻是，「……就這麼離開。」

她微笑，還稱讚我體貼。她以為我擔心她，她根本搞不清楚狀況。

我根本不想鳥她。

之後的蓋比

當我到達的時候，葛瑞絲與米雅這對丹尼特姊妹正坐在我的辦公桌那裡，兩人同時轉身看著我。葛瑞絲渾身不自在，她從我桌上抽了一支筆，然後隔著自己襯衫的袖身拔開被啃得亂七八糟的筆蓋。我整理了一下胸前的渦紋領帶，朝她們走過去的時候，我聽到葛瑞絲低聲說出了「外表不修邊幅」、「不得體」、還有「斯巴達人的膚色」，我猜她是在說我吧。然後，我聽到她提到米雅那一頭螺旋狀髮絡，一定是好幾個禮拜沒使用吹風機了，而且還疏忽保養，冒出了眼袋。米雅的衣服皺巴巴，根本就像是某個前青春期初中男生的打扮，而且沒有笑容。「說來諷刺，妳說是不是，」葛瑞絲說道，「我真希望妳可以痛罵我——叫我賤人、自戀狂，只要是在柯林．薩切爾出現之前，妳對我講出的那些難聽綽號都不成問題。」

但米雅的反應只是兩眼發直。

「早安——」我打招呼，但葛瑞絲卻粗魯打斷我。「我們可以開始了吧？我今天很忙。」

「沒問題。」我打算詢問米雅，看看是否能從她口中問出什麼線索。

「我看不出她能幫上什麼忙，」葛瑞絲提醒了我失憶症的事。「她不記得出了什麼事。」

我之前請米雅在今天早上來到這裡，看看我們是否能夠喚醒她的記憶，柯林．薩切爾曾在那間小木屋裡對她說了哪些話，也許可以對於我們繼續偵辦下去有幫助。由於她們的母親身體微恙，所以她派葛瑞絲替代她的位置，負責陪伴米雅。從葛瑞絲的目光中，我看得出來，她寧可去看牙醫也不願意坐在這裡，與我和米雅在一起。

「我想要努力喚起她的記憶，我想知道看某些圖片是否能夠奏效。」

她翻白眼，開口說道，「天哪，警探，是犯人的大頭照嗎？我們都知道柯林．薩切爾長什麼樣子，我們看過了那些照片，米雅也是，妳覺得她認不出他嗎？」

「不是犯人大頭照……」我向她保證，同時把手伸入某個書桌抽屜，從某疊拍紙簿底下取出了某個東西。她先瞄了一下我的書桌，然後一看到我拿出的那本十一乘以十四英寸的素描簿就愣住了。那是一本線圈本，她仔細盯著封面找尋線索，但再生紙這幾個字並沒有透露任何線索。反觀米雅，對於這個葛瑞絲與我都不知道的東西，卻出現了短暫的認知反應，有思緒流過了她的心頭——有一波回憶——來得快去得也快。從她的肢體語言，我可以看得出來——挺直身軀，往前，雙手朝素描本一陣亂抓，想要把它拉到自己面前。我幫葛瑞絲說出了她舌尖打結的那個問題：「妳認得這東西嗎？」

米雅以雙手捧住了它，她沒有打開，反而是伸手撫摸布質封面。她不發一語，然後，大約過了一分鐘左右，她搖搖頭，沒了。整個人又垂軟在座位裡，雙手放開了素描簿，隨意擱在大腿上面。

葛瑞絲一把搶下，打開了素描本，映入眼簾的是米雅所畫的一堆素描。伊芙曾經告訴過我，米雅不論走到哪裡都會帶素描本，從捷運的流浪漢到停放在車站的汽車，無所不畫。這是她寫日記的方式：去了哪些地方，看到了什麼。比方說，拿這本再生紙素描簿當例子好了：樹木，許多的樹，被樹林圍繞的湖，溫馨小木屋，瘦巴巴的小虎斑貓在一縷陽光之下安憩。葛瑞絲似乎覺得這一切都沒什麼好吃驚的，不過，偷偷躲在素描簿裡的樹林與覆滿白雪小屋的柯林．薩切爾，躍然紙上的那一刻，卻害她大吃一驚。

他的模樣很邋遢，一頭捲髮亂到不行，鬍子、破爛牛仔褲與兜帽運動衫已經超越了頹廢階段，直接進入了骯髒等級。米雅畫了一名男子，身材高壯，她認真描繪眼眸，周邊筆觸陰影層次豐富又陰鬱，這雙深沉邪惡的銳利雙眼逼得葛瑞絲幾乎別過頭去，不想盯著那張紙。

「妳知道吧，這是妳自己畫的……」她逼米雅看那一頁，把它塞入她的手中。他坐在燃燒木柴的火爐前面，雙腿交疊，坐在地上，背對著火焰。米雅伸手撫摸紙頁，沾了一點筆痕。她低頭望著自己的指尖，看到了殘餘的鉛跡，以大拇指與食指不斷摩擦。

我啜飲咖啡，接著開口問道，「是不是想起了什麼？」

「這……」米雅陷入遲疑，「……是他嗎？」

「如果妳口中的他是那個綁架妳的變態，好，沒錯，」葛瑞絲說道，「就是他。」

我嘆氣，「那是柯林．薩切爾。」我把照片給她看。不是她平常看到的那種犯人大頭照，而是他一身精心打扮的帥照。米雅的目光來回搜尋，想要找出兩者的連結，捲髮、健壯身材、深色眼眸。毛髮濃密的淡褐色肌膚，還有他雙臂交叉胸前的姿態，拚命要掩飾笑容的臉龐。我主動開口，「妳真的是很厲害的藝術家。」

米雅問道，「這是我畫的嗎？」

我點點頭，「他們在那間有妳與柯林個人物品的小木屋裡發現了這本素描簿，我想是妳的。」

葛瑞絲問道，「妳把它帶到了明尼蘇達州？」

米雅聳肩，死盯著柯林．薩切爾的畫像。她當然不知道，葛瑞絲也知道妹妹不知道，但還是問了。她跟我想的是一樣的事：這個變態把她匆忙帶往明尼蘇達州的某間廢棄小木屋，而她偏偏有辦法帶走她的素描簿？

「妳還帶了什麼過去？」

「我不知道……」她的聲音幾乎快聽不見了。

「你還找到了什麼？」這次葛瑞絲是在質問我。

我盯著米雅，忠實記錄了她的非口語表達訊息：當她的手指一直想要撫觸面前的那些圖像，挫敗感以徐緩速度默默溢滿心中的那種姿態。每當她想要放棄、推開那些圖像的時候，卻又再次回頭，彷彿在對自己的心靈發出懇求：想啊，努力想一想啊。我回葛瑞絲，「沒有任何異常物品。」

葛瑞絲生氣了。「什麼意思？衣服、食物、武器——手槍、炸彈、刀子——畫家的畫架與水彩顏料盒？」她從米雅的雙手之中偷走了那本筆記本。「我認為，這不正常。綁架犯通常不會讓他的人質在廉價再生紙素描簿畫下證據。」葛瑞絲面向米雅，把證據放在她面前。「米雅，如果他可以坐這麼久，讓妳好整以暇可以畫下這張畫，那妳為什麼不逃跑？」

她表情僵硬，死盯葛瑞絲。葛瑞絲嘆氣，惱火不已，看待米雅的那種表情，彷彿覺得應該要把她關入精神病房一樣，彷彿她找不到現實感，不知道自己在哪裡，也不明白為何置身此地。葛瑞絲似乎想要拿鈍器狠敲米雅的頭，讓她恢復一點理智。

我為米雅辯護，「也許她很害怕，搞不好那裡無處可逃。小木屋位於大片荒原中央，而且冬季的明尼蘇達北部幾乎是鬼城。很可能沒有任何去處，他也許會找到她，抓到她，然後呢？接下來會發生什麼事？」

葛瑞絲坐在那裡生悶氣，快速逐頁翻閱素描簿，她看著光禿禿的樹木、永不歇止的雪勢、被濃密樹林包圍的美麗湖面……然後，她差點漏了那一張，又迅速回翻，從圈裝處用力把它撕下來。「那是聖誕樹嗎？」葛瑞絲焦急想要知道答案，她瞠目結舌，盯著充滿懷舊情懷的某張畫紙角落內側。

那個撕紙的動作差點害米雅嚇得跳起來。

我盯著愣住不動的米雅，伸手迅速拍了她一下。「哦，對啊，」我哈哈大笑，但明明根本沒有任何笑點。「好，我想那可以算作異常吧，是不是？我們發現了一棵聖誕樹，我覺得畫得很漂亮。」

之前的柯林

當電話進來的時候，她拚命忍住睡意，她一直嚷嚷她必須離開，我必須要確保她走不了。

我必須發揮所有的自制力，才能夠拚命把她推開。我得要背對她，閃避她的祈求目光，逼我自己要忘記那雙眼睛。明明馬上就要抓走這個女孩，卻跟她打砲，反正就是不對勁。

不過，我還是想出了辦法說服她留下來，她覺得這樣是為她自己著想。我說，等到她醒來的時候，我會陪她走到路上叫計程車，看來她是接受了。

電話響了，她並沒有嚇一跳，望著我的那種表情在暗示一定是女生找我吧。不然有誰會在這種深夜時分打電話？快要凌晨兩點了。我到廚房接電話的時候，發現她從沙發起身，想要對抗已經佔上風的瞌睡蟲。

「一切都準備好了嗎？」達厄瑪爾想知道答案。我知道他當初跳船來到美國，而且膚色黝黑程度超過了我見過的一切事物，但除此之外什麼都不清楚。我曾經替達厄瑪爾辦過事：偷盜與跟騷，從來沒有綁架。

「嗯嗯……」我偷瞄以彆扭姿態站在客廳的那個女孩，她正在等我講完電話。然後，她就會閃了。我開始移動，離她遠遠的，小心翼翼從抽屜拿出了一把半自動步槍。

他說道，「兩點十五分……」我知道見面的地方在哪裡：某個地下道的陰暗角落，在這種時候，只會有流浪漢在那裡出沒的地方。我看了一下手錶，我應該要把車停在某台灰色小型休旅車的後面，他們會抓走那女孩，留下現金。就這麼簡單，我連下車都不需要。

我回道，「兩點十五分……」這個丹尼特家的美眉只有五十四公斤，她現在喝得爛醉，頭痛欲裂，一定易如反掌。

她已經在說，等我回到客廳的時候她就要走了。她走向門口，我伸臂摟住她的腰，把她從門口拉回來，我們有了肉體接觸。「妳哪裡都不可以去。」

「不能這樣，」她說道，「我早上得去上班。」

她咯咯笑個不停，儼然這是什麼有趣的事，有點像是在挑逗我。

不過，有槍，她看到了，就在那一刻，一切發生變化，真相大白的一瞬間，她認出手槍的一瞬間，發覺等一下馬上就會出現慘況的一瞬間。她張開嘴巴，冒出了一個字，「哦。」然後，其實幾乎是事後才恍然大悟，她看到了槍，開口問道，「你拿槍要做什麼？」她閃開我，不斷往後退，跌坐在沙發上。

我往前，拉近我們之間的距離。「妳得跟我來。」

她問道，「去哪裡？」當我伸手抓她的時候，她立刻扭身躲開，我拉開她的雙臂，要把她抓回來。

「不要把狀況搞得更難看。」

她怒氣沖沖問我，「你拿槍是要幹什麼？」她的反應比我預期中的冷靜。她焦慮不安，但沒有尖叫，沒有大哭，雙眼緊盯著那把槍不放。

「妳跟我來就對了。」我伸手緊扣她的手臂，她在顫抖，一直想溜走，但我已經掐住她，扭扯她的手臂。她痛得大叫，惡狠狠瞪了我一眼——受傷又意外的神情。她說叫我放她走，不要碰她。她語氣裡有一股優越感惹惱了我，彷彿她才是這齣劇的策劃人。

她想要甩開我，但卻發現掙脫不了，我不會讓她稱心如意。

「閉嘴。」我抓住她手腕的力道越來越緊，我知道一定很疼。我出手的力道弄痛了她，在她的皮膚上留下了紅色指印。

「搞錯了！」她對我咆哮，「根本大錯特錯！」她的態度有一種詭異的鎮定感，但她的目光依然盯著那把槍。我聽到那種話到底有多少次，可以說數也數不清了，每一個所謂的受害者都會說是我搞錯了。

「閉嘴！」我這次氣急敗壞，更有霸氣。我把她壓在牆上，還不小心推倒了某個桌燈，撞到拼花地板，發出了恐怖聲響，燈泡碎濺，但是桌燈沒有壞。

我死壓著她，叫她閉嘴，我講了一遍又一遍，媽的給我閉嘴就是了。

她不發一語。擺了一張撲克臉，但內心一定是暴怒不已。

「好啊……」她開口了，彷彿那是她的自主選擇一樣，儼然她對於現況有什麼置喙的餘地。她目光疲倦，但是鎮定，我覺得，她眼睛很漂亮，有一雙美麗的藍色眼眸。不過，我後來只能逼自己拋卻那個念頭，不要去想那種亂七八糟的事。現在不行，要等到我把她交給達厄瑪爾之後。

我需要完成任務，大功告成之後才能準備回頭反省自己。

我把槍口抵住她的頭，講出等一下的步驟。她要跟我一起走，要是她尖叫的話，我會扣下扳機，就這麼簡單。

但她不會尖叫，就連我也看得出來。

「我的包包……」當我們跨過她之前丟在地上的包包時，她開口了，幾個小時之前，我們進入公寓，手忙腳亂抓對方衣服的時候，她直接把包包扔在地上。

我大聲咆哮，「媽的別管妳的包包了！」然後我把她拖進廊道，狠狠關門。

外頭很冷，湖面的風飄飛過來，吹拂她臉旁的髮絲。她冷得要命，我伸出手臂緊緊摟住她的身軀，不是為了幫她取暖，我根本不鳥她到底冷不冷。我可不想看到她逃跑，我緊摟著她，她左邊的肋骨緊貼著我的身體右側，有時候我們的腳還碰在一起，跌跌撞撞。我們行走速度急快，匆匆趕向位於艾恩斯利街的停車處。

「趕快……」我又說了一次，但我們都知道拖累我們的人是我。我往後張望，確定沒有人跟蹤我們，而她則盯著地面，努力避開凌厲如刀的風勢。她的外套被丟在公寓裡，皮膚冒出了一排排的雞皮疙瘩，她的單薄襯衫難以抵禦十月初的冷冽空氣。今晚，除了我們之外，街頭完全看不到任何人。

我為這女孩開了車門，她乖乖上去。我沒時間繫好自己的安全帶，發動車子，直接上路，在艾恩斯利街迴轉掉頭，在明明是單行道的地方逆向行駛。

路上一片空荒。我開得太快，我明明知道不該如此，但還是希望可以趕快完成任務。她靜默不語，呼吸節奏平穩，出奇沉著。我透過眼角餘光可以發現她在顫抖：寒氣，還有恐懼。我很好奇不知道她在想什麼，她沒有對我苦苦哀求，整個人縮成一團窩在這台貨卡車的副座，死盯外頭的市景。

過沒多久之後，我們就停在那台小型休旅車後面，等一下達厄瑪爾的手下就會把她從這台貨車拖出去，他們的骯髒雙手會朝她全身一陣亂摸。達厄瑪爾性格易怒，我不知道他們對這女孩有什麼計畫。我只知道擄人勒贖。繼續挾持她，直到她父親吐出一大筆贖金為止。等到他們拿到了對方該付的錢，我不知道他們接下來會怎麼處理。殺了她？送她回家？我很懷疑。就算真的是這樣，達厄瑪爾和他的人馬也會等到好好狎弄她，大享福利之後才會把她送回去。

我心中的念頭開始朝四面八方亂竄，現在我想到的是被抓到的話，不知道會怎麼樣。一切化為烏有，綁架最高是三十年的刑期，我知道，我查過了。自從達厄瑪爾找我之後，我擔憂也不是只有一次而已。不過，想是一回事，動手又是另一回事。現在，我已經把這女孩帶入車內，想的卻是三十年的刑期。

她不看我。在某次等紅綠燈的時候，我盯著她不放。她目光望向前方，但我知道她看得到我，也可以感受到我在瞄她。她屏氣，強忍淚水，我單手開車，另一手握住放在大腿上的手槍。

我不是很鳥這女孩，因為我根本不在意。我在想的是萬一風聲洩漏傳回老家，每個人都知道是我下手的時候，我的名字與綁架犯／殺人犯連結在一起，不知道會怎麼樣。想必這就是結局吧，達厄瑪爾絕對不會讓自己與這起事件有所牽扯，他一定會陷害我。萬一等到狀況不妙的時候，我會成為傀儡，被送上砧板的代罪羔羊。

交通號誌轉為綠燈，我轉進密西根大道，有好幾個喝醉酒的小屁孩站在街角等公車。他們在四處胡鬧，一臉蠢樣。其中一個從人行道邊緣踉蹌跌出來，我趕緊轉彎，差一點就撞上他，我低聲啐罵，「白痴……」他回敬給我的是豎中指。

我開始思考備案。這是我的習慣，萬一遇到狀況變得棘手，就必須搬出來使用，而我從來不曾使用過任何備案。我看了一下油表，至少，離開芝加哥不成問題。

我應該要在瓦克大道停下來。貨車儀表板的紅色時鐘數字顯示為凌晨兩點十二分。達厄瑪爾與他的手下已經就定位，等候中。他大可以自己動手，但他絕對不會，他一直不希望弄髒自己的雙手。他找到某人，某個跟我一樣的社會邊緣人來幹這種髒活，所以他可以退到一旁，冷眼旁觀。這樣一來，當情勢逐漸惡化的時候，他不會與任何罪行沾上邊。現場沒有指紋，他的面孔可以躲過各種影像紀錄證據。他讓我們其他人，被他稱之為操作員的這些人——媽的搞得像是大家在中情局一樣——由我們承擔罪責。

那台廂型車裡應該是有四個人，四名等在那裡的惡徒，準備要壓制這個明明該奮力反抗活命，但卻在我身邊坐著不動的女孩。

我的雙手緊抓方向盤，流汗不止。

我靠牛仔褲擦拭手汗，然後，我揮拳朝方向盤狠狠捶了一下，那女孩發出了悶聲叫喊。

我應該要在瓦克大道停下來，但我沒有，我繼續往前開。

我知道這很蠢，我知道一切很可能失控，但我還是硬幹下去。我凝視後照鏡，確認自己沒有被跟蹤。然後，我猛踩油門，過了密西根大道，進入安大略街，在時鐘還沒有跳到兩點十五分之前，直接轉彎。

我並沒有對那女孩開口，因為我無論說什麼她都不會信的。

我不知道那是什麼時候發生的事，應該是在我們開車離開芝加哥的某一個時點，當天際線的星星隱入黑夜之中，建物被距離吞沒的時候。她在自己的座位裡不安蠕動，原本的鎮定逐漸消失。她的雙眼四處飄移，目光盯著側窗之外，她轉頭，盯著後照鏡，看著整座城市慢慢消融。彷彿有人終於按下電燈開關，現在，她總算知道媽的是怎麼一回事。

她逼問我，「我們要去哪裡？」她的聲音變得歇斯底里，原本的撲克臉成了驚訝的大眼，漲紅的膚色。我們飛速經過一排路燈，光曜約每隔五秒就映亮她的臉。

有那麼一時半刻，她求我放了她。我告訴她閉嘴，我不想聽，但現在她在哭，淚水開始氾湧，哭得不成人形，一直求我放了她。她再次問我：我們要去哪裡？

我拿起了槍，我不能忍受她的聲音，吵鬧刺耳。我要她閉嘴。我拿槍指著她，喝令她給我安靜。她乖乖照做，不吵鬧了，但還是在哭，以過短的袖口擦拭鼻子，我們飆速離開城市，進入郊區，摩天大樓與蜿蜒馬路中央的地鐵藍線已然轉換為樹林。

之後的伊芙

米雅坐在餐桌前，手裡拿著一個八點五乘以十四英寸的牛皮紙袋信封，正面寫有她的名字，陽剛味十足的全大寫手寫字跡。

我為米雅與我自己準備晚餐。背景噪音是隔壁房間的電視聲響，不過，它飄入廚房，填補了我與米雅之間的沉默。米雅可能沒有發現，不過，最近那樣的沉默讓我神經衰弱，所以我主動閒聊，消弭寂靜。

「妳的沙拉要不要加雞胸肉？」她的答案是聳肩，我又問了，「要全麥麵包還是白麵包？」她沒回應。

「我來煮雞肉，」我說道，「妳爸爸喜歡吃雞肉。」不過，我們都知道詹姆斯不會回家。

「那是什麼？」我指向她手裡的東西。

「哪個？」

「信封。」

「哦，」她說道，「這個啊。」

我把煎鍋放在爐子上，不小心發出了砰響。她嚇了一跳，我趕忙道歉，心中充滿了羞愧感。

「啊米雅，親愛的，我不是故意嚇妳……」她過了一會兒才恢復鎮定，發覺心跳急快和豆大的汗珠與煎鍋響聲有關。

她說她不知道自己為什麼會產生這種感覺。

她還說她以前喜歡黑夜降臨的時刻，外在世界隨之一變。她細細描繪給我聽，街燈與建築在夜空之下燈光爍亮的場景，她說她喜歡那樣的隱匿性，還有當太陽沉睡之際醞釀的各種可能性。不過，現在黑暗卻讓她感到恐懼，在絲質垂簾另一頭、無可名狀的一切。

米雅以前從來不會害怕。她會在天黑之後到市區街頭閒晃，覺得十分安心。她吐露自己經常在震耳欲聾的車聲——冒失喇叭鳴響與喧囂一整夜的警笛當中——找到慰藉。不過，現在某個煎鍋的聲音就讓她緊張不安。

我頻頻道歉已經過了頭，米雅告訴我沒關係，她開始專心聆聽隔壁房間的電視。晚間新聞結束了，現在是七點的情境喜劇。「米雅？」我呼喚她，她轉頭看我。「怎麼了？」

「那個信封。」我伸手指了一下，然後她想起來了。

她拿在手中把玩。「那個警察給我的……」

我忙著切番茄。「霍夫曼警探嗎？」

「對。」

米雅通常會在詹姆斯出去的時候才下樓，其他時間都躲起來。我相信這個空間一定讓她憶起了自己的童年。這裡跟十幾年前一模一樣：同樣的油漆，奶白色，氣氛式照明，有燭光，軌道燈暗淡朦朧。桌子是深木色檯座椅，搭配渦卷式椅腳，另有同色的扶手椅，她小時候就是在這裡虛擲了過多的時光，被放在顯微鏡之下檢視。我確信她覺得自己像是個小孩，大家不能丟下她一個人，必須要仔細呵護，持續監視，她的獨立性已經完全消失無蹤。

昨天她問我，她什麼時候可以回家，她自己的公寓，而我只能回她，時候到了再說。

詹姆斯和我不讓她離開這間屋子，除非是帶她去看羅德絲醫生或是前往警察局，處理日常雜務當然絕對不可能。門鈴從早到晚響個不停，拿著麥克風與攝影機的男男女女一直守在大門口，頻頻逼問，**米雅**．丹尼特，我們想問妳幾個問題，他們硬是把麥克風塞到米雅的面前，後來我叫她不要開門，最後乾脆不要理會鈴聲。電話響個不停，我有幾次真的接起來，唯一說的話就是「無可奉告」。大約過了一天左右，我開始讓電話直接轉到答錄機，然後，當鈴聲已經到了無法令人忍受的程度，我直接拔掉掛牆電話座機的插線。

我提醒米雅，「嗯，怎麼不打開呢？」

她的手指滑到了封口下方，把它打開。裡面有一張紙，她小心翼翼把它從信封裡抽出來，仔細觀看。我把刀子放在砧板上面，緩步走到餐桌那裡，站在米雅旁邊。我明明知道在我們兩人當中，我是比較關切狀況的那一個，但卻佯裝自己興趣淡然。

那是一張複印品，某本素描簿的畫，上方還看得到從線圈素描本撕下原作時的一排圓孔。主題是某個人，一名女子，我只能從那相當長的頭髮當成判斷依據。

米雅對我說道，「這是我畫的……」我從她雙手之中抽出那張畫。

「我可以坐下吧？」我一屁股落在她身旁的那張椅子。「妳為什麼會那麼說呢？」我的雙手開始顫抖，腹部開始不停翻攪。我記得米雅很早就開始畫畫，她是才華洋溢的藝術家。我曾經問過她為什麼這麼熱愛畫畫。她告訴我，她畫畫是因為這是她可以產生改變的唯一方式，她可以把野鵝變成天鵝，或是把陰天轉為晴日，那是一個真實不需存在的境地。

不過，這幅畫卻完全不一樣。主角的雙眼是渾圓形狀，笑容是她在小學時學到的那種繪畫技法，而一根根的眼睫毛是往上的箭頭，整張面孔扭曲。

「這來自於同一本素描簿，霍夫曼警探的那一本，裡面都是我的畫。」

「這不是妳畫的東西，」我斬釘截鐵，「也許十年前吧，妳剛開始學畫的時候，但不是現在。以妳的程度來說，這張畫太普通了，說平庸已經是客氣之詞。」

計時器響起，我站起來。米雅拿了那張紙，繼續研究。「如果是這樣的話，那警察幹嘛要給我這東西？」她在手中把玩那個信封，我告訴她，我不知道。

我把全麥麵包麵團放在等一下要送入烤箱的餅乾烤盤上面，米雅在這時候問道，「那不然是誰？是誰畫了這個？」爐子上的雞肉已經燒焦了。

我把餅乾烤盤放入烤箱底層，翻動雞肉，開始把小黃瓜切丁，儼然把它當成了躺臥在我面前砧板之上的柯林．薩切爾。

我聳肩。「那張畫……」我努力忍淚，米雅坐在餐桌邊端詳它，而我一看就瞭然於心：長頭髮、渾圓的眼睛、U型弧線的笑容。「那張畫，」我說道，「畫中的人物就是妳。」

之前的柯林

我們上了甘迺迪快速道路之後，我才開暖氣，而到了威斯康辛州的某處，我打開廣播電台，後頭的喇叭發出了靜電噪響。女孩望著側窗，沉默不語。我確定有一對車頭燈在州際九十號公路的整段路程當中一直緊跟我們，不過到了威斯康辛州的簡斯韋爾的時候，就消失不見了。

我離開州際公路，一片漆黑荒涼，似乎走投無路了。我駛入加油站，無人當班。

我熄火，下車，準備加滿油，手槍不離身。

我全程緊盯她不放，當我看到貨車裡有一抹光曜在閃動，手機進入使用狀態時的光，我怎麼這麼愚蠢？我立刻衝過去拉開車門，把她嚇得半死，她好驚恐，拚命想要把手機藏在她的襯衫裡。

我厲聲說道，「把妳的手機給我！」痛罵自己居然在我們離開之前忘了丟掉她的手機。

加油站指示燈顯示已經加滿了油。她整個人慘不忍睹，妝容花糊、頭髮亂七八糟。她問我，「什麼？」

我知道她沒那麼笨。「交給我就對了。」

「什麼？」

「反正交給我就對了。」

「我沒有手機。」她撒謊。

我大吼，「媽的把手機給我！」然後伸手過去，硬是把它從她襯衫底下拉出來。

我檢查手機，她剛剛只來得及打開通訊錄而已，就這樣。沒有了。我完成加油，確定手機關機，然後把它扔進了垃圾桶。就算警察可以追查訊號，等到他們發現的時候，我們早就不知道跑到哪裡去了。

我在車後座翻找用品——繩索、延長線，媽的還有一條細繩。我把她的雙手綁在一起，是那種會害她痛得大叫的緊度。「再給我試試看，」我回到貨車裡的時候，對她說道，「我一定殺了妳。」我狠狠關上車門，發動引擎。

只有一件事我十分確定：當達厄瑪爾一發現我沒有和這女孩一起現身，立刻就會派出他認識的每一個人，把我們找出來。現在，他們一定掀翻了我的公寓，我們現在兩敗俱傷。媽的我絕對不可能回去，要是這女孩笨到想回頭，她必死無疑。但我絕對不會坐視這種事發生，她會告訴他們我人在哪裡，接下來她就會被他們給宰了。我會搶先一步取她性命，我做的好事已經夠多了。

我們在黑夜中開車奔行。她閉上雙眼，只有兩三秒而已，然後又迅速睜開，目光在整個貨車裡四處搜尋，發現這並不是一場惡夢。這一切都是真的：我、髒兮兮的貨車、冒出棉絮的破爛塑膠座椅、廣播電台發出的靜電聲響，還有無窮無盡的田野與幽暗夜空。手槍擱在我的大腿上頭——我知道她沒膽敢伸手拿槍——我雙手緊抓方向盤，現在放慢車速，可以確定我們沒有被跟蹤。

她曾經問過我為什麼要做這種事，講話的時候，聲音顫抖。「你為什麼要對我做出這種事？」大約是開到麥迪遜的時候吧。她原本一路沉默，專心聆聽某個天主教神父在碎唸什麼原罪的事，每隔三、四個字，他的話就會斷音。突然之間，冒出了你為什麼要對我做出這種事，尤其是對我那兩個字真的是惹毛了我。

她以為這都是和她有關，其實可以根本不關她屁事。她是肉票，是傀儡，是待宰的羔羊。

我說道，「關妳屁事啊……」

她不喜歡這個答案，指控我的態度很倨傲。「你根本不認識我——」

「我認識妳。」講完之後我迅速瞄了她一眼，車內光線昏暗，我只能看到因為窗外的幽黑天色而顯得模糊的輪廓。

她開始求我，「我是對你做了什麼？我到底是對你做出了什麼事？」

她從來沒有對我做什麼，我知道，她也知道，但我還是叫她閉嘴。「夠了。」等到她安靜之後，我又講了一次，「閉嘴就是了，」到了第三次的時候，我大吼大叫，「媽的給我閉嘴！」我亂揮手槍，對準她的方向，然後我突然把車駛向路邊，猛踩煞車。我下車，她已經在尖叫，指責我居然留下她一個人。

我在車斗找到了膠帶，用牙齒撕下了一小段。空氣中瀰漫一股寒氣，偶爾出現的半掛式卡車在大半夜呼嘯而過。她問道，「你要做什麼？」當我打開她車門的時候，她伸腳踢我，勁道猛烈，讓我覺得她真是了不起，她是戰士，我願意承認這一點，但現在卻只是讓我火冒三丈而已。

我擠進貨車，把那一段膠帶啪一聲貼在她動個不停的嘴唇上面。「我早就告訴妳閉嘴。」

她安靜了。

我回到貨車駕駛座，狠狠關車門，悶頭上了州際公路，車輪壓過路肩，濺飛碎石。

難怪足足開了一百六十幾公里之後，她才敢講出她想尿尿，終於鼓起勇氣，伸出顫抖的手，放在我的手臂，想要吸引我的注意力。

「怎樣？」我沒好氣，抽開手臂，不讓她碰我。已經快要天亮了，她在座位裡不斷蠕動，眼中有一種急迫感。我撕開膠帶，她發出呻吟。很痛，痛得要死。

我在想，很好，這樣一來就可以給她上一課，當我告訴她要閉嘴的時候就乖乖聽話就是了。

「我得去洗手間……」她囁嚅說出口，語氣恐懼。

我把車駛入歐克萊爾郊外某間破爛貨車休息站的碎石路停車場。旭日即將在東向的某座酪農場上方升起，路邊有一群荷斯登乳牛在吃草。今天會陽光普照，但爆冷。十月，樹木已然變貌。

進入停車場，我陷入遲疑。裡面幾乎全空，只有一台處處鏽斑的老舊旅行車，車後保險桿貼滿了政治標語貼紙，後車燈是靠膠帶黏在車身。我心臟狂跳，我把手槍塞入屁股口袋。自從我們離開之後，我也不是沒想過這檔子事，我知道這是我得要做的事。現在，這女孩本來應該要在達厄瑪爾的身邊，我想我只是努力忘記自己到底做了什麼，這不是我的計畫，但如果要成功，我們需要一些東西，就像是錢。我身上是有一點錢，但不夠應付這種狀況，在我們離開之前，我已經翻過了這女孩的皮夾，信用卡當然不能用。我從置物箱取出刀子，在切斷這女孩的束帶之前，我警告她，「妳乖乖跟著我，別想幹蠢事。」我告訴她，只有聽到我的吩咐，當我說可以的時候，她才可以去上廁所。

然後，我另外剪了六十公分的繩子，塞入我的外套口袋。

這女孩從貨車下來的時候，模樣可笑，她身上那件皺巴巴的襯衫，袖長根本還不到手腕。她的雙臂交疊胸前，緊緊揪在一起。她因為天寒而發抖，髮絲垂落臉龐，她一直低著頭，目光盯著碎石。她的前臂出現瘀青，就落在內臂的某些愚蠢中文刺青的上面。

只有一個女店員在工作，根本沒有客人，跟我原本的猜測一樣。我摟住那女孩，把她拉到我身邊，努力裝作兩人很親密一樣。她腳步猶疑，無法與我同步。她踉蹌差點摔倒，被我及時拉住，我用眼神警告她要注意自己的行為。我以雙手抓住她，看起來完全沒有親暱姿態，流露的是脅迫。她知道這一點，但站在櫃檯後的那位小姐並不知道。

我們在走廊裡來回走動，確保這裡只有我們而已。我抓了一盒信封。然後，我確認洗手間沒有其他人，確定沒有可以讓這女孩逃走的窗戶，然後我告訴她可以尿尿了。櫃檯小姐瞄了我一眼，神色狐疑，我翻白眼，告訴對方這女孩喝太多了。顯然她是信了。那女孩似乎尿個不停，當我再次朝裡面偷瞄的時候，看到她站在鏡子前面，朝臉潑水。她盯著自己的映影，久久不動。

過了一分鐘之後，我開口，「走吧。」

然後，我們走到櫃檯，準備支付那盒信封，但我們其實並沒有掏錢，那女子分神，盯著十二英寸電視的七〇年代老舊重播影集。我東張西望，要確認這裡沒有監視攝影機。

然後，我繞到她背後，從我的屁股口袋取出手槍，叫她立刻把收銀機的鈔票全拿出來。

我不知道比較恐慌的人是誰。那女孩動也不動，臉龐充滿恐懼。我的槍管抵住某個中年女子的一頭灰髮，女孩成了目擊者，共犯。女孩開始問我到底在做什麼，一遍又一遍，她哭了。「你在做什麼？」

我叫她閉嘴。

收銀員在懇求我饒命，「拜託不要傷害我，拜託，放我一馬。」我把她推向前，再次喝令她把收銀機的錢全部拿出來。她打開之後，開始把大把現金塞入某個大型購物塑膠袋，上面有一個大大的笑臉，還有祝您有個美好一天字樣。我叫那女孩盯著窗外把風，注意是否有人過來。她點點頭，態度乖順，像個小孩子一樣。「沒有，」她在抽噎。「沒有人。」然後，她又問道，「你到底在做什麼？」

我的槍口壓得更緊了，告訴那女子動作快一點。

「拜託，拜託千萬不要傷害我。」

我說道，「銅板也要，」收銀機裡有好幾條硬幣，我又問道，「你有沒有郵票？」她的雙手準備開某個抽屜，我立刻大吼，「媽的不准碰任何東西！跟我說，妳到底有沒有郵票？」因為我怎麼知道抽屜裡會不會有半自動手槍？

一聽到我的語氣，她開始嗚咽。「在抽屜裡面，」她大哭求我，「千萬不要傷害我……」她告訴我，她還有孫子，有兩個，一男一女，我只聽到其中一個名叫奇爾達，什麼蠢名字啊？我把手伸入抽屜，找到了大全張郵票，扔進購物袋裡，然後我把它從她手中搶下來，交給那女孩。

「抓好，」我說道，「站在那裡不要動就對了，給我抓好。」我把槍朝她的方向晃了一下，就是要讓她知道我不是在開玩笑。她大叫，閃開，彷彿我搞不好——真的搞不好——會斃了她。

我拿出口袋裡的繩子，綁住女收銀員，然後，為了保險起見，我轟爛了電話。那兩個女人都在尖叫。

我不能讓她立刻報警。

大門旁邊有一疊運動衫。我抓了其中一件，叫那女孩穿上。一直看到她在發抖，讓我心生厭煩。她把它從頭頂套下去，靜電造成她頭髮爆炸失控。那是我看過最醜的衣服，上面有幾個字，L'étoile du Nord，靠，誰曉得是什麼意思啊。

我又多抓了兩件運動衫、好幾條長褲——衛生褲——還有幾雙襪子，又拿了兩個走味的甜甜圈準備在路上吃。

然後，我們就上路了。

進入貨車裡面之後，我再次綁住那女孩的雙手，她依然哭個不停。我告訴她，要嘛她自己想辦法閉嘴，不然我就來替她想法子。她的目光落在儀表板上面的膠帶，安靜下來，她知道我不是在開玩笑。

我抓了個信封，寫好地址。盡量塞滿錢，然後在角落貼好郵票，把剩下的錢放入口袋。我們開車亂繞，我終於找到一個大型藍色郵筒，然後我把那個信封丟了進去。那女孩盯著我，心想我到底是在幹什麼，但她沒問，我也沒說。

這並不妥當，完全不妥。不過，現在也只能硬著頭皮幹下去了。

之後的伊芙

看到警車守在我家外頭，我已經很習慣了。一共有兩台車，日夜都有，四名制服員警一直盯著米雅。他們坐在巡邏車的前座，喝咖啡、吃三明治，都是他們換班時在快餐店隨手買來的食物。我望著臥室窗面，以手撥開百葉窗隔板凝望。對我來說，他們看起來就像是小男生一樣，比我自己的孩子還要小，不過，他們卻攜槍，帶著警棍，還會用望遠鏡對我仰視，緊盯不放。我一直努力告訴自己，每當夜晚到來，我調暗燈光換上燈芯絨睡褲的時候，他們看不到我，但其實我也不知道答案。

米雅每天都坐在前面的門廊，似乎對於酷寒天氣無動於衷。她一直看著我們房子周邊那片宛若城堡護城河的白雪，還有在風中不斷來回傾斜的休眠樹木。不過，她並沒有注意到警車，全天候二十四小時緊盯她的四名男子。我求她千萬不要離開門廊，她說好，但有時候她會走過雪地，進了人行道，在普特爾夫婦與多納德森一家人的住宅外頭閒晃。其中一台車會悄悄跟在她背後，另一台車則會派警官來通知我，我會光腳衝出大門，一把抓住正在神遊的女兒。「米雅，親愛的，妳要去哪裡？」我聽到自己問出這問題的次數已經數也數不清了，她從來不穿外套，雙手冰涼。她從來不知道自己要去哪裡，但一定會跟我回家，我們走回家，準備要進廚房喝杯熱牛奶的途中，我會向警察道謝。她一邊喝一邊在發抖，喝光之後，她說要上床睡覺，過去這一個禮拜她都覺得身體不適，一直想要賴在床上。

不過，今天也不知道是怎麼回事，她看到了警車。我把車從車庫開到馬路上，準備前往羅德絲醫生辦公室進行米雅的第一次催眠，她盯著窗外，出現了那麼一瞬的清醒狀態，開口問道，「他們在這裡做什麼？」彷彿他們就在她清醒的一刻，剛剛抵達這裡而已。

我婉轉回道，「保護我們的安全……」其實我的意思是，保護妳的安全，但我不希望她因為自身安全堪慮的原因而感到害怕。

「哪裡有危險？」她現在轉頭，透過後窗望著警察，其中一台車發動引擎，跟著我們上路，而另外一台則留在原地，在我們出門的時候繼續緊盯我們的住家。

「完全不需要擔心……」我沒有回答，改以這樣的話作為回應，她欣然接受，又轉頭回來，望向前窗外面，完全忘了我們後頭還有人尾隨的事。

我們進入附近的街區，好安靜。兩個禮拜的寒假結束了，小孩們都回到了學校，再也不會看到他們在自家前門草坪鬼混，忙著堆雪人，發出尖銳高亢的笑聲互丟雪球，在我們這個沉默之家當中，聽起來格格不入。家家戶戶依然還開著聖誕燈，那些已經被拔掉氣塞的充氣式聖誕老公公，全都癱死在雪堆之間。詹姆斯今年沒花時間裝飾屋外，但我還是把裡面好好佈置了一番，純粹就是提前準備，要是米雅回家的話，就有了慶祝的理由。

她同意接受催眠。我們不需要花太多氣力哄騙。最近米雅幾乎什麼都說好。詹姆斯反對這個提議，他認為這是偽科學，等於跟手相和占星一樣。我不知道自己信什麼，但我絕對不可能放棄一試的機會。要是它能夠幫助米雅回想起那些失蹤日子的一時半刻，那麼，鉅額的費用、在艾薇莉．羅德絲醫生候診區所虛耗的時間，全都值得了。

一個禮拜之前，我對於催眠的了解微不足道。後來，在半夜失眠的時刻，我上網研究，也因而得到了啟蒙。我現在明白了，催眠，是一種非常放鬆、類似夢遊的類恍惚狀態，它可以讓米雅變得不再那麼壓抑，讓自己坦然面向世界的其他部分，在醫生的幫助之下，喚起失去的記憶。被催眠的對象會很容易受到暗示所影響，能夠回想被心靈鎖在密室的秘密。羅德絲醫生靠著催眠的方式，可以直接面對米雅的潛意識，也就是隱藏起米雅的記憶，造成她無法回想的那一個腦部區塊。催眠目的是為了要讓米雅進入深層放鬆狀態，所以她的意識層多多少少可以進入休眠，讓羅德絲醫生可以處理潛意識。為了米雅著想，催眠之目的是為了要重新想起她在小木屋的全部或部分記憶——即便是某些瑣碎細節都好——透過治療，她可以接受自己遭人綁架的過往，開始療傷。而為了辦案著想，警探霍夫曼急切想要知道線索，只要能夠幫助警方追出幕後指使的那個男人，柯林．薩切爾在小木屋之內洩漏的任何細節或是蛛絲馬跡都不會放過。

當我們到達羅德絲醫生辦公室的時候，我，因為詹姆斯的堅持，因而特准允許入內。他希望我要緊盯著那個瘋子，他都是這麼稱呼羅德絲醫生，以免她想要誤導米雅的想法。當米雅小心翼翼躺坐在沙發上的時候，我在遠處的扶手椅坐下來。在最靠南的那面書牆堆滿了一排排的教科書，此外，還有一扇面對停車場的窗戶。羅德絲醫生一直關著百葉窗，只讓微光透入室內，所以有充分的隱私。診間幽暗低調，在牆內空間所吐露的秘密，都會被酒紅色的油漆與橡木護牆板所吸納。這個空間很透風，我緊緊抓住自己的毛衣，裹住自己，米雅的意識逐漸變得昏昧。醫生說道，「我們先從簡單的部分開始，我們已經知道的事實，看看接下來會出現什麼進展。」

結果，記憶復返完全沒有依照時間順序，連合情合理都稱不上，我們脫離那個冷冽冬日明明都已經過了這麼久，對我來說，這真是難解之謎。我原本以為催眠能夠解開記憶的密室大鎖，然後，就在那一瞬間，所有的記憶都會傾落在那塊假波斯地毯上面，然後，米雅、醫生，還有我就可以靠在那裡不動，仔細對它們進行剖析。但完全不是這樣。在米雅被催眠的有限時段當中——也許二十分鐘吧，但最多不過如此而已——那道心門開了，羅德絲醫生以一種親切悅耳的語調，努力想要撬開餅乾的外層，觸達奶油夾心，結果卻是一堆碎片：滿佈瘤節牆板與裸露木桁的鄉村風小木屋、汽車廣播電台的靜電聲響、貝多芬〈給愛麗絲〉的樂音，還有遇到了麋鹿。

「米雅，誰在車子裡？」

「我不確定？」

「妳在裡面嗎？」

「對。」

「開車的是妳嗎？」

「不是。」

「是誰在開車？」

「我不知道，天色昏暗。」

「是什麼時間？」

「一大早，太陽才剛出來。」

「妳可以從窗外看得到嗎？」

「對。」

「有沒有看到星星？」

「有。」

「月亮呢？」

「有。」

「滿月嗎？」

「不是，」她搖頭。「是半月。」

「妳知道自己在哪裡嗎？」

「在路上，兩線道的小型道路，周邊都是樹林。」

「有沒有其他車輛？」

「沒有。」

「有沒有看到交通號誌？」

「沒有。」

「有沒有聽到任何聲響？」

「靜電、收音機、有個男人在講話，不過他的聲音……有靜電。」米雅躺在沙發上，雙腿在腳踝處交疊。這是我在過去這兩個禮拜當中，第一次看到她放鬆下來。她的手臂交叉放在裸露的上腹部——剛剛躺下的時候，厚重的奶油色短版毛衣往上縮了幾公分——整個人宛若入棺平躺的姿態。

「有辦法聽到那男人在說什麼嗎？」羅德絲醫生坐在米雅旁邊的深紅色扶手椅裡，她的聲音從她自己的座位傳出來。這女子是一絲不苟的典範：衣裝沒有任何皺痕，完全看不到散落的髮絲。她的語氣沒有任何抑揚頓挫，就連我聽了也覺得有助眠效果。

「陽光普照……」

「是氣象預報嗎？」

「是DJ在講話——廣播電台裡的聲音，不過那個靜電……前面的喇叭壞了，噪音是來自後頭。」

「米雅，後座有人嗎？」

「沒有，只有我們而已。」

「我們？」

「我可以在黑暗中看到他的雙手，他雙手開車，死抓方向盤不放。」

「還可以繼續跟我說一些有關他的事嗎？」米雅搖頭。「可不可以看到他穿什麼衣服？」

「不行。」

「但妳可以看到他的雙手。」

「對。」

「他手上還有什麼——戒指？手錶？還有什麼嗎？」

「我不知道。」

「還可以告訴我有關他雙手的什麼細節？」

「很粗糙。」

「妳看得出來？看得出他雙手粗糙？」

我立刻挪移到座位邊緣，思索米雅噤聲的最後那幾個字。我知道那個米雅——以前的米雅，在柯林・薩切爾出現之前的米雅——絕對不希望我聽到這一段對話。

這個問題她就沒有回答了。

「他是不是傷害妳？」沙發上的米雅在抽動身體，她拒絕答覆。羅德絲醫生又問了一次，「他是不是傷害過妳？米雅？在車子裡？還是之前？」沒有反應。

醫生繼續追問，「關於那台車，還可以告訴我什麼細節？」

但米雅的答案卻是如此，「這……這不應該……不該發生的。」

「米雅？是什麼？」她問道，「什麼不該發生？」

米雅回道，「大錯特錯……」她不知所措，眼前出現紛亂畫面，隨機出現的記憶在心中漂浮。

「什麼大錯特錯？」沒回應。「米雅，什麼大錯特錯？車子嗎？那車子是哪裡不對勁？」

但米雅不發一語。反正，一開始的時候沒接腔。不過，她後來狠狠倒抽一口氣，鄭重宣布，「是我的錯，都是我的錯。」我必須按捺衝動，不然一定會起身衝過去抱著我的孩子。我想要告訴她，不是，那不是她的錯，我看得出來，這讓她很痛苦，本來平攤的雙手緊握成拳，她說道，「都是我……」

羅德絲醫生態度慎重。「米雅，這不是妳的錯……」她的語調嚴肅，沉穩，我必須緊抓自己座椅的扶手，逼自己要保持平靜，醫生又重複了一次，「這不是妳的錯……」後來，等到療程結束之後，她私下向我解釋，受害人幾乎清一色都會自責。她說這種狀況在性侵受害人身上很常見，這也正是將近一半性侵案件沒有報警的原因，因為受害者認定是她自己的錯。要是她沒有去這個或那個酒吧就好了；要是她沒有跟這個或那個陌生人講話就好了；要是她沒有穿暗示性那麼強烈的衣裝就好了。醫生解釋，米雅目前的階段是心理學家與社會學家多年來研究的某種自然現象：自責。「當然，自責很可能會造成傷害，」後來，當米雅在候診室等我的時候，醫生告訴我，「不過，走到極端的時候，也可能會讓受害者在將來變得堅韌不拔。」彷彿這種話可以讓我釋然。

等到米雅恢復鎮定之後，醫生問道，「米雅，妳還看到了什麼？」

一開始的時候，她保持靜默，醫生繼續追問，「米雅，妳還看到了什麼？」

這一次，米雅開口了，「某間房子。」

「告訴我有關那間房子的細節。」

「很小。」

「還有呢？」

「有露天平台區，從階梯往下走，可以通往樹林的小型露天平台區。那是木屋——深色的原木。由於周邊都是森林，所以幾乎看不到它的存在。是棟老屋，裡面的一切都很老舊——家具與設備都一樣。」

「告訴我那些家具的細節。」

「凹陷的沙發，格紋，藍白相間的格紋。屋內的一切都讓人覺得很不舒服。裡面有一張老舊的原木搖椅，還有幾乎無法照亮室內的檯燈。有一張小餐桌，椅腳搖搖晃晃，桌上的塑膠桌巾是野餐時才會使用的那一種。硬木地板吱嘎作響，很冷，有怪味。」

「像什麼？」

「樟腦丸。」

後來，到了當天晚上，我們吃完晚餐之後，待在廚房裡，詹姆斯問我樟腦丸到底跟什麼有關聯。我告訴他這是進展，雖然速度緩慢，但這畢竟是個開端，這畢竟是米雅昨天根本想不起來的細節。其實我自己也渴望能夠出現奇蹟：只要靠一次催眠療程，米雅就會痊癒。當我們要離開羅德絲醫生辦公室的時候，她發現到我心情挫敗，她向我解釋，我們必須要有耐心，這些事情需要時間，逼迫米雅只會有害無益。詹姆斯不接受，他很篤定這只是要叫我們掏更多錢出來的伎倆罷了。我望著他從冰箱裡抽出一瓶啤酒逕自走向他的書房去工作，而我則忙著清洗碗盤，這是我這個禮拜第三次發現米雅幾乎沒碰食物。我盯著陶盤上已經硬化的義大利細麵，心想這明明是米雅最愛的食物。

我開始列清單，將事項逐一歸類：比方說，粗糙的雙手，或是氣象預報。我整個晚上都在上網搜尋有用資訊。明尼蘇達州北部最後一次的攝氏四度氣溫出現在十一月的最後一個禮拜，不過，自米雅失蹤到感恩節之後的那段期間，溫度一直是在攝氏負一度到四度之間徘徊。氣溫陡降至攝氏負六度以下之後，不太可能會在短時間內突然升到攝氏四度。半月的日子是九月三十日、十月十四日，還有十月二十九日，此外，十一月十二日與十一月二十八日也是。但米雅不能確定月亮是否正好是半月，所以這些日期也只是臆測。麋鹿在明尼蘇達州很常見，尤其是在冬季。貝多芬大約是在一八一〇年寫下〈給愛麗絲〉，但愛麗絲其實應該是特蕾莎之誤，他本來打算在那一年迎娶的女子。

我上床就寢之前，經過了米雅的臥室。我悄悄打開門，站在那裡盯著她，整個人覆蓋在床上的模樣，還有從她身體底下冒出來、到了晚上某個時候就會落地堆疊成一坨的那條毯子。月光不請自來，透過百葉窗進入了臥室，從米雅的臉龐開始，一直到她整套的針織茄紫色睡衣，留下了條紋狀的光影。右邊的睡褲往上掀翻，露出了膝蓋，整條腿壓在另一顆枕頭上面。這些日子以來，米雅只有在這種時候才會得到平靜。我走進去，整個人站在她面前，然後蹲低身子，挨在她的床邊。她的面容寧和，心境沉靜，雖然她已經是成年女子了，但我想像的依然是許久之前，未曾遭人挾持的無憂無慮的小女兒。米雅待在這裡，感覺美好得太不真實。要是可以的話，我願意站在這裡一整晚，讓自己相信這不是夢，當我在早晨醒來的時候，米雅——或者克洛伊——還是會在這裡。

我上了床，躺在詹姆斯龐大身軀的旁邊，厚重的棉被讓他真的是全身冒汗，我不知道這樣的線索——天氣預報與月相——到底對我有什麼用處，但我還是把它放入了名叫克洛伊的檔案中，與其他的數十條重要線索放在一起。嗯，我也沒什麼把握，但我告訴自己，米雅在接受催眠時想起的任何特定細節，能夠讓我理解女兒在那間明尼蘇達州荒野小屋木牆之內所發生遭遇的枝微末節，對我來說都很重要。

之前的柯林

周邊有樹，一大堆的樹。松樹、雲杉，以及冷杉，全都死抓住自身的針葉，這些樹木四周有橡樹與榆樹的枯葉飄落地面。今天是星期三，天黑之後又見天光。我們離開快速道路，在某條雙線道快速奔馳。每當我轉彎的時候，她就會拚命抓著座椅不放。我大可以放慢速度，但我並沒有，因為我想要盡快到達那裡。路上幾乎沒有人蹤，偶爾會遇到另外一台車，車行低於限速，盡情享受美景的觀光客。沿途沒有加油站，沒有小七便利商店，只有那種一般的家庭式雜貨店。我們沿路前進，那女孩一直盯著外頭，我想她一定以為我們在廷巴克圖❷吧。她懶得問，也許她知道這是什麼地方，搞不好她不在意。

我們繼續往北走，進入明尼蘇達州最深鬱的角落地帶。過了雙港之後，車流稀落，我們的卡車幾乎被針葉與落葉所淹沒。地面上到處都是坑坑洞洞，害我們彈跳飛起，每遇到一次我就罵一次，我們現在千萬不能遇到爆胎。

我以前來過這裡，位在鳥不生蛋鬼地方的破爛小屋，我以前認識屋主。它隱身在密林之中，地面上佈滿了踩踏吱嘎有聲的枯葉層，樹木幾乎光禿。

我凝望小木屋，就跟我記憶中的一樣，和我小時候一模一樣，可以眺望湖面的木屋。湖水看起來很冷，這一點我很確定。平台區有塑膠草坪涼椅，還有小型烤肉架。整個世界一片荒蕪，方圓數英里之內都看不到人。

這完全符合我們的需要。

我讓貨車慢慢往前滑，停住，然後我們下車。我從後座用力抽出鐵撬，我們等一下得要爬坡才會到達那間老屋。它看起來是荒棄狀態，我早就知道會是如此，但我還是仔細搜尋是否有人蹤：後面停了一台車，從玻璃透望進去，一片幽黑，什麼都沒有。

她動也不動，站在貨車旁邊，我開口，「走吧。」最後，她總算爬上了十多層台階，到了平台區。她停下腳步喘氣，我催促她，「趕快啊！」我怎麼知道我們有沒有被跟蹤？我先敲門，純粹要確定只有我們而已。然後，我吩咐那女孩保持安靜，我專心聆聽，一片寂靜。

我用鐵撬扳開了大門，破門而入，我告訴她，我等一下會把它修好。我把某個邊桌推到門前，把大門關好。那女孩背貼某面紅杉木牆，四處張望，空間很小，軟塌的藍色沙發，醜陋的紅色塑膠椅，還有位於角落、完全沒有散發任何熱度的燒柴火爐。這裡有木屋建造時的照片，以盒子相機拍攝的老舊黑白照，我還記得在我小時候，那傢伙曾經告訴過我，百年前建屋的那些人之所以選擇這個地點，不是因為景色，而是因為小木屋東側的那一整排松樹可以抵擋厲風。彷彿他有本事可以參透當初建屋人的心思一樣，那些人，現在明明都早就死掉了。我還記得自己那時候盯著他油膩膩的退後髮線與坑坑疤疤的皮膚，心想他根本是滿嘴鬼扯。

❷ 位於撒哈拉沙漠的某座城市。

這裡有廚房，芥末色的設備與油氈地板，以及鋪有塑膠桌布的餐桌。放眼所及，全部佈滿灰塵，屋內有蜘蛛網，窗台還有一堆死掉的異色瓢蟲，散發臭氣。

我說道，「妳遲早要習慣的……」我看得出她眼中的憎惡，相信法官的家絕對不是這樣。

我開了電燈開關，測試水龍頭，什麼都沒有。他避冬離去之前，已經讓這間小木屋做好了過冬準備。我們之間其實已經不講話了，但我還是一直追蹤他的狀況。

我知道他婚姻觸礁，又來了，還知道他大約在一年前左右因酒駕遭到逮捕。我還知道兩個禮拜之前，他展開每年秋天固定的行程，打包離開，回到了威諾納，為運輸部清除道路冰雪。

我狠狠把電話從插孔扯下來，在廚房抽屜裡挖出一把剪刀，剪斷了電話線。我看了一下那女孩，她站在門口，動也不動，死盯著格紋桌布。很醜，我知道。

我到外頭尿尿，過了一分鐘之後，我回來了，媽的她依然盯著那塊桌布。

我開口，「妳幹嘛一直當廢物？怎麼不去生火？」

她雙手扠腰盯著我，身上穿的是從加油站搶來的那件恐怖運動衫。「你自己為什麼不動手？」但她聲音在發抖，雙手也是，我知道她並不像她在我面前企圖佯裝的那麼膽大無懼。

我怒氣沖沖走到外頭，帶了三根木柴回來，丟在她腳邊的地板上面。她嚇了一大跳。我把火柴交給她，她卻扔在地上，紙盒開了，火柴棒全部掉了出來。我叫她給我全部撿起來，她不鳥我。

她必須要明白，這裡的老大是我，不是她。她一路上都是這種態度，只要她閉嘴乖乖聽話我沒問題。我抽出口袋裡的槍，裝上彈匣，然後對準她，瞄準她那雙本來篤定、後來轉為沒這麼自信的漂亮湛藍雙眼，她悄聲說道，「你從頭到尾搞錯了……」我扳下擊錘，叫她把火柴撿起來，生火。我在懷疑自己是不是真的搞錯了，當初應該直接把她交給達厄瑪爾就好。我也不知道自己覺得那女孩應該要有什麼反應，但媽的當然不是這樣，我萬萬沒想到她竟然忘恩負義。她死盯著我不放，挑釁，想知道我有沒有膽殺了她。

我往前走了一步，把槍抵住她的頭。

然後，她招降了。癱坐在地上，以顫抖雙手拿起了火柴，一根接著一根，把它們丟回到火柴盒裡面。

我站在那裡，拿槍對著她，她劃火柴，一根不成，又換了一根。她還來不及點火，焰光已經燒到了她的手指。她吸吮手指之後，又繼續試，不斷嘗試。她知道我在盯著她。不過，現在她的雙手抖得實在太厲害了，根本點不著火柴。

「讓我來。」我立刻站到她背後，她整個人為之畏縮。我不費吹灰之力點了火，從她身邊走過去，進入廚房找食物。什麼都沒有，連一包過期餅乾都找不到。

她問我，「現在呢？」但我沒有理她。「我們要在這裡做什麼？」我在小木屋四處走動，只是要確定而已。水不能用，一切都因為冬季到來而關閉。我修理倒是不成問題，這一點我很確定。他當初關閉房屋設施準備過冬的時候，就是打算要等到春季才回來，在這個季節當中，他行蹤隱密，就像是遁世半年的隱士。

我聽到她在來回踱步，等著某人或是什麼東西暴衝入門，取她性命。我叫她不要再走了，給我坐下來。她站在那裡許久之後，終於走到貼靠在面對大門那堵牆的塑膠椅，一屁股坐了下來，她靜靜等待。看著她坐在那裡，盯著大門，等待一切結束，讓我覺得大難臨頭。

夜色降臨，離去，我們兩個都沒有闔眼。

到了冬天，小木屋將會冷得要死，超過十一月一日之後，絕對不能住人。屋內唯一的熱源是燒柴火爐，廁所裡有防凍劑。電力本來全部關閉，我昨天晚上修好了，找到了斷路器，把它打開。當某盞醜陋檯燈散發出二十五瓦光亮的時候，我真的聽到那女孩說出了感謝上帝。我在小木屋四周搜尋，在後頭發現了某間棚屋，裡面塞滿了再也沒有人想要的垃圾，有一些東西可能派得上用場，比方說工具箱。

昨天我告訴那女孩，她必須要在外頭尿尿。我實在太累了，沒辦法處理管線。我看著她走下階梯，那姿態宛若走在船緣的跳海懸板一樣。她躲在某棵樹的後面，褪下內褲，蹲在一個她誤以為我看不到的地方。然後，她不敢拿樹葉擦屁股，選擇自然風乾，她只尿了那麼一次而已。

今天，我找到了主水源的活門，讓水慢慢進來。一開始的時候是噴灑狀，然後轉為正常的水流。我沖了馬桶，清洗水槽，去除防凍劑。我在心中默默記下我們的必需品：絕緣材料、為了修水管要購買更多的膠帶、衛生紙、食物。

她矯揉做作，自負又傲慢，自以為是的女人。她對我置之不理，因為她生氣又害怕，而且也覺得她高我一等。她坐在醜陋的紅椅裡頭，盯著窗外。在看什麼？什麼都沒有，就是兩眼發直，整個早上她只講了兩個字而已。

「走吧。」我告訴她要回到車上，我們要出去。

「去什麼地方？」她哪裡都不想去，寧可盯著那無聊的窗戶，數算落葉。

「妳等著看吧。」她嚇到了。她不喜歡不確定感，她動也不動，以偽裝的勇氣與欺敵的蔑視態度盯著我，我知道她這時候明明是嚇死了。「妳想要吃東西吧，是不是？」

顯然沒錯。

所以我們就到了外頭，回到貨車裡面，前往大沼澤城。

我心中開始擬定計畫：盡快離開美國。之後就拋下這個女孩，不需要讓她拖累我。我可以搭機前往辛巴威或是沙烏地阿拉伯，他們無法引渡我的地方。馬上，我告訴自己，我會馬上進行。我要把她綁在小木屋裡面，在她向整個國際刑警組織公布我的面孔之前，趕緊奔向明尼亞波里斯搭機。

我告訴她，我不能叫她米雅，在公眾場所不可以，過沒多久之後，就會傳出那女孩失蹤的消息。我應該要把她留在車內，但我不能這麼做，她一定會逃跑。所以，她戴了我的棒球帽，我告訴她要低頭，不要與任何人進行眼神接觸。這應該是不用多說，要如何惹毛別人，她比我清楚多了。我問她，想要我叫她什麼名字？她猶豫許久，就在害我要發火之前，她想出來了，克洛伊。

根本不會有人鳥我失蹤的事，我沒有去上班，大家只會覺得我發懶，而且我也沒朋友。

我讓她挑雞肉湯麵當午餐。雖然我討厭那東西，但我還是說好。我餓了，我們拿了二十個罐頭左右，雞湯、番茄湯、橘子、奶油玉米，全都是在救生包裡會出現的那種食品。女孩發現了，她說道，「也許你沒有打算要立刻殺了我吧？」我回她，沒有，等到我們吃完奶油玉米之後再說。

到了下午，我努力闔眼休息。最近很難入睡，這裡睡個一小時，那裡睡個一小時，但一想到達厄瑪爾在追殺我，或者警察出現在門口，我幾乎都會驚醒。我隨時處於警戒狀態，只要經過窗前就會向外張望，總是提防後頭。我入睡之前會在大門口設下阻擋物，我發現之前有哪個白痴拿油漆封死了窗戶，我覺得很慶幸。我想我不需要擔心這女孩想要逃跑，她沒有那個膽。我卸下心防，把貨車鑰匙留在明顯之處，她只需要拿起它的勇氣就可以展開行動。

所以，當我把槍放在懷中躺在沙發上熟睡的時候，我一聽到大門重重關上的聲響，立刻就站了起來，我花了一分鐘才抓到方向感。我看到那女孩在階梯中段的地方摔下去，跌落碎石路面車道。我衝出大門，大吼大叫，火冒三丈。

她一拐一拐往前走，貨車門沒鎖，她直接進去，想要發動引擎，但找不到正確的鑰匙。透過駕駛座窗戶，我看到她的一舉一動，伸拳猛敲方向盤，我越來越靠近貨車，現在她已經陷入絕望，整個人離開駕駛座，從副座車門衝出去。她奔入樹林，她速度很快，但我更快。突出的枝椏刮擦她的四肢，她不小心被岩石絆倒，撲倒在落葉堆裡面。她起身，繼續跑，開始累了，速度變慢，她在大叫，求我放了她。

但我已經被惹毛了。

我抓住她的頭髮，她開始狂跑，但是她的頭卻被猛力扯了回來，整個人狠摔落地。她來不及哭泣，因為我九十多公斤的體重已經壓住了她纖瘦的身軀。她倒抽一口氣，求我停止，但我沒有，我氣瘋了。她哭得狼狽，淚水潸然落下，混雜了鮮血泥巴還有我自己的口水。她扭個不停，對我猛吐口水，我想她現在一定眼前出現人生走馬燈。我罵她奇蠢無比，然後，我把槍對準她的頭，扳下擊錘。

她不動了，整個人變得僵麻。

我緊抵不放，槍管在她頭上留下了印痕，我下得了手，我可以取她性命。

她是白痴，超級大蠢蛋。我拚命按捺衝動，不然早就扣下扳機了。我做出這一切都是為了她，我救了她一命。她以為她自己是誰啊？能夠逃跑？我壓得更緊了，槍管陷入她的頭蓋骨，她痛得大叫。

我說道，「妳以為這樣就算痛了嗎……」

「拜託……」她在哀求，但我聽不進去，當初我應該趁機把她交出去才對。

我起身，抓住她的頭髮，她大吼大叫，我喝令，「給我閉嘴！」我抓住她的頭髮，把她拖出樹林，押在我的面前，逼她往前，「趕快！」她的雙腿似乎不聽使喚，絆倒，摔地，我厲聲罵人，「給我起來！」

她知道要是達厄瑪爾找到我的話，會對我做出什麼事嗎？送我腦袋一顆子彈都算是輕鬆解脫了，爽快的死法。我一定會被凌遲，被折磨個半死。

我把她推上台階，逼她進入小木屋。我狠狠關上門，但是立刻又回彈開來。我用腳踢門，然後把桌子推過去，確保緊閉。我把她拉進臥室，對她搭話，要是我聽到什麼噪音，就算是呼吸的聲響也一樣，她就再也看不到明天的太陽了。

之前的蓋比

我又開車到市中心，已經是這禮拜的第四次了，要是我損耗的這些公里數不能報公帳的話，我就要準備發飆。單趟大概只有十六公里左右，但是塞在這種他媽的車陣當中，卻花了將近三十分鐘的時間。我不住在市中心當然有理由，為了停車還得另外繳十五美金——如果你問我的話，我覺得這是搶劫——因為我經過羅倫斯街與大道交叉口將近十多次了，還是找不到停車格。

酒吧還要好幾個小時之後才開門。我心想，我一向倒霉，我敲窗戶，想要吸引酒保的目光。他正在酒吧裡補貨，我知道他聽到我發出的聲響，但完全不為所動。我再次敲門，這一次，當他望向我的方向的時候，我給他看了警徽。

他開門了。

酒吧裡很安靜，燈光昏暗，只有幾道日光透過污穢窗面透了進來。這地方滿佈灰塵，而且散發出那種當爵士音樂與燭光製造出氛圍之後未必會注意到的陳年菸氣。

他說道，「我們七點才開門。」

我問他，「老闆是誰？」

「就站在你面前。」他轉身，躲到吧檯後面，我跟過去，坐上了某張破爛的塑膠高腳椅。我從口袋裡掏出了照片：米雅．丹尼特，拍得很美，伊芙．丹尼特上個禮拜借給我的照片。我答應她絕對不會弄丟或者有任何的毀損，我的襯衫口袋讓照片的某個邊角有了皺痕，讓我很過意不去。對於丹尼特太太而言，這是米雅的代表照，她差不多就是這個意思，這是一個自由不羈女子的照片，她擁有深金色超級長髮、蔚藍色眼眸，以及坦率真誠的笑容。她站在白金漢噴泉前面，在芝加哥強風之下，水花恣意噴濺在這女子身上，她的笑容宛若小孩。

我問道，「以前看過這名女子嗎？」我把照片推到吧檯的另一頭，他拿起來端詳，我叫他要小心一點。他的神情立刻就讓我知道了答案，他認識她。

「有沒有和她講過話？」

「她是常客——都坐在那邊的包廂裡。」他的下巴朝我後頭的某個包廂點了一下。

「有沒有和她講過話？」

「有啊，她要買酒的時候。」

「就這樣？」

「對，就這樣，怎麼了？」

「她上個禮拜二有沒有在這裡？大約是八點鐘的時候？」

「上個禮拜二？老哥，我今天早餐吃什麼都快想不起來了。她來過這裡，我只能確定這一點而已。」他把照片還給我，我痛恨他喊我老哥，這是羞辱。

「我是警探。」

「啊？」

「我是警探霍夫曼，不是什麼老哥。」然後，我繼續問道，「可否告訴我上個禮拜二是誰在這裡工作？」

他又問了一次。「怎麼了？」我告訴他不要擔心，重複詢問週二晚上是誰在這裡工作，這一次是完全上對下的軍令語氣。他不是很喜歡我的不敬態度，他知道他大可以把我轟出去。不過，只有一個問題：我有帶槍。

他進去後面的某個房間，之後兩手空空回來，開口說道，「是莎拉……」

「莎拉？」

「你應該要找的是她，服務那一桌的人就是她，」他指向酒吧後方的某個髒兮兮包廂區。

「星期二晚上，她一個小時之內就會來上班。」

我坐在吧檯好一會兒，盯著他補充冰桶，計算收銀台的現金。我想要趁他在整理那一堆似乎有數千枚的銅板時跟他小聊一下害他分神。數到第四十九枚的時候，我就跟不上他了，我開始來回踱步。

不到一個小時，莎拉・羅赫希格出現了，從大門走進來，手裡拿著圍裙。她老闆刻意引她注意，兩人偷偷交換眼色，就在這時候，她面向我，露出擔憂神情，勉強擠出笑容。我坐在桌前，明明就只有這個塑膠包廂區，加上假扮為桌子的某片木板，我還是佯裝在四處研究。那片木板，加上皺褶花樣的綠色小蠟燭，我考慮要購置放在自己家裡。

「妳是莎拉嗎？」她說對。我自我介紹，請她入座。我把米雅的照片交給她，「有見過這名女子嗎？」

她承認，「有。」

「妳記得她在上星期二來過這裡嗎？大約是八點鐘的時候？」

想必今天是我的幸運日。莎拉．羅赫希格是全職的醫生助理，只有在星期二晚上兼職多賺一點錢。她上次來這裡是一週前，所以對米雅記憶猶新。她很篤定米雅上星期二有來，她說米雅總是在週二過來，有時候是獨自一人，某些時候身旁有個男人。

「為什麼都是在星期二？」

「星期二晚上有朗詩滿貫全壘打，」她說道，「我猜這是她一直會出現在這裡的原因吧。但我不是很確定她有沒有在專心聆聽，她看起來總是在恍神。」

「恍神？」

「夢遊。」

我問她朗詩滿貫全壘打到底是什麼，我從來沒聽過這種活動。本來以為是大家把惠特曼與葉慈的作品爭相扔到地上。原來這其實是眾人上台朗誦自己的作品，卻讓我更加迷惑。有誰會想要聽那種東西？看來我還得好好研究一下米雅．丹尼特。

「她上禮拜是自己一個人嗎？」

「不是。」

「她跟誰在一起？」

莎拉思索了一分鐘之久。「某個男人，我以前在這裡看過他。」

我問道，「和米雅在一起嗎？」

「她叫米雅嗎？」她反問我，「米雅？」我說對。她說米雅女孩人很好——她使用的是過去式，讓我覺得像是貨運列車直接朝我對撞而來——而且米雅總是非常親切，小費給得豐厚。她希望一切平安無事。她可以從我的問題聽得出來，狀況並非如此，而她並沒有問發生了什麼事，所以我也沒有說。

「上週和米雅在一起的那個男人……他們以前有一起出現過嗎？」

她說沒有，這兩個人以前並沒有搭上線，這是她第一次看到他們在一起。他通常待在吧檯，自己一個人。她之所以注意到他，是因為他頗帥，有某種神秘風采——我把這句話抄寫了下來，等一下要翻字典查查這到底是什麼意思。米雅總是坐在這一桌，有時候一個人，但有的時候並不是。不過，週二晚上他們坐在一起，而且一起離開，匆匆忙忙。她不知道這男人叫什麼名字，但我請她形容長相，不成問題：高大、健壯、一頭亂髮、深色眼眸。她同意之後與繪像師見面，看看能否激盪出什麼成果。

我再次問道，「確定他們是一起離開的嗎？這一點很重要。」

「對。」

「親眼看到他們離開？」

「對，嗯，多少算是吧。我交給他們帳單，回到桌前的時候他們已經不見了。」

「她看起來像是自願離開的嗎？」

我詢問他們是否一起來到酒吧，她說不是，看起來不像。他怎麼會坐在米雅的那一桌？她不知道。我又問了一次：她知道他的名字嗎？不知道。有誰知道他的名字嗎？應該沒有吧。他與米雅付的是現金，兩人在桌上留了五十元美鈔，她依然記得很清楚，因為，以喝了五、六瓶啤酒的情形來說，這是很慷慨的小費，超過了她平常顧客給的行情。她還記得自己當晚洋洋得意，把印在鈔票上的尤利西斯．格蘭特面孔炫示給所有同事欣賞。

我離開酒吧的時候，仔細檢查大道各家餐廳、銀行、瑜伽教室，各個可能處所的監視器，能夠讓我知道米雅．丹尼特在那個失蹤星期二到底是與誰在一起。

之前的柯林

她不吃東西。我送了四次食物給她，把一整碗食物放在臥室的地板上，他媽的簡直把我當成她的大廚一樣。她側躺在床，背對房門口，我進去的時候她動也不動，但是我看得到她在呼吸，我知道她還活著。不過，她要是繼續這樣下去的話，一定會餓死，這樣就太諷刺了。

她從臥房出來的時候，整個人跟殭屍一樣，一頭亂髮夾纏如鼠窩，蓋住了臉龐。

她走向浴室，上完之後，又走了回來。我不理她；她也不理我。我告訴她要把房門打開，我要確保她在裡面沒有搞事，但她只是一直在睡覺，直到今天下午才出來。

我一直待在外頭砍柴，辛苦得汗流浹背，上氣不接下氣。我衝入屋內，心裡只惦記一件事：水。

她站在屋子中央，全身脫到只剩蕾絲胸罩與內褲，說她是死屍也不為過。她的皮膚已經完全沒有血色，怒髮衝冠，大腿有一個如鵝蛋大小的瘀青。她上唇裂開，還有一眼烏青，剛才在樹林裡奔跑的時候留下了滿身刮傷，雙眼浮腫佈滿血絲。淚水不斷泉湧而出，落在死白肌膚。她全身抽搐，放眼所及全都是雞皮疙瘩。她一跛一跛朝我走來，開口問道，「這就是你要的嗎？」

我盯著她。盯著那隨意垂落在雪白肩膀的髮絲，盯著那沒有好好呵護的蒼白肌膚，盯著她鎖骨的凹洞還有形狀完美的肚臍。盯著她的高衩剪裁內褲，還有她的長腿，盯著她的腳踝，腫得好嚴重，可能是扭傷。盯著落在雙腳前方地板的淚水，就在紅寶石色腳趾甲的旁邊，就在邊走邊顫抖、我覺得隨時可能會癱軟的大腿旁邊。我盯著她滴落的鼻涕，她伸出顫抖的手摸住我的皮帶，鬆脫環扣，她再也無法壓抑哭聲，她再次問我，「這就是你要的嗎？」這一次，我讓她的雙手抓住我的皮帶，任由她拉扯，讓它落在地上，我讓她解開我的牛仔褲鈕釦與拉鍊。我不能說我不想要。她一身臭氣，我也是。當她撫觸我的時候，雙手如冰，但這不是重點，這並不會讓我卻步。

我輕輕推開她，低聲說道，「住手……」

「讓我來吧……」她在哀求我，她以為這樣會改善狀況，扭轉一切。

「妳穿上衣服，」我閉上雙眼，我沒辦法看她，她站在我面前。「不要這樣……」

她逼我以雙手撫觸她。

「住手。」她不相信我。「住手！」我這次聲音比較大，還多了一些中氣，然後，我又加了一句，「真的是夠了……」同時把她推開，我還告訴她，媽的趕快把衣服給我穿上。

我匆匆離開小木屋，拿起了斧頭，開始激動瘋狂砍柴火，完全忘記要喝水的事。

之前的伊芙

現在是半夜，我睡不著，這一個禮拜以來都是如此。米雅的回憶不分日夜、時時刻刻朝我撲來，身穿橄欖色泡泡裝的一歲米雅，她努力學步頻頻失敗的時候，從褲口鼓脹而出的肥嘟嘟大腿；可愛三歲小腳的芭比粉紅腳趾頭；穿耳洞時的嚎哭聲響，不過，到了後來，她站在浴室鏡子前面欣賞那對蛋白石珠寶，長達數小時之久。

我站在我們一片漆黑家中的開放式食品儲藏室裡面，廚房電爐時間顯示是半夜三點十二分。我摸黑搜找甘菊茶，我知道我在某個地方藏了一盒，而我也很清楚，光要靠甘菊茶幫助我入睡是不夠的。我看到米雅初領聖餐禮的情景，看到她第一次讓聖體放在舌尖時臉上的嫌惡神情；我後來聽到她對這件事大笑不已，她在自己的房內，只有我跟她，她說那好難咀嚼下嚥，還有差點因為聖酒而嗆咳。

然後，我覺得彷彿有一堆磚頭朝我碰過來，這種突如起來的恍然大悟讓我承受不住：我的寶貝可能死了，就在半夜，在食物儲藏室裡面，我開始悲泣，整個人跌坐在地，我把睡衣末端壓住臉龐，不想讓聲音傳出去。我眼前浮現她穿著那件橄欖色泡泡裝的模樣，她抓住咖啡桌的邊緣，露出無牙燦笑，拚命想要朝我伸出的雙手走過來。

我的寶貝可能已經死了。

我竭盡所能協助辦案，但卻深深覺得自己的作為瑣碎無用，因為米雅沒有回來。

我一整天都待在米雅住家附近，將失蹤傳單交給我遇到的每一個人。我把告示貼在電線桿與商店櫥窗，芭比粉紅底色的米雅照片，絕對讓人無法置之不理。我與她的朋友阿亞娜中午一起用餐碰面，一起釐清米雅最後一日的細節，急切想要找出也許可以解釋米雅失蹤的違常細節，但完全沒有。霍夫曼警探弄到米雅公寓鑰匙，確定那裡並非犯罪現場之後，我曾經開車進市區找過他，我們一起過濾米雅的私人物件，檢視每一件日常品項——教學計畫、通訊錄、生活雜物購買清單、代辦事項，希望可以找到蛛絲馬跡，但是卻一無所獲。

霍夫曼警探每天會打電話給我一次，有時候是兩次，我們幾乎天天都有說話。我發覺他的聲音，還有他的溫和個性都令人很安心，就算是詹姆斯惹毛他的時候，他也總是和顏悅色。

詹姆斯說他是白痴。

警探似乎認定第一個能夠提供有效線索讓他著手辦案的人就是我，但我很確定自己不是。他研判各種蛛絲馬跡，然後再提供我各種片段資訊。而在母親的心中，這些資訊會留下無數個萬一的問號。

我的每一次呼吸，都會讓我想起自己的女兒人間蒸發了。只要我看到母親們緊握小孩的手，只要我看到小孩上校車，只要我看到電線桿上面貼的協尋失貓啟事，或者，只要我聽到有母親在呼喊她子女的姓名，就會想起女兒不見了。

霍夫曼警探想要盡可能知道有關米雅的一切。我在地下室裡翻找老照片，挖出了以往的萬聖節服裝、四號尺碼的衣服、溜冰鞋，以及芭比娃娃。我知道還有其他案件，其他類似米雅的失蹤女孩，我在想像她們母親的樣貌，我知道當中有些女孩永遠不會返家。

警探提醒我，沒有消息就是好消息。有時候，他打電話給我，什麼也沒提到，完全沒有任何消息，重點就是避免我在不斷猜疑，我的確一直如此。他一直在安慰我，答應我一定會全力以赴找到米雅。每當他看著我，抑或是逗留的時間多了那麼一會兒，以確認我不會崩潰的時候，我可以在他的眼眸裡看出那樣的許諾。

不過，我一直在思索，當我一直在掛念米雅的時候，還要站起來四處行走，何其艱難，還有，在一個依然以政治、娛樂、運動、經濟為思考中心的環境裡，還能夠過著正常生活，有多麼難以令人忍受。

我當然不是最好的母親，這一點毋庸置疑。但我沒有要當壞媽媽的意思，但狀況就是這樣了。因為，與當個好媽媽相比，當壞媽媽容易多了，好媽媽是一種成天二十四小時的均輸狀態。在小孩就寢許久之後，依然會因為我們羈絆在一起的時候，我的作為或是沒有作為所帶來的痛苦，讓我的靈魂飽受煎熬。我為什麼會任由葛瑞絲逼哭米雅？我為什麼會大聲斥責米雅不要哭了？只是為了不想聽到哭聲？我為什麼一逮到機會就躲進安靜的地方？我為什麼在那段日子當中頻頻催促——逼她們要趕快——這樣一來就可以讓我好好靜一靜？其他的母親會帶子女前往博物館、花園，還有海邊。我卻盡可能把自己關在家裡，以免我們會惹事引人側目。

我在夜半時分躺在床上，心想萬一我永遠沒有機會彌補米雅了呢？萬一我永遠沒有辦法在她面前展露我一直渴望成為的那種母親的姿態？那種會和小孩玩捉迷藏玩個不停，會窩在女兒房間裡和她們並肩討論中學裡哪些男生是帥哥。我一直幻想女兒們與我之間有某種情誼，可以一起出去逛街、分享秘密，而不是現在我與葛瑞絲、米雅之間那種刻板又勉強的關係。我在心中記下了我打算告訴米雅的一切，如果我還有機會的話。我之所以會選擇米雅這個名字，是為了紀念我的外婆，艾蜜莉亞，我因此否決了詹姆斯的另一項提議：艾比蓋兒。還有，她四歲那年的聖誕節，詹姆斯為了組裝她的夢幻娃娃屋熬夜到凌晨三點，雖然在她記憶之中的父親一無是處，只有令人感到不快，但還是有和善的短暫時刻：詹姆斯教她游泳，幫她準備四年級的拼字考試。還有，以前每一次我拒絕為她多唸一本床邊故事書，現在都讓我傷逝不已，現在我渴望只要再給我五分鐘就好，讓我看著《好髒的哈利》大笑不已。而且，我去書店買了一本，因為我在地下室遍尋不著她以前的那一本。我坐在她以前的臥房，把書唸了一遍一遍又一遍，我愛她，我好後悔。

之前的柯林

她一整天都躲在臥室裡，不肯出來。我不肯讓她關門，所以她坐在床上，陷入沉思，到底是在想什麼，我不知道，我才不鳥她。

她哭了，淚水濕透枕頭。她出來尿尿的時候，臉孔又紅又腫。她努力壓低聲音，彷彿覺得我聽不到一樣。不過這間木屋很小，而且全是木造，完全沒有吸音效果。

她身體很痛，從她走路姿勢就看得出來，她沒有辦法把重心放在左腳，那是之前在木屋台階摔倒、衝入森林時的扭傷。她走路一拐一拐，蹣跚前往浴室的時候必須扶牆。在浴室裡的時候，她伸出手指撫摸瘀傷，現在已經腫脹發黑。

她聽到我在另外一個房間發出的聲響。我來回踱步，砍柴，讓我們可以溫暖過冬。但其實不是很暖和。我很清楚，她一直很冷，雖然她身穿長版衛生褲，一直窩在被子裡，但火爐熱氣沒辦法傳導到臥室，不過，當這裡變得暖和的時候，她根本不肯出來。

我猜我的腳步聲一定把她嚇得半死。她專心聆聽，但除了踱步聲響之外，什麼也聽不到，她正在等待最可怕的結果。

我一直努力忙個不停。我打掃了整間屋子，清理蜘蛛網，撿拾甲蟲屍體，把它們丟入垃圾桶。我把我們在市區買的東西全部拆包：罐裝食品與咖啡、睡褲、香皂，以及膠帶。我修好了前門，以餐巾紙加水清理了台階，這只是在浪費時間而已。我撿拾女孩丟在浴室地板的衣服，正打算破口大罵她好邋遢，居然隨便亂丟髒衣服的時候，卻聽到她在哭。

我把浴缸裝滿了水，以香皂清洗襯衫與長褲，把它們吊在外面晾乾。我們不能永遠這樣下去，這間小木屋只是權宜之計。為了接下來的步驟，我想破腦袋，早知道當初決定要抓走這女孩逃亡的時候，就應該要全盤想清楚才是。

她拖著腳步，從我旁邊經過，準備要去上廁所。她被打得很慘，走路一拐一拐。我不覺得歉疚，但我知道出手的人是我，就在樹林裡，她準備要逃跑的時候。我告訴自己，那是她咎由自取。我告訴自己，至少她現在安靜了，

現在她知道這裡誰是老大，我。

我喝咖啡，因為水龍頭的水味道難喝死了。我給了她一點咖啡，之前我給過她水，但她不肯喝，她依然完全不肯吃東西。過沒多久之後，我就得壓住她，把食物朝她的嘴巴強塞進去。我絕對不會讓她餓死自己，千辛萬苦歷經了這一切，門都沒有。

第二天早上，我主動進去臥室，開口問道，「妳早餐想要吃什麼？」

她躺在床上，背對門口，聽到我進去的時候，她處於半睡半醒狀態。突如其來的腳步聲，劃破寂靜的話語，逼得她只好起床。

她心想，時候到了，但聽到我說的話困惑不已。

她的腿跟床被裹在一起，雖然一聽到聲音出現，她的身體已經做出逃跑反應，但雙腳卻沒

有，纏住床被的雙腳找不到地，最後整個人跌落在硬木地板。她的身體拚命往後擠，離我遠遠的，最後貼著牆壁，顫抖的手緊抓著被單。

我站在門口，身上這套衣服幾乎已經穿了一個禮拜。

她的腫脹雙眼望著我，充滿了恐懼，她挑眉，嘴巴張得好大，死盯著我，儼然把我當成了禽獸，準備要把她當早餐吃掉的食人魔。

她大叫，「你要幹什麼？」

「該吃東西了。」

她狠狠嘸口水。「我不餓。」

「很遺憾。」

我告訴她，她別無選擇。

她跟我進入另一個房間，盯著我把被稱之為蛋液，但長相與味道宛若大便的東西從某個盒子裡倒出來，放入平底煎鍋，我看著它轉為褐色，氣味濃烈，害我想嘔吐。

她痛恨有關我的一切，我很清楚，從她的目光中就看得出來。她討厭我站立的姿態，討厭我髒兮兮的頭髮，還有現在已經蓋住整個下巴的鬍碴。她痛很我的雙手，在平底煎鍋攪拌的姿態。她痛恨我盯著她的那種方式、我的語氣，還有我話說出口的方式。

最重要的一點，她痛恨看到我口袋裡的那把槍，從來不離身，就是要確保她乖乖聽話。

我告訴她，不准她繼續窩在臥室了，睡覺除外，就這樣。白天其他時間必須要待在我可以看得到她的地方，確保她有吃喝尿尿，媽的我簡直是在照顧小嬰兒一樣。

她的食量還真的跟小嬰兒一樣——這裡吃兩口，那裡吃兩口，她說她不餓，但她吃下肚的分量正好不會讓她餓死，這是重點。

我一直盯著她，以免她跟上次一樣想脫逃。就寢的時候，我把某張更沉重的桌子移到大門口，要是她想偷溜我一定聽得到。我本來就淺眠，總是把槍藏在我旁邊，我搜過廚房抽屜，確定裡面沒刀，這裡只有我自己隨身攜帶的折疊式小刀。

她對我無話可說，我也懶得開口。幹嘛沒事找事？我不能永遠留在這裡。到了春天的時候，這裡就會出現遊客，過沒多久之後我們就得離開了。我心想，要丟下她，過沒多久之後，我就得離開了，拋下這女孩，搭上飛機跑路。在警察找到我之前，在達厄瑪爾找到我之前，我必須閃人。

不過，當然，有事讓我放不下，讓我沒辦法搭上那班飛機，遠走高飛。

之前的蓋比

我站在丹尼特家的廚房正中央。丹尼特太太待在水槽前，忙著刮擦豬肉大餐的殘餚。我發現法官的盤子是吃得乾乾淨淨，而她的盤內依然還看得到一塊里肌肉與一堆豌豆。熱水不斷流出，蒸氣在屋內噴湧，但她的雙手完全泡在熱水裡，似乎對燙度渾然不覺。我從來沒看過哪個女人洗碗的時候，會使出她刷洗瓷器的那種殘暴蠻力。

我們站在廚房的中島前面，沒有人請我坐下。這是配有胡桃木櫥櫃與大理石流理台的華麗廚房，所有的廚具都是不鏽鋼，包括了會被義大利母親稱之為貴得要死的兩個電爐。我心想要是老家有這種等級設備，那麼感恩節就不會出現為了讓所有餐點在晚餐前都能夠保溫的鬧劇場面，當我爸爸提到馬鈴薯有點冷的時候，也不會有人哭哭啼啼。

某個男子的繪像，放在法官與我面前的中島區。那是刑事模擬圖，在那名女服務生的幫忙之下，我們警局的繪像師建構而成的成果。

當我把素描從牛皮紙檔案夾取出來的時候，伊芙．丹尼特立刻大叫，「所以就是這男人？就是這個男人挾持了我的女兒？」她已經淚流滿面，背對我們，不想聽我們的對話，想要專心洗碗，靠著嘩啦啦的水聲偷偷哭泣。

「有人看到米雅上禮拜和這個男人在一起……」不過，當我回應的時候，她已經背對著我了。我們面前這幅圖像，是一名粗獷男子，貌似鄙陋，但並不像是恐怖片裡那種戴面具的男子。反正絕對不符合丹尼特家的標準，我也覺得不是。

丹尼特法官急切想要知道後續。「然後呢？」

「我們覺得他可能與她的失蹤案有關。」

他站在中島的另外一邊，身上那件西裝的價格等於是我兩三個月的薪水。他鬆開領帶，甩到了肩後。「有沒有任何證據顯示米雅是在非自願狀況下與這男人一起離開？」

「嗯，」我回道，「沒有。」

法官早已開喝，今晚的選擇：蘇格蘭加冰塊。我覺得他可能已經醉了，講話有點含混不清，而且在打嗝。

「假設米雅只是跟他出去廝混，那然後呢？」

他跟我講話的態度，簡直是把我當成了白痴。但我提醒自己，負責辦案的人是我，手持閃亮警徽的人是我，我在主導偵辦，不是他。

「丹尼特法官，我們進行調查已經八天了，」我態度嚴肅。「米雅失蹤已經長達九天。根據同事們的說法，她很少缺課。依照您太太的說法，這種態度——偷懶、不負責任——也有違米雅的個性。」

他啜飲威士忌，把它擱在中島的力道太重了一點，伊芙聽到聲響嚇了一大跳，「當然，只是偶有失序行為。非法侵入與破壞，持有大麻，」然後，他為了激怒我，又加了一句，「這還只是隨便講其中幾項而已。」他的表情得意洋洋，自以為高尚。我盯著他，無法開口，我看不起他的威嚇態度。

「我查過了前科資料，」我說道，「米雅沒有任何紀錄。」其實，她的紀錄乾乾淨淨，就連超速罰單都沒有。

他問我，「哦，以前就沒有了，現在又怎麼會留下來呢？」我聽懂了，因為是他讓它們消失無蹤。他為了要斟酒而離開許久，丹尼特太太依然在刷洗碗盤，我把水龍頭開關推向冷水，以免這可憐女人的雙手被燙傷。

她瞄了我一眼，嚇一大跳，彷彿現在才剛聞到燙傷肌膚的氣味，她低聲說道，「我早該告訴你的……」她的雙眸充滿哀戚。我心想，對啊，妳早該告訴我的，但我忍住沒說，讓她繼續說下去。「我真希望我能夠告訴你，他處於否認階段，他因為悲慟逾恆而拒絕相信米雅真的不見了。」

丹尼特法官正好回來，聽到他妻子坦白話的最後那幾句。屋內一片安靜，在那麼一瞬間，我準備迎來天怒，但並沒有，完全沒有出現。

他問道，「伊芙，妳一直誤導警探，讓他以為米雅這種態度令人大感意外，但其實不然，現在妳說呢？」

「啊，詹姆斯，」她哭了，一邊講話一邊拿茶巾擦拭雙手。「但那都已經是多年前的事了，她那時候是高中生，她犯了許多錯誤，但那是多年前的事了。」

「伊芙，那妳對於這件事又知道什麼了？我們跟女兒已經多年關係生疏，我們幾乎已經不認識她這個人了。」

「法官，你呢？」我開口要解救丹尼特太太的尷尬處境，我討厭他盯著她的那種態度，那種目光害她覺得自己很愚蠢。「你又知道米雅什麼？最近她的前科是又被註銷了什麼不當行為？」我問道，「交通違規被開單？賣淫？還是公共場所酗酒？」為什麼她年少失序的紀錄會完全從前科中消失，我完全不用多想也知道為什麼。「對於丹尼特這個姓氏來說，很不好看對嗎？現在呢？這整起事件——要是查案查到最後，發現米雅只是跟人鬼混，要是她安然無恙，純粹就是開心尋樂，那麼這樣也很不好看，對嗎？」

我平常有在看新聞，熟悉政治，今年十一月，丹尼特法官即將面臨連任選舉。

不過，我也開始起疑了，米雅的不當行為是否只發生在年少時代，抑或是不僅止於此。

「你最好管管你自己。」法官對我提出警告，但伊芙在後頭嗚咽，「詹姆斯？賣淫？」但那充其量不過就是個假設罷了。

他對她置之不理，我想我們都不會理會她。

「我只是想要努力找到你的女兒，」我說道，「因為也許她在外頭幹了什麼蠢事，但你稍微靜心想想，也許沒有，反正思考一下就是了。然後呢？要是她最後死了，我相信你一定會逼我走路。」

「詹姆斯……」她的聲音嘶嘶作響，光是聽到我在同一個句子裡使用女兒與死亡，已經讓她近乎淚流滿面。

「霍夫曼，我就把話講清楚，」他對我說道，「你找到我女兒，把她帶回家，我要她活得好好的。反正你就是要給我做到萬無一失，因為米雅並不像表面那麼單純。」他丟下結論，然後，拿起了他的威士忌，走了出去。

之前的柯林

我發現她盯著浴室鏡子裡的自己。她不認得眼前的鏡像：纏結的髮絲、肌膚暗沉，還有開始逐漸復原的瘀傷。現在是遍佈裂紋的黃色，再也不是腫脹的紫色。

當她離開浴室的時候，我斜靠在門框等她。她走出來，撞到我，她瞪著我，彷彿把我當成了什麼埋伏一旁，準備要偷取她毛髮的野獸。我參透她的心思，我說道，「我不會打妳。」但她沒說話。

我伸出冰冷的手，撫摸她的臉頰。她抽搐，後退，不肯讓我碰她。「好多了……」我指的是瘀傷。

她從我身邊飄過，直接走人。

我不知道我們這樣過了多少天，我已經記不清了。我努力想要記得哪天是星期一，哪天是星期二，最後，日子開始變得模糊，每一天都一樣。她躺在床上，一直等到我叫她起來，兩人勉強坐下來吃早餐。然後，她會坐在自己搬到窗前的那張椅子裡，盯著窗外，思索、夢遊，期盼能夠奔逃他方。

我一直在想要怎麼離開這裡。搭飛機隨便去哪個地方的現金是夠的，但這樣就用光了。不過，當然，我身上沒有護照，所以我最遠只能飛到加州的特卡特或是克萊克希科，而我離開美國的唯一方法只能靠買通人蛇，或是游泳橫渡格蘭德河。不過，想辦法讓我自己離開美國，其實只是難題的二分之一而已，其他的一切我還不是想得很清楚。我在小木屋裡踱步，心想到底怎麼樣才能讓自己脫身，我知道我在這裡很安全，目前是如此，但我們躲藏得越久，我躲藏得越久，狀況就會逐步惡化。

我們有規則，言明的規則與潛規則。她不准碰我的東西，我們如廁一次只能用一小張衛生紙。如果能夠自然風乾是最好。我們盡量少用肥皂，只要不發出體味就好，我們不能浪費物資。我們不開窗戶，反正我們也開不了。我告訴她要是我們在小木屋附近遇到了哪個人，她的名字是克洛伊，絕對不是米雅。

她月經來了，我們也學到了墊破布❸名符其實的詮釋之道。我在垃圾袋裡面見到了血，我問她，「媽的那什麼啊？」我很後悔自己問了這種事。我們把垃圾丟入白色塑膠袋裡面，然後就留在屋內，偶爾會開車把它們丟到某間旅社後面的垃圾集運箱，一定都是確定我們不會被任何人看到的深夜。她問我，為什麼不直接把它們丟在屋外就好，我問她是想要被熊吃掉嗎？

窗縫會有寒風灌入，不過火爐的熱氣卻讓我們得以保持溫暖。白天變得越來越短，夜幕到來的時間越來越早，小屋之後完全被黑暗籠罩。我們有電，但我不希望招引別人的注目。我只會在晚上開一盞小燈，臥室仍是一片漆黑。到了夜晚，她躺著不動，聆聽寂靜，等著我從幽暗地帶冒

❸月事來潮的俚語。

出來，結束她的性命。

而到了白天的時候，她一直坐在透風的窗邊，凝望葉子顫巍巍落下。外面的泥地已經佈滿枯葉，湖面景觀已經可以一覽無遺，沒有任何阻礙。現在幾乎入秋，我們處於遙遠北端，毗鄰加拿大，我們困在一個被荒野包圍的無人世界。她跟我一樣，很清楚這一點，所以我才會把她帶來這裡。現在，唯一令人擔心的是熊。但話說回來，熊會冬眠，過沒多久之後，牠們全部陷入沉睡。然後，接下來唯一令人擔心的就是凍死了。

我們沒有太多對話，全都是必要的內容——午餐好了；我要去洗澡；妳要去哪裡？我要上床睡覺了。我們沒有隨口閒聊，我們可以聽到因為欠缺對話而出現的所有聲響：肚子咕嚕嚕、咳嗽、吞口水、小木屋外頭的風嘯、野鹿踩踏落葉的噪音。然後，是幻想之聲；汽車輪胎壓在碎石路面、登上小木屋台階的腳步聲、人語。

她也許盼望那些聲響都會成真，如此一來，她就再也不需要等待，恐懼絕對將成為她的殺手。

之前的伊芙

我第一次注意到詹姆斯的時候，年方十八，當時我與一些閨蜜待在美國。當時的我年輕天真，芝加哥的巨大遼闊讓我目眩神迷，早在我們登機的那一刻，自由的氣息就已經悄悄鑽入了我的體內。我們是鄉下女孩，習慣了只有數千人的小村莊、農業生活方式，以及心態普遍狹隘保守的社群。突然之間，我們突然被帶入了某個新世界，被丟入了喧囂的大都會，初見一瞥，我神魂顛倒，我戀愛了。

第一個魅誘我的是芝加哥，它所許諾的一切。巨大的建築、數百萬居民，他們走路時散發的自信，大步邁過繁忙街頭時臉龐所展露的堅定神情。當時是一九六九年，我們所知的世界正在發生巨變，但老實說，我根本不在意，對那完全沒有興趣。我因為自我而狂喜不已，也就是大家預期的那種十八歲樣態：我注意男人們看待我的目光，身穿長度遠遠短於母親許可的那種迷你裙時的自身感受。我極其生嫩，拚命想要成為女人，再也不想當小孩。

在我的家鄉，英格蘭鄉下，等待我的是打從一出生就註定的命運：我要嫁給我從小就認識的某個男生，小學裡某個拉扯我頭髮或是罵我的男生。奧立佛・希爾想要娶我，並不是什麼秘密。早在他十二歲的時候就曾經開口向我求婚。他爸爸是聖公會教會的牧師，而他母親是那種我誓言絕對不會跟隨的家庭主婦：永遠對丈夫唯命是從，把他的指令當成了上帝的話語。

詹姆斯年紀比我大，這一點讓我好著迷：他具有都會氣質，才華洋溢。他的故事慷慨激昂：等到他全部說完的時候，大家依然回味無窮，無論他講述的是政治或天氣都一樣。我第一次見到他的時候是夏天，地點是洛普區的某間餐聽，他與一群朋友圍坐在某張圓桌。他的聲音宏亮，蓋過了餐廳裡的聲響，會讓人忍不住傾聽。他會以自信與傲慢，還有他的強烈語氣吸引眾人目光，他周邊所有人的目光都在殷殷期盼某個笑話的梗，然後，每一個人——無論是朋友或陌生人都一樣——都會哈哈大笑，之後大叫，還有的人會報以熱烈掌聲。大家似乎都知道他是誰，無論是其他桌的客人或餐廳員工都一樣。另一頭的酒保大喊，「詹姆斯，要不要再來一輪？」過沒幾分鐘之後，那一桌又堆滿了啤酒杯。

我忍不住瞠目結舌。

我並非是唯一的特例，我的閨蜜們也都對他頻拋媚眼。他那一桌的女孩們只要一逮到機會，就會立刻伸手撫觸他：擁抱、拍拍手臂，其中有一個髮長及腰的棕髮女子，還挨在他身邊講悄悄話：想盡辦法接近他。他展現無比自信，我從來沒在其他男人身上看過這等風範。

當時的他在念法學院。我後來才知道這件事，也就是第二天早上，我在他身邊醒來之後的那一刻。我的閨蜜們與我的年紀還不能飲酒，所以我在當晚的魯莽放蕩，似乎應該歸咎於我的意亂情迷；當晚我發現自己坐進了他的那張圓桌，就在他的身旁，當他伸手摟住我的時候，那名長髮女子面露飢渴神情，還有詹姆斯一直在大力讚揚我的英國口音，彷彿那是自從切片麵包發明之後最偉大的事物。

昔時的詹姆斯不一樣，跟多年之後的這名男子判若兩人。他當時犯下的錯誤可愛多了，而且膽大行為也充滿魅力，而不是後來那種令人不悅的態度。他以前是諂媚的高手，後來選擇的詞彙卻無禮又醜惡。我們曾經度過幸福時光，完全陶醉在彼此的世界，當時的我們總是手牽手放不開彼此。不過，我嫁的那個男人，已經徹底消失無蹤。

詹姆斯去上班之後，我早上的第一件事就是打電話給霍夫曼警探。我一如往常，靜靜等待，聽到車庫大門關閉，他的休旅車進入我們家的戶外車道之後，我才起床，我站在我們家廚房的中央，手裡拿著咖啡杯，眼前浮現的是把米雅鑿刻在我心頭的那個男人的面孔。我緊盯時鐘，看著分針慢慢繞圈，就在八點五十九分要跳到九點整的那一刻，我撥打隨著一天天過去，已經變得更加熟悉的那個電話號碼。

他接了電話，語調專業充滿權威感。「我是霍夫曼警探。」我開始想像他在警局的畫面；聽到了背景人聲喧譁，數十名警察正努力解決其他人的麻煩。

我過了一會兒才恢復鎮定，開口對他說道，「警探，我是伊芙·丹尼特。」

「丹尼特太太，早安。」當他說出我名字的時候，語調已經少了銳氣。

「早安。」

我想到了昨晚他站在我們家廚房裡的畫面，當詹姆斯把米雅過往告訴他的時候，那張和善臉龐所流露的茫然神情，他匆匆離開，我的心中一直迴盪著他關上大門的砰響。我並沒有打算對霍夫曼警探隱瞞米雅的任何秘密。老實說，對我而言，她過往的行為並不重要。但我現在萬萬不希望這名警探對我產生疑慮，他是我與米雅的唯一連結。

「我得要打這通電話，」我說道，「我得要解釋清楚。」

他問道，「昨晚的事嗎？」我說是啊。

「妳不需要這樣。」

但我還是說了。

米雅的青春期過得辛苦，這都算是客氣的說法了。她渴望融入社會，她想要獨立，她的朋友圈讓她覺得自己被接納，但是她的家人卻沒有辦法讓她產生相同感受。在她的同儕之中，她受到大家的歡迎，眾人想要親近她，對米雅來說，這是某種天然亢奮劑。她的朋友們讓她覺得自己快樂至極，她為了這些人赴湯蹈火在所不辭。

「米雅可能掉進了有問題的朋友圈，」我說道，「當我發現本來主要是B^+的成績單，慢慢變成了C^-，而且她放學後不再窩在餐桌前念書，而是躲進自己的臥室緊鎖房門的時候，也許我應該多注意她都在和什麼樣的人往來。」

米雅陷入認同危機。有一部分的自我渴望成為大人，然而其他的自我依然還是個孩子，那時候的她，並不像後來的她一樣能夠好好思考釐清一切。她經常心生挫折，貶低自己。詹姆斯漠不關心只是讓狀況雪上加霜。他會一直把她與葛瑞絲進行殘酷比較，關於二十多歲的大學生葛瑞絲——當然，她念的是他的母校——將會以優等成績畢業，還有她在修拉丁文與辯論課程，為已經申請成功的法學院預做準備。

一開始的時候，她的失序行為是典型青春期的跌跌撞撞：在上課的時候大聲講話，沒有完成作業。米雅很少邀請朋友來家裡，當朋友來接她的時候，他們總是在我們家的戶外車道碰頭，而當我透過窗戶向外探望的時候，會被她厲聲阻止，怎樣？她原本只會對葛瑞絲以那種語氣講話。

她十五歲的時候，我們抓到她半夜溜出去。之前她已經多次脫逃，而那一次她忘了關掉保全系統，所以，就在她溜走的時候，整間屋子開始尖嘯。

詹姆斯當時說道，「她是少年犯。」

「她只是青少女……」我的話講得比較好聽，我當時盯著她上了停在我們家戶外車道尾端的某台車，根本懶得回頭張望刺耳警報聲響。詹姆斯破口大罵，拚命回想我們的密碼。

對詹姆斯來說，形象就是一切，從以前就是如此。他老是擔心自己的名聲，眾人會怎麼看待他或是怎麼討論他，他的妻子必須是花瓶。在我們結婚之前，他曾經對我說過這種話，就某種自欺欺人的角度來說，我覺得很開心，自己能夠勝任那樣的角色。當他再也不邀請我去參加同事之間的晚宴，當小孩再也不需要出席公司聖誕節派對的時候，我並沒有問他那代表什麼意思。等到他成了法官之後，我們彷彿從來不存在一樣。

所以，當某名本地警察從某場派對拖出一個喝得爛醉的邋遢十六歲女孩，送她回家的時候，當然可以料想詹姆斯會是什麼感受，身穿法官袍的他，站在我們家的大門口，哀求警察千萬不要張揚。

雖然她已經醉到對著馬桶嘔吐的時候幾乎頭都抬不起來，但他還是對著她大吼大叫。他痛罵的是虎視眈眈的記者們熱愛這種新聞：法官丹尼特的女兒因未成年飲酒遭傳訊。

當然，這標題一直沒有出現報端，詹姆斯絕對會搞定。他費了九牛二虎之力，確保米雅的名字不會出現在地方報紙版面為其增色，這一次沒有，下一次也沒有。當她與她的任性朋友們想要在某間本地酒品專賣店偷龍舌蘭的時候，沒有上報；當同一群朋友於停放在綠灣路某個商場後方的汽車裡吸大麻，被當場抓個正著的時候，依然沒有上報。

「她才十幾歲，」我對詹姆斯說道，「他們就是會做這樣的事。」

但我也沒那麼篤定。葛瑞絲的成長路雖然也艱辛，但從來沒有沾惹法律問題。我自己連超速罰單都沒收過，而米雅卻會出現這種狀況，待在轄區拘留室，而詹姆斯則忙著哀求或是恐嚇地方執法單位不可提出控告，或是刪除前科中的所有指控資料。而且，對於那些子女出現類似失序行為的父母們，他還給了封口費。

他從來不會因為米雅與她的不滿以及因此而造成的不當舉動而發愁，他只擔心她的行為會對他自己造成什麼影響。

他一直沒想到，要是他讓米雅像其他一般孩子一樣，為自身行為付出代價，那麼她的破壞力也許會就此終結。結果，她可以為所欲為，而且不需要承受後果，她的惡形惡狀讓她父親操煩不已，狀況特殊，因為這是她有生以來第一次得到了他的關注。

「有一次，我偷聽到米雅與她朋友聊天，提到了他們從購物中心偷來的耳環——彷彿我們家根本付不起一樣。只要米雅向我借車，之後車內就都是菸味，不過，當然，我的米雅不抽菸。她從來不抽菸喝酒，也沒有——」

「丹尼特太太，」霍夫曼警探插話，坦然說道，「青少年的定義，就是身處在自己世界的某個階層。他們會因為同儕壓力而屈從，他們會違抗父母，會回嘴，而且只要弄得到的一切，他們都會親身嘗試。與青少年共處的目標就是要讓他們撐過這個階段，不要留下永久性的傷害。妳對米雅的這些描述，其實與一般孩子相去不遠。」

不過，我感覺得出來，為了要讓我心情舒坦一點，他什麼話都說得出口。

他老實招認，「我自己在十六、七歲的時候到底幹過多少蠢事，我根本沒辦法告訴妳……」他全都抖出來了：酗酒、小車禍、考試作弊、呼大麻，他對著話筒低聲說道，「就連好孩子也有從商場偷耳環的衝動。十幾歲的孩子認為自己天下無敵——不可能大難臨頭。要等到之後我們才會恍然大悟，其實，真的會大難臨頭。那些毫無瑕疵的孩子，」他說道，「才真正令我擔心。」

我向他保證，自從十七歲之後，米雅就變了，我急著要讓他知道米雅並非只是個少年犯。「她個性很成熟了。」但不只如此，米雅已經女大十八變，成為青春美女。也就是在我的小時候，希望有朝一日能夠成為的那種女子。

他回我，「我想這是一定的。」不過，我不能就這麼結束。

「是有兩年，也許是三年的全然莽撞，然後，她回頭了。她看到了隧道盡頭的光——她十八歲，可以完全擺脫我們。她知道自己想要什麼，她開始擬定計畫。一個專屬於自己的地方，自由，還有，她想要幫助別人。」

「都是青少年，」他說出口之後，我默然以對，因為，他雖然從未見過她，但我看得出來，他比我更了解我的女兒。「那些備感焦慮，覺得自己被誤解的孩子們，就像她自己一樣。」

「對……」我低聲回道，但米雅從來不曾向我解釋過這個部分。她一直不曾與我促膝長談，講出她到底是怎麼與這些孩子產生共鳴，還有，她為什麼比其他人更明白這些青少年面臨的困境，那些錯綜複雜的情緒，以及對他們來說泅泳到水面呼吸何其費力。我一直不明白，對我來說，那只是表層而已，我不能理解米雅是怎麼與那些孩子進行溝通。不過，這無關黑白膚色，富人或窮人階級，重點是人性。

「詹姆斯一直沒有辦法將那種影像拋諸腦後——他的女兒待在本地轄區的拘留室。多年來，他一直掛心自己千萬不能讓她的名字上報，還有他對她何其失望，她怎麼就是不聽勸，而她不肯念法學院更讓狀況雪上加霜。米雅是詹姆斯的負擔，他一直放不下過往——從來不願接受她現在已經是一個堅強獨立的女子，在詹姆斯的心中——」

「嗯。」

霍夫曼警探接口，「她徹底崩壞。」我覺得很慶幸，這話是從他嘴巴裡冒出來，不是我講的。

我想起自己十八歲的時候，超越理智的那些情感。要是在一九六九年的那個七月夜晚，我沒有待在洛普區的那間小愛爾蘭酒吧，那麼我現在會是什麼模樣？如果詹姆斯沒有在那裡，不曾對於反壟斷法發表獨立陳詞，要是我沒有那麼渴望細細咀嚼他的一字一句，要是當他的目光面向我的時候我沒有那麼痴迷，不只是因為聯邦貿易委員會與併購，而且還有他訴說平凡事物撩動人心的能力，以及那雙桃花心木眼眸與我四目相接時的飛舞姿態。

要不是因為某種母親直覺告訴我狀況並非如此，我心中多少可以理解詹姆斯的觀點。但我絕對不會承認。

然而，我的直覺卻告訴我，我的女兒出事了，很糟糕的事。它在對我尖吼，半夜時分將我吵醒：米雅出事了。

之前的柯林

我告訴她，我們要出去外面，這是我第一次讓她離開小木屋。「我們需要木柴，」我說道，「得生火。」過沒多久之後就會下雪，然後馬上就會用完。

她回我，「我們有木柴啊……」她盤腿坐在靠窗的那張椅子裡，凝望聚集在樹頂上方的大理石色沉重雲朵。

我沒有看她。「我們需要更多的薪柴，冬天要用。」

她緩緩站起來，伸懶腰。「你打算要讓我在這裡待那麼久？」她穿上那件醜陋的深紅色運動衫，我沒給她回應。我們出去的時候，我站在她後面，砰一聲關上紗門。

她下階梯，開始撿拾附近的木柴，多得不得了，全都是樹木在暴風雨來襲時被打落的殘枝。濕漉漉，黏貼在泥地與發霉枯葉裡。她把它們扔在階梯底端，堆成了一大疊，雙手在褲子的大腿部位抹了好幾下。

我們洗好的衣服晾在平台區的欄杆上面。我們在浴缸裡洗衣服，然後把它們拿到室外晾乾。我們使用香皂，總是聊勝於無。我們穿上衣服的時候，布料觸感又冷又硬，某些時候依然還有濕氣。

濃霧在湖面飄蕩，慢慢移向小木屋，陰鬱的一天。天空雨雲密佈，過沒多久之後就會落雨了。我叫她快一點。我不知道這些樹枝可以撐多久，小木屋裡面已經有一整片牆排滿木柴，我每天都帶著斧頭出去，劈開倒下的樹木，取走殘枝，但我們還是撿拾樹枝，這樣我們才不會無聊，我才不會無聊。她對此沒有任何抱怨，空氣清冽，所以她當然要趁機享受一下，她不知道自己是否還有第二次機會可以從事這種活動。

我望著她撿柴。她一手懷抱樹枝，另一手彎下去撿拾更多的薪柴，一氣呵成，動作迅速優雅。她的頭髮垂放在肩後，以免擋住視線。等到手臂承受不了的時候，她會停下來喘氣，把腰往後仰進行伸展，然後繼續彎身撿拾。然後，到達極限之後，她會把木柴帶回小木屋。她不肯與我有任何眼神接觸，但我確定她知道我盯著她。每送一次薪柴回去，她就放膽越跑越遠，她的藍色雙眸死盯著那座湖，自由。

開始下雨了。可怕的傾盆大雨：前一分鐘，沒事，下一分鐘，我們已經全身濕透。那女孩從遠處抱了一堆樹枝回來，她一直在我容許她的最遠處努力幹活，我全程緊盯不放，確保萬一得抓她回來的時候也不成問題。

我已經開始把木柴搬上樓梯，移入小木屋，把它們丟在火爐旁，堆成一大疊。她跟在我後頭進來，放下撿拾的木柴，然後又步下樓梯。我沒想到我們居然會這樣彼此合作。她動作比我慢，腳踝還在復原中，我發現她不再需要跛行，也不過是一天前左右的事而已。我們在樓梯交會，身體輕觸彼此，我不假思索，聽到自己說了對不起，她什麼都沒回應。

她換了衣服，將濕答答的衣服掛在客廳的某根窗簾桿。我已經把外頭的衣服收進來，披掛在小木屋的各個地方，最後還是要靠柴火烘乾，小木屋內感覺好潮濕。外頭的氣溫已經降至零下九到十二度，屋內到處都是我們濕答答的足印，而且剛剛撿拾的木柴的滴落雨水，已經在木地板積成了水窪。我交代她去浴室找毛巾，盡可能把地板擦乾淨。

我在做晚餐。她悄悄坐入自己的位子，凝望窗外觀雨。雨滴在小木屋屋頂不斷發出鼓擊，發出規律的答答聲響。我有條褲子吊在窗簾桿，遮住了她的視線，幽隱瀰漫，整個世界被濃霧重重包圍。

我把碗丟在桌上，她嚇了一跳，她惡狠狠瞪了我一眼，充滿了責備神色。我老是搞得很大聲，我知道，我沒有打算要靜悄悄的意思。把碗砰一聲擱在流理台，狠狠關上櫥櫃的門，我沉重踱步，從我手中掉落哐啷撞到亮橘色流理台的湯匙，還有電爐鍋子裡的食材飛濺出來，搞得爐面到處髒兮兮。

夜幕低垂，我們默默吃晚餐，感謝有雨聲相伴。我凝望窗外，天空被一片墨黑吞噬。我打開一盞小燈，開始添加柴火。她透過眼角餘光打量我，我很好奇她到底在看什麼。

突然之間，我聽到外頭傳來爆裂聲，我嚇得立刻站起來，以氣音對她說道，「噓……」但她其實根本沒講話。我拿起手槍，緊抓不放。

我透過窗戶向外偷看，發現是烤肉架爆開，讓我鬆了一口氣。

她緊盯著我，看我拉開窗簾向院子眺望，只是以防萬一，萬一有人待在哪裡。我闔上窗簾，又坐下來。她依然在盯著我，望向我運動衫上面那一塊已經長達兩天的污漬，我手背上的深色汗毛，還有我拿槍的那種隨性姿態，彷彿它並沒有終結他人生命的能力。

我看著她，開口問道，「怎樣？」她整個人軟趴趴窩在窗邊的那張椅子，一頭長髮捲翹。她臉上的傷口正在逐漸復原當中，不過，她的雙眼依然疼痛，當初我拿槍抵住她頭部的那股力道，她還是很有感，她在三公尺外端詳我，她自己也知道，我再次舉槍也只是遲早的事而已。

她問我，「我們在這裡做什麼？」那語氣審慎又勉強。她終於鼓起勇氣詢問，打從我們到達這裡的第一刻開始，她就一直想知道答案。

我嘆了一口惱怒長氣，過了許久之後才回她，「不關妳的事。」我隨便回她就是要讓她閉嘴。

她改問另一個問題，「你要我的什麼？」

我面無表情，我不想與她有任何瓜葛。「什麼都不要。」我撥弄火爐裡的樹枝，沒有看她。

「那就放我走。」

「不行。」

我脫掉運動衫，把它放在手槍旁邊，就在我腳側的地板上面。火爐讓小木屋變暖和了，至少這裡是如此。臥室很冷，她睡覺的時候是多層次穿著，衛生褲、運動衫加上襪子，但是入睡許久之後依然在發抖。

我之所以知道，是因為我一直在監視她。

她再次問我，到底要她的什麼。「她說，你一定想要從我這裡要些什麼吧，不然為什麼要把我從你家公寓裡抓出來，把我帶到這裡？」

「有人付錢給我，叫我要完成某項任務，抓到妳，然後把妳帶到下瓦克大道，把妳丟包，就這樣。我本來應該要把妳丟在那裡，然後自己人間蒸發。」

下瓦克大道是洛普區某條雙層道路的下層，我根本不知道有多長的一條隧道。

我在她眼中讀出了她的心思：困惑。她別過頭，眺望窗外的暗夜。

有些字詞她並不懂，任務、丟包、人間蒸發。對她來說，認定這是隨機行為還比較有真實感，某個瘋子只是為了好玩而選擇要綁架她。

她說她對下瓦克大道唯一的印象，就是她與她姊姊小時候最愛坐車下去那裡，當時的隧道裡都是綠色螢光燈，這是她第一次對我講出有關她自己的事。

「我不懂……」她迫不及待想要知道答案。

「贖金的事，我完全不知道細節。」我開始不爽了，我不想多談。

「那我們為什麼會在這裡？」她流露乞求目光，要我給她一個解釋，那神情混雜了全然的困惑、挫敗，還有自負。

我心想，媽的這問題真是問得太好了。

在我抓她之前，我早就上網研究過她的底細。我知道她的一些事，但是她以為我什麼都不知道，我看過她的名流家庭身穿設計師名牌的合照，看起來既有錢又煩躁不安。我知道她爸爸是什麼時候當上法官，什麼時候要投入連任選舉。我檢視他的網路新聞，我知道他是個人渣。

有其父必有其女。

我想跟她說就忘了吧，閉嘴。不過，我卻告訴她，「我改變心意了。沒有人知道我們在這裡，要是被他們發現的話，一定會殺死我們，妳和我。」

她站起來，開始在屋內四處遊晃，腳步輕盈，雙臂纏結在一起。

「誰？」她哀聲問我答案。那些字詞——殺死我們，妳和我——害她嚇得無法呼吸。她挨近我，要聽到我的聲音，我真希望現在雨勢更大一點。我盯著小屋的木條地板，迴避她的期盼目光。

我回她，「不關妳的事。」

她再次問道，「誰？」

所以我就把達厄瑪爾的事告訴她了，應該就會讓她閉嘴吧。有關那天他跟蹤我、把她的照片交給我的過程，他叫我找到人，然後把她交給他。

她背對我，以控訴語氣問我，「那你為什麼不這麼做？」

我看得出來她全身上下散發的恨意，我心想我當初就該這樣，我應該要把她交給達厄瑪爾，大功告成。我現在就可以待在家裡，有一堆錢可以買食物、付帳單，以及繳房貸。我不需要擔心我留下的殘局，一直在猜疑家裡的狀況，她要怎麼活下去，還有在我逃跑之前會激怒她之各種情事。我發現這些思緒一直盤據心頭，害我半夜睡不著，每當我擔憂的不是達厄瑪爾或是條子的時候，我掛念的是她，一個人待在老屋子裡。要是我當初依照指示乖乖把那女孩交出去，一切都不成問題。然後，我唯一需要擔心的就是警察是否或何時會抓到我，不過，當然這也不是什麼新鮮事。

我沒回答那女孩的愚蠢問題，有些事情她並不需要知道。她不需要知道我為什麼改變心意，為什麼把她帶來這裡。

我反而對她說出的是我所知道的達厄瑪爾，我也不知道我為什麼這麼做。我想她等一下會明白我不是在鬼扯，她就會怕了，所以她會知道待在這裡跟我在一起是最佳的另類策略，唯一的另類策略。

我知道的達厄瑪爾，幾乎都是來自聽說的內容。謠傳他是來自非洲、被洗腦成殺人工具的娃娃兵；他曾經在西區的某間廢棄工廠把某名商人活活打死，因為對方無法繳出欠款。還有，他綁架了某個九歲、也許是十歲的男孩，當他發現小孩家人付不出贖金的時候，殺死小男孩的過程，達厄瑪爾槍殺他之後，把照片寄給他的父母，在他們的傷口上撒鹽，自己洋洋得意。

「你撒謊……」但她的雙眼滿是恐懼，她知道我沒騙人。

「妳怎麼能這麼篤定？」我問道，「要是妳落在他手上，妳真的知道他會對妳做出什麼事嗎？」

我想到了性侵與虐待。他在朗代爾有個藏身處，位於南荷爾街的某間房子，我曾經去過一兩次。我想他要是綁了這女孩，一定會把她關在那裡，大門口有破爛階梯的磚屋，充滿污漬的地毯。當那裡被法拍的時候，屋主拔走了所有的設備，四面光禿禿。天花板到處都是水漬與霉斑，一直延伸到牆壁，還有，以保鮮膜封住的破損窗戶。而她，在房間的正中央，被綁在某張折疊椅上頭，嘴裡塞了布條。等待，就是一直等待，而達厄瑪爾與他的那些小嘍囉將會趁機小小尋樂一番。就算法官付了贖金，我猜達厄瑪爾也會吩咐某個手下槍殺她。湮滅證據，把她的屍體隨便丟入哪個垃圾集運箱，或是河裡。我全告訴她之後，繼續說道，「妳一旦沾惹了這種事，絕對脫不了身。」

她不發一語，對於達厄瑪爾的事完全沒有回應，但我知道他害她憂心忡忡，我知道達厄瑪爾開槍殺害某個九歲小孩的那個畫面，她一直揮之不去。

之前的蓋比

警佐准許我在週五晚間時段公布無名氏嫌犯畫像。線報不斷湧入，大家紛紛撥打熱線電話，宣稱他們看過我們的無名氏。不過對某些人來說，他叫史提夫，有的人說他是湯姆，有某名小姐說她覺得自己昨晚搭捷運的時候看過他，但是她不能百分百確定（他身邊是不是有個年輕女子？沒有，他一個人）。某人覺得這無名氏嫌犯是他位於州街的辦公室的工友，但他很確定此人是西班牙裔，我跟他保證，絕對不是。我找兩個菜鳥接聽電話，他們努力釐清哪些是真正的線索，哪些是無用資料。到了早上的時候，綜合各方來電的重點如下：根本沒有人可以提供這傢伙到底是誰的線索，不然，就是他使用了相當多的化名，害所有菜鳥警員在年底之前只能亂槍打鳥辦案。這樣的體悟，讓我很煩惱，我們的無名氏嫌犯比我猜想的更圓滑老練。

我花了許多時間在揣測這個人。不需要見過他，甚至根本不需要知道他的名字，我也可以猜出一堆線索。引發某人出現暴力行為或反社會態度，不會只有單一因素，那是許多事物所累積的後果。我猜他的社經地位沒辦法讓他進入與丹尼特家族的同一個社區，我還可以猜到他從來沒念過大學，或者很難找到工作，就算有也做不久。我想，在他童年時期，與他能產生有意義關係的成人並不多，也許根本沒有。他可能覺得很疏離，也許欠缺父母照顧，他們可能有婚姻問題。他可能是受虐兒。他的父母很可能不會在晚上為他掖被，不會為他朗讀床邊故事，應該沒有固定去教會。

小時候的他未必會虐待動物。也許是過動兒，搞不好他有無法集中精神的問題，也許他有憂鬱症，素行不良，或是有反社會傾向。

他應該從來不覺得自己掌控一切，他從來沒有學到要如何保持彈性，不知道什麼是同理心，只會靠出拳或掏槍的方式解決問題。

我修過社會學的課，一生中遇過許多罪犯，全部都是同一種路數。

此人未必吸毒，但有這個可能；未必是在國宅區長大，但依然有這種可能。他未必參加幫派，但我也不會排除這種可能性，他的父母未必是擁槍之人。

不過，我可以確定的是，他得到摟抱的機會並不多，他的家人不會在晚餐前禱告。他們不會一起去露營，也不會一家人晚上窩在沙發看電影。我猜他父親從來沒有指導過他的代數作業，我猜，家人忘記接他放學應該不止一次；我猜；他成長過程中的某些時候，從來沒有人關心他在看什麼樣的電視節目，我猜；他一定被甩過巴掌，對方一定是熟人，他信任的人。

我亂轉電視頻道：芝加哥公牛隊今天休息，美國大學籃球聯賽的伊利諾戰士隊被威斯康辛州獾隊打敗。對我來說，今晚沒有什麼好看的節目。我決定在收看《這是南瓜大王，查理布朗》動畫電影之前，再巡最後一次，從頭到尾瀏覽我家電視的一百多個頻道——誰說金錢買不到幸福？——然後，算我走運，正好被我看到丹尼特法官的臉，出現在晚間六點新聞的某場記者會。

「搞屁啊！」我破口大罵，調高電視音量，好好聽個仔細。大家一定以為出現在那場記者會的應該是負責偵辦的警探，或者，他至少也應該要知道會有那場活動。不過，站在那裡，搶下我位置的人，卻是警佐，法官在進入私人執業的多年之前曾在檢察官辦公室工作，兩人早在當時就結識為友，能有站在高位的朋友想必滋味不錯。耀眼的伊芙站在丹尼特法官的旁邊，緊抓他的手，我確定這一定是出於事先安排，因為我從來沒有看過這對夫妻之間流露任何情愛——葛瑞絲站在她的身邊，對著攝影機睜大眼睛裝可愛，彷彿把這當成了她的第一次登台演出。法官似乎對於女兒失蹤感到痛苦不堪，我想一定有某名律師或政治顧問有教導他該說什麼，還有該做什麼，鉅細靡遺：比方說，牽手，或是恍神片刻之後努力恢復鎮定，我覺得這個人明明從來不曾有過任何失誤，這全都是在騙人。有名記者想要提問，但卻被這家族的發言人介入拒絕，然後，法官與他的家人被引導到人行道，進入他們的豪宅裡。警佐站在麥克風前的時間頗久，讓大家知道他派出底下最優秀的警探處理此案，他彷彿以為這種話會讓我心滿意足一樣。

然後，場景切換到密西根大道的某間攝影棚，新聞主播簡述米雅．丹尼特的案情——螢幕上出現了我們無名氏嫌犯的繪像——然後，轉到了芝加哥南區某棟大樓失火的新聞。

之前的柯林

我討厭這樣，但就是沒有別的辦法了，我不信任她。

我一直等待，終於等到她進入廁所的時候，然後，我拿著繩子跟進去。我一度想要動用我們之前在大沼澤城買的膠帶，但不需要，這附近根本沒有人會聽到她尖叫。

「你要幹什麼？」

她站在水槽前面，以手指刷牙。她雙眼充滿恐懼，因為看到我不請自來進入廁所，還帶著繩子。

她想要逃跑，但是我卻抱住了她。輕而易舉，最近她消瘦不少，她乾脆直接放棄反抗。「也沒別的辦法了……」她破口大罵我是騙子、混蛋。我把繩子綁住她的兩隻手腕，然後把它繞住水槽底座。童子軍繩結，她絕對逃不了。

我先確定大門鎖好，然後才轉身離開，出門。

我小時候當童子軍時，幾乎就學會了我所知的一切。我四年級的老師是童軍服務員，在那個時候，我還會認真看待老師對我的印象。

我不記得自己贏得了多少徽章——射箭、健行、划獨木舟、露營、釣魚，以及急救。我學會要如何使用霰彈槍，如何判斷冷鋒即將報到，要如何在冰風暴來襲的野外求生。我學會了要怎麼打繩結，包括了返穿八字結、水結，以及安全結，誰也不知道什麼時候可能會派上用場。

在我十四歲的時候，傑克．高爾斯基和我打算離家出走，他是住在街尾的那個波蘭人。我們在外頭混了三天，一路到了路易斯安那州的科科莫才被警察找到，我們在僅有廢棄墓園的荒地露營，旁邊只見到數百年的老舊墓碑相伴。他們發現我們喝醉了，因為我們喝光了一瓶高爾斯基太太的伏特加，當初傑克溜出來的時候把它藏在背包裡。當時是三月，我們只靠木頭就成功生火。傑克被石頭絆倒，膝蓋破皮，超慘無比，我拿出我買的急救箱幫他包紮，繃帶與紗布都是我從家裡帶出來的備材。

我曾經嘗試過打獵，和傑克．高爾斯基與他父親結伴而行，我前一晚住在他們家，第二天一早五點鐘就起床。我們迷彩打扮，直入森林。他們是專業人士，什麼配備都有，十字弓、步槍、望遠鏡、夜視鏡，以及彈藥。我是業餘者，穿的是前一天在沃爾瑪挑的森綠色運動褲，而傑克父子穿的是爸爸參加越戰時的戰鬥服。高爾斯基先生發現了一頭白尾鹿，那頭長有鹿角的雄鹿超美，讓我根本無法移開目光。高爾斯基先生認為我應該要開第一槍，這純粹是公平考量。我以蹲姿就定位，往下凝望，緊盯著那雙挑釁我不敢開槍的黑色眼眸。

他叮嚀我，「柯林，現在慢慢來，」我想他一定看到了我跟娘砲一樣，手臂抖個不停。「穩住。」

我刻意射偏，把那頭雄鹿嚇跑，牠安全了。

高爾斯基先生說大家都會遇到這種狀況，下一次我會比較幸運。傑克笑我娘娘腔。然後，輪到傑克了，我望著他射殺某隻幼鹿雙眼的中央地帶，鹿媽媽眼睜睜看著她的寶寶死去。

第二次他們邀請我打獵，我說我生病了。過沒多久之後，傑克被送入感化院，因為他拿他父親的手槍威脅某名老師。

我沿著鄉線路一路前行，就在過了鱒魚河路的時候，我才突然想到：我可以繼續開下去，直接跳過大沼澤城，離開明尼蘇達州，前往格蘭德河。我已經綁住了這女孩，她不可能逃跑，也沒辦法偷偷報警。就算她有辦法解開綁住雙手的繩索——當然她辦不到——要走到有人煙的地方也是好幾個小時之後的事。到了那個時候，我就會在南達科他州或是內布拉斯加州的某處。警方最後會對我發出全面通緝，不過，這女孩一直以為我叫做歐文，除非她仔細看過我的駕照那就另當別論，我也許可以一賭。我的腦袋開始轉個不停，思索拋棄那間破爛小木屋與跑路的念頭。不過，可能有無數狀況會出包，警察現在可能已經知道我與那女孩在一起，也許他們已經查出了我的名字。也許現在已經對我發出了全面通緝令，搞不好達厄瑪爾為了報復與懲罰我，已經把我供出來了。

不過，阻卻我逃亡的並不只是那個原因而已。我覺得，那個女孩，被綁在廁所水槽，困在荒野之中，而且是無人的淡季，沒有人會發現她，最後，她會餓死，一直到春天到來，旅客回流的時候，才會因為小木屋發出的腐肉臭氣而過去一探究竟。

就是這一點，讓我回到了正軌，這是我無法匆匆逃走的原因之一。雖然我明明想跑路，我必須跑路，而且我知道我每多待一天就越來越接近死路。

我不知道我離開了多久，至少有好幾個小時吧。我回去的時候，狠狠關上門，拿著刀子出現在浴室門口。我看到那女孩開始驚慌，但我什麼也沒說。我一屁股坐在她身邊，割開繩索，我伸手扶她站起來，但她把我推開。我失去平衡，趕緊扶住了牆。她雙腿虛弱，伸出手指撫摸繩索在手腕留下的傷痕，破皮又紅腫。

「妳這樣是要幹什麼？」我抓住她的雙手，看個仔細，她坐在那裡一整天，拚命想要掙脫繩索。

她使勁推開我，但沒什麼氣力。我抓住她的手臂，阻斷她的攻擊。我看得出來，我緊抓她、不肯放手的那種力道，很痛。

我問道，「妳覺得我會就這麼把妳拋棄在這個地方？」我放開她，然後掉頭離開浴室。「現在電視上到處都是妳，我不能把妳帶在身邊。」

「你上次就帶著我啊。」

「妳現在很有名了。」

「你呢？」

「沒有人會鳥我到底在哪裡。」

「你撒謊。」

我站在廚房，開始拆包，那些空無一物的紙袋飄落在地面與薪柴，她盯著斜靠在門上的新釣竿。

「你去了哪裡？」

「買這些鬼東西。」我不耐煩，快發飆了。我把罐頭砰砰砰塞入廚櫃，然後狠狠關上櫃門。我停下動作，盯著她許久不放，我很少這樣。「如果我要妳死的話，妳早就死了。這裡有一個快要結凍的湖，他們到了春天才會發現妳的屍體。」

她望向午後薄霧籠罩的冰寒湖面，一想到自己的屍身會沉在水面之下，讓她不寒而慄。

然後，我展開行動。

我伸手進櫥櫃，取出了手槍。她轉身逃跑，我抓住她的手臂，硬是把槍塞入她手中，我們兩個都嚇了一跳。槍的觸感，還有她雙手體會到的那股沉重金屬感，讓她呆住了。「拿啊，」我態度強硬，她不想，我大叫，「抓好！」她以顫抖雙手握住它，差點掉落地上。我逼她把手指環扣扳機。「就在那裡。有沒有感覺？就是這樣開槍，妳把它對準我，開火。妳覺得我在騙妳嗎？以為我會傷害妳？裡面有裝子彈，所以妳大可以直接對準我開槍。」

她站在那裡，昏沉疲憊，雙手舉槍，心想到底是發生了什麼事。她把它舉高，持續了一秒鐘，她沒想到槍那麼重。她把它對著我，我死盯著她，諒她不敢。開啊，開槍啊。她目光怯懦，持槍的雙手不斷抖晃。她其實不想對我開槍，我知道，不過，我還是很好奇。

我們就那樣僵持不下，二十秒，三十秒，也許更久吧，然後她放下槍，走了出去。

之後的伊芙

她把自己的夢告訴了我。以前的米雅絕對不會做出這種舉動，以前的米雅絕對不會向我透露這麼多的心事。不過，這一場夢真的讓她心神不寧，她說每一晚都不斷重複的夢境，我現在已經不知道有多少個晚上了，但都一樣，她講述的內容都差不多。她坐在某張白色草坪涼椅上頭，地點是某間小木屋一應俱全的大客廳裡面。椅子緊貼在大門對面的牆上，她整個人縮在椅子裡，一條扎人的毯子蓋住她的大腿。她冷死了，已經到了不自主顫抖的地步，但她卻睡得好熟，疲憊的身體整個壓住了椅子扶手。她身穿過時的深紅色運動衫，正前方有一隻刺繡的潛鳥，下方繡有L'étoile du Nord字樣。

在夢中，她看到自己睡著了。小木屋的一片昏黑圍繞著她，讓她覺得快要窒息。她可以感受到焦慮，還有別的，不只如此，有恐懼、害怕、不祥預感。

當他碰觸她手臂的時候，她忍不住畏縮。她告訴我，他的手冷寒如冰。她感覺到有槍，壓住了大腿，她盤腿盤了一整夜，現在雙腿已經痠麻。旭日升起，光線從髒兮兮的窗戶、總是合起狀態的過時格紋窗簾透了進來，一直在不斷閃動。

她緊抓手槍，對準了他，扳下擊錘，她表情冷酷。米雅對槍一無所知，她說，她所知的一切，都是他教的。

在她顫抖雙手之中的那支槍，感覺詭異又沉重，但她在夢中可以感受到那股決心：她開槍射他不成問題。她辦得到，她可以結束他的生命。

他好沉靜，動也不動。他在她面前慢慢起身，整個人站得直挺挺，看起來睡飽了，但雙眼依然流露哀傷：緊蹙的雙眉，在她堅定凝視之下回望她的那股悲愁。他一直沒有剃鬍，每天的鬍碴累積下來，已經成了鬍鬚。他才剛剛下床，臉上還有印痕，眼角依然有睡意，一整晚下來，衣服已經變得皺巴巴。他站在涼椅旁邊，雖然兩人相隔了這麼一段距離，但她還是聞得到他早晨的嘴臭。

他以寧和的聲音在呼喊，「克洛伊……」她說那語氣溫柔又令人安心，但她很清楚，他們兩人都知道，他可以從她抖動的雙手中奪下武器，殺死她，但他根本沒有。「我煮了蛋。」

然後，她醒來了。

有兩個重點引起我的關注：那件運動衫的字樣L'étoile du Nord，還有雞蛋。好，除此之外，還有米雅——以克洛伊為化名的米雅——拿著槍。當天下午，等到米雅回她臥房午睡的時候，她最近一直有這種小憩習慣，我拿出了自己的筆記型電腦，打開搜尋引擎，輸入了我多年前在高中學過，但根本不記得的那幾個法國單字。前幾筆就出現了：北極星，明尼蘇達州的格言，不意外。

如果那個夢境是某段記憶，完全不是做夢，而是她待在「北極星」之地的回憶，那麼她為什麼拿槍？也許，更重要的問題是，她為什麼沒有拿槍射殺柯林．薩切爾？這個狀況的結局是什麼？我想要知道答案。

不過，我安慰自己，這場夢只具有象徵意義而已。我搜尋各種夢境的意義，尤其是蛋。正好被我找到了一部夢境解析的字典，靠著裡面的詮釋，一切都開始有了意義。我眼前浮現米雅此時此刻的畫面，躺在床上，在被窩裡的她如胚胎蜷身。當她準備上床的時候，她說她不舒服，我不記得我聽過多少次了，而我卻一直粉飾太平，把它歸因於疲憊與壓力。但我現在發現恐怕不止於此。我的手指在鍵盤上凝定不動。我開始哭泣，有這個可能嗎？

大家都說晨吐會遺傳。我懷兩個女兒的時候都吐得厲害，尤其是懷葛瑞絲的時候。我聽說第一胎最慘，的確如此。我蹲趴在馬桶前面，度過了許多日日夜夜，一直吐到什麼都嘔不出來，最後只剩下膽汁。我一直覺得好累，從來不曾感受到的那種疲憊，累得我最多只能睜開眼睛。詹姆斯不明白，他當然不懂。怎麼可能呢？那是只有我親身經歷過後才明瞭的痛，但在那樣的過程當中，我不斷出現尋死念頭。

根據這部夢境解析的字典，夢境中的蛋，可能象徵的是某種全新又脆弱的事物，處於原初狀態的生命。

之前的柯林

我很早就醒來了。拖著釣竿到了外頭，拿著我在商店裡買的工具箱走到湖邊。我以前曾經靠著釣魚用品——靠著冰鑽，還有撈魚網，趁湖面結凍的時候，賺了一點錢。

她穿上運動衫，走到了湖邊。她剛洗完澡，頭髮還濕濕的，在冷風吹襲之下，髮尾變得捲曲。她還沒過來之前，外頭靜謐，朝陽才剛剛升起。我陷入沉思，努力要說服自己家中一切安好。我努力要靠著洗腦自己消弭罪惡感，我對自己催眠，冰箱裡有一堆食物，她不會摔倒跌斷髖骨。正當我開始相信這種說法的時候，新的恐懼湧上心頭：我忘了設定暖氣，她一定會凍死，她沒有關上大門，會有某個混帳不請自來溜進去。然後我又恢復理性，找到了藉口：我的確有設定暖氣，一定的，我當然有。接下來的十分鐘，我腦中浮現我將溫度設定在攝氏二十度的畫面。

我設定了暖氣，當然，攝氏二十度。

至少，現在現金一定已經寄達，讓她過日子不成問題，可以熬一陣子。

我從小木屋裡拿出了一張草坪涼椅，我坐在椅內，腳邊放了一杯咖啡。當女孩靠近湖邊的時候，我盯著她的衣裝。她的褲子完全沒有擋風功能，樹木光禿禿，沒有葉子可以緩阻風勢。強風亂吹她臉龐的冰凍髮絲，掀翻她的卡其褲褲管，寒氣從襯衫口灌了進去，她已經在發抖了。

「妳在外頭做什麼？」我問道，「妳會冷死。」

不過，她還是不請自來，坐在湖岸邊。我大可以喝令她回去屋內，但我沒有。地面濕漉漉。她彎腿，雙手抱住膝頭保暖。

我們沒說話，沒有這個必要。能夠待在外頭，她的確心存感激。

小木屋的氣味很可怕，類似發霉或黴菌的氣味。經過了這麼多天，我們以為早就習慣了，但它的味道依然刺鼻。裡面跟外面一樣冷，我們必須要盡量儲存木柴準備過冬。在此之前，我們只能在晚上開爐，想必在白天的時候，小木屋裡面的氣溫一定陡降至攝氏十多度。我知道她雖然穿了一層又一層的衣物，但一直不夠暖。這種遙遠北方之地的冬日嚴寒無情，是我們從來不曾體會的寒冷。再過幾天就是十一月了，暴風雨之前的最後寧靜。

湖面上方有一小群北方大潛鳥正往南翱翔，牠們是留在這遠北地帶的最後一批。現在飛走的這些鳥兒，都是在今年春天出生，一直到現在才有足夠氣力能夠應付長途飛行，至於其他的鳥都早已飛走了。

我猜她以前從來沒有釣過魚。但我有，打從小時候就開始釣魚。我握著釣竿，身體動也不動，盯著水面的浮標。她還算有常識，知道要閉嘴保持安靜，她講話的聲音一定會把魚嚇跑。

「嗯，」我把釣竿放在膝蓋之間夾好，然後脫下外套，交給她。「趕快穿上，不然妳等一下就凍死了。」

她不知道該說什麼是好，連道謝都沒有，這不是我們的相處模式。她把手臂伸進兩倍大的袖洞裡面，過了一分鐘之後，她再也不抖了。她把兜帽蓋住頭，躲避冬日。我不冷，就算真的覺得冷，我也不會承認。

有一條魚咬住了魚餌。我站起來，猛拉魚線調整魚鉤。我開始回捲，讓魚線保持緊拉狀態。當魚兒從水面飛出、魚鰭拚命掙扎求生的那一刻，她轉身背對我。我把魚扔到地上，看著牠不斷扭動，終於斷氣。

「妳現在可以看了，」我說道，「牠死了。」

但她沒辦法，她沒有看，後來我以身體阻擋她的視線。我挨在魚身旁邊，將魚鉤從牠的嘴裡滑脫出來，然後，我把蟲扣入魚鉤尾端，將釣竿交給那女孩。

她說道，「不用，謝謝了……」

「妳以前有釣過魚嗎？」

「沒有。」

「妳那種出身背景，都沒學過這種事啊？」

她知道我是怎麼看待她的，被寵壞的富家嬌嬌女，而她得想辦法證明自己不是。

她從我手中搶下釣竿。她不是那種習慣聽令的人，我問她，「妳知道妳在做什麼嗎？」

她怒氣沖沖回我，「我自己可以搞清楚！」她一屁股坐在岸邊，靜靜等待，希望魚兒不要過來。我坐在自己的椅子裡，啜飲馬克杯裡的咖啡，現在我覺得冷了。

時間慢慢流逝，我不知道過了多久。我進去又喝了一點咖啡，尿尿。等到我回來的時候，她說她覺得好訝異，因為我居然沒有把她綁在樹上。太陽升起，努力增添白日的暖意，徒勞無功。

「妳很幸運。」

我趁機問了她爸爸的事。

一開始的時候，她很沉默，盯著水面，目光死沉沉。她細細端詳湖面的頎長樹影，聆聽鳥囀。「關於他的什麼？」

「他是什麼樣的人？」我雖然這麼問，但我其實知道答案，我只是想要聽到她親口說出來。

「我不想講。」

我們沉默了一會兒，然後，她打破沉默。

「我父親生長在富有家庭，」她說道，「靠的是祖產，」然後她開始對我娓娓道來：他家族一直很有錢，世世代代都如此，錢多到不知道該怎麼花。「就算是養活一個小國家也不成問題……」但她說他們並沒有這麼做，反而繼續當守財奴。

她還說她父親的職業引人注目，這一點我知道。「大家都認識他，」她說道，「這些都引發了他的大頭症。我父親對於要賺更多錢的無盡渴望，讓他走上了貪污之路。收賄——我覺得也沒什麼好驚訝的，他只是從來沒被抓到而已。」

她說道，「對他來說，形象就是一切。」然後，她告訴我有關她姊姊的事，葛瑞絲。她說她姊姊就跟她爸爸一樣，矯揉做作，空洞，性好逸樂。我看了她一眼。葛瑞絲不只是具有這些性格而已，她是某個富豪人渣的女兒，要過這樣的生活完全不費吹灰之力。

我對她的了解，超過了她自己的想像範圍。

「隨便你要怎麼想都可以。」她說道，「但我爸爸和我是不一樣的人。」她強調，是截然不同。

她還告訴我，她和她爸爸一直處不好，小時候就是如此，現在亦然。

「我們不常講話。偶爾而已，但都只是表面功夫，只是擔心被別人看到我們不和而已。」

葛瑞絲，身為律師，與父親系出同門，「她跟我完全不一樣，」那女孩說道，「她是他的鏡像。我爸爸從來沒有資助我的大學學費，但是他卻為葛瑞絲的大學與法學院付學費，還為她在洛普區買了公寓，她明明自己付得起。我每個月花八百五十美元付房租，幾乎每個月都入不敷出。我請我父親捐款給我工作的學校，也許可以創設一個獎學金，他哈哈大笑。他為葛瑞絲在市區的某間頂尖事務所安排了工作，她向客戶索價的價碼是一小時超過三百美元。過了幾年之後，她應該可以當上合夥人。我爸爸當初對我的期盼，完全就是葛瑞絲現在的模樣。」

「那妳呢？」

「我是另一種類型，是犯下過錯還得靠他遮掩的那種女兒。」

她說她父親對她完全沒有興趣。她五歲的時候即興演出，他沒有興趣；她十九歲的時候第一次有作品在畫廊展出，他沒有興趣。「反觀葛瑞絲，只要她一出現，就可以讓他心情變得大好。她很聰明，就跟他一樣，而且能言善道，我父親很喜歡這麼說——她的措辭是以效率鍛鑄而成——而不是靠妄想。不像我盼望有朝一日成為藝術家的癡心妄想，還有我母親被誤導的現實感。」

我聽了很生氣，原因是她講話的態度像是自己遭受了不公平待遇，彷彿她的生活充滿了逆境，媽的她哪懂什麼叫做倒霉。我想到我們那台當成家的薄荷綠拖車，我們待在臨時避難所等待暴風雨平息的時候，眼睜睜看著我們的家被吹走。我問道，「所以我應該要覺得妳可憐嘍？」

有隻鳥兒在歌唱，遠方有另一隻鳴叫回應。

她講話變得好小聲。「我從來沒有要叫你可憐我。你問我問題，我給你答案。」

「妳這個人就是自艾自憐，對吧？」

「不是那樣。」

「老是覺得自己是受害者。」我對這女孩沒有同情心，她根本不知道什麼才叫做倒霉。

「不是！」她對我咬牙切齒，把釣竿塞到我手裡。「你自己拿好！」她拉開外套拉鍊，一接觸到撲來的冷空氣，不禁為之畏縮。她把外套扔在我旁邊的地上，我也不管，只是默默站在那裡。「我要進去了。」

她經過死魚旁邊，牠的那雙眼睛盯著她，充滿嫌惡，她居然就眼睜睜讓牠死去。

她與我之間的距離拉開到約六公尺的時候，我開口問道，「贖金呢？」

她厲聲反問，「怎樣？」她站在某棵大樹的樹蔭之下，雙手扠腰，十月冷風將她的髮絲吹得團團轉。

我問道，「妳爸爸會不會付贖金？」要是他真的如她認定的那麼恨她，那麼他絕對不會付半毛錢贖人。

她陷入沉思，我知道，這是大哉問。

要是她爸不付贖金，那她就死定了。

「我想，我們永遠不會知道答案。」她丟下這句話之後就走人。我聽到她踩踏落葉的噪音，遠方傳來開紗門的吱嘎聲響，然後，大門被狠狠關上，我知道我現在落單了。

之前的蓋比

我在全世界最完美的林蔭道路開車前行。紅色楓樹與黃色山楊的巨大樹蔭蓋住了狹窄街道，落葉如雨下。要玩「不給糖就搗蛋」的遊戲，還不到時候。這些小搗蛋還得在學校待一兩個小時左右，不過，這些數百萬美元等級的豪宅正等待著他們回家，它們全部都隱身在完美造景以及需要騎乘式割草機的巨大草坪後面……但這裡的住戶才不會有人膽敢自行整理自家草坪。這些豪宅都已經完成節日妝點，有乾草捆、玉米稈，以及瓜梗毫無損傷的渾圓南瓜。

當我把車子停入磚面戶外車道的時候，郵差正準備關上丹尼特家的郵筒。我把自己的爛車停在丹尼特太太豪華房車的旁邊，向對方友善問好，彷彿我就住在這裡一樣。我走到磚造郵筒旁邊，它比我家廁所還寬敞。

我伸手向他拿今天的郵件。「午安……」

「午安……」他開口回禮的同時，把一大疊信件交到我手中。

外頭很冷，而且一片灰濛濛。就我有記憶以來，每一個萬聖節都是如此。灰雲沉落，接近地表，最後再也分不清天地之別。我把郵件塞在腋下，雙手插在口袋裡，從戶外車道走過去。

每次當我過來的時候，丹尼特太太總是用力拉開門，充滿熱情，臉龐洋溢喜悅，看到我之後就變了。微笑消失，睜大的雙眼也沒了，有時候，還會聽到嘆息。

我想這並非針對我個人。

「哦，」她開口，「是警探啊。」

每當電鈴響起的時候，她都覺得是米雅。

她身穿芥末色圍裙，裡面是一整套的瑜伽裝。

「妳在煮菜嗎？」我差點被那氣味嗆死，只能努力忍耐。如果她不是正在煮菜，那就是有什麼小動物偷偷溜入地下室死了。

「努力中。」她已經丟下我，自行離開，留下敞開的大門。我跟著她進入廚房，她發出緊張不安的大笑聲。「義大利千層麵，」她切了一大坨的馬芝瑞拉起司。「你以前有沒有做過義大利千層麵？」

「我的專長是冷凍披薩。」我把那疊郵件放在廚房中島。「我想這樣妳就不用跑出去拿信了。」

「啊，謝謝……」她丟下起司切片器，伸手拿了保險公司的「福利說明書」，開始四處尋找拆信刀，而電爐上的義大利香腸已經發出了焦味。

關於義大利千層麵，我略知一二。小時候看我媽媽做過的次數，早就數也數不清了。我窩在我們家的小廚房裡面，她總是被我絆倒，我在地上玩我的火柴盒小汽車，一直在煩她——*煮好了嗎？煮好了嗎？*

我在抽屜裡找到一把木匙，試了一小口。

「我是要……？」她回來廚房的時候，一臉茫然。「啊，警探，你不需要……」但我告訴她沒關係，我把木匙放在煎鍋旁邊，她忙著整理郵件。

「你有沒有看過這麼多垃圾郵件？」她問我，「型錄、帳單，大家都想要我們的錢。你有沒有聽過……」她拿起信封，仔細觀看那個慈善團體的名稱？「……威爾森氏症？」

「威爾森氏症，」我跟著重複，「應該是沒聽過。」

「威爾森氏症……」她又講了一次，然後把那個信封放入掛在牆上的某個華麗整理箱，與其他終於找到歸所的那一疊信件放在一起。我原本以為威爾森氏症信箋一定會變成回收紙，沒想到居然有可能會變成支票。「丹尼特法官一定是做了什麼特別的事，才能夠享受千層麵大餐。」我媽媽常常煮，這一點都不特別。不過，對於伊芙．丹尼特來說，我猜像這樣的家常餐，一定是少見的精心款待。當然，這要看大家是否吃得下去，根據這道菜餚的外觀看來，我相當慶幸自己不是座上賓。我是研究刻板印象的專家，想必丹尼特太太的廚藝只有一招半式。她搞不好弄到了某份雞肉食譜，很可能卻只會燒開水而已，但這樣就夠了。

「這不是為了詹姆斯……」丹尼特太太經過我背後走到了電爐前面。黑色上衣萊卡袖子擦到了我的背，我想她一定沒注意到，但我有。她離開了好幾秒之後，我依然感受得到。她把一堆洋蔥丟入煎鍋，發出了嘶嘶聲響。

我知道今天是米雅的生日。

「丹尼特太太？」

「我不會的，」她信誓旦旦，全心全意在專心烹煮燒焦的肉，這個人兩秒鐘之前根本什麼都不管，轉變超大。「我一定不會哭出來。」

然後，我注意到氣球，屋內有一大堆。全部都是萊姆綠與洋紅色，顯然是她喜歡的顏色。

「都是為她準備的，」她說道，「米雅喜歡吃義大利千層麵，各式各樣的義大利麵都很愛。每次我煮菜的時候，只能靠她掃盤。我不期待她會出現，我知道不可能，但是我沒辦法……」她聲音越來越小，我從後頭發現她雙肩在顫抖，義大利香腸吸收了她的淚水，她大可以怪罪是洋蔥惹的禍，但她並沒有這麼做。我沒有盯著她，我專心處理馬芝瑞拉起司。她找到了一小瓣大蒜，開始以手掌壓碎那塊東西。我不知道丹尼特太太有此能耐，這似乎具有神奇的療癒效果。大蒜進了煎鍋，然後她從某個櫥櫃一口氣拿出香料罐——羅勒以及茴香，鹽巴與胡椒——把它們狠狠擱在大理石流理台。壓克力鹽罐沒放好，從流理台邊緣滾下去，落在硬木地板。是沒有破，但是鹽巴撒了一地。我們盯著地板上的白色結晶體，心中想的是同一件事：倒霉了，要倒霉七年嗎？我不知道，不過，我還是強調要去霉運。「鹽巴撒左肩。」

她問道，「你確定不是右肩嗎？」從她的聲音聽得出驚慌，彷彿這一起微不足道的鹽巴事件可能會成為米雅是否能返家的關鍵。

我回道，「左肩，」我知道我說得沒錯，但為了安撫她，我又說道，「好，隨便啦，那就兩個肩膀都撒吧，這樣妳就確保萬無一失了。」

她乖乖照做，然後雙手在圍裙前方抹了好幾下。我蹲下來撿鹽罐，她也彎低身子將剩下的鹽粒放在掌心。事情就發生在那麼一瞬間，我們還沒覺察，就已經撞到了頭。她伸手蓋住痛處，我伸手去摸她的頭，問她還好嗎，然後向她道歉。我們站起來，然後，丹尼特太太第一次發出了大笑。

天，她好美，雖然這笑聲並不暢快，彷彿隨時可能會哭出來一樣。我曾經與某個有躁鬱症的女孩交往過，前一分鐘瘋得要命想要征服世界，下一分鐘又沮喪到不行，幾乎連下床都沒辦法。

我不知道丹尼特法官是否曾經——在發生這起事件之後——以雙臂摟住這名女子，告訴她一定會安然無恙。

等到她恢復鎮定之後，我對她說道，「可以想像一下米雅真的會回家嗎？就在今晚，就像是直接出現在家門口，而且平安無事。」

她搖搖頭，她無法想像。

她問我，「你為什麼會當警探？」

也沒什麼了不起的原因，其實簡直令人尷尬。「我之所以會被派任接管這個位置，看來應該是因為我表現優秀。不過，我會當警察是因為有個大學好友念警校，我也想不出其他更好的出路，就跟著他一起進去了。」

「但你喜歡自己的工作吧？」

「的確。」

「難道不會令人心情低落嗎？每天晚上的新聞都很難讓我看得下去。」

「的確是有難過的日子……」不過，我開始盡量列舉自己能想到的好事。破獲安非他命製毒實驗室，找到走失的狗，抓到在書包裡藏著折疊刀準備去上學的小孩。「找到米雅……」這是我的結語，但我沒有大聲說出口，只是在心底對自己喊話：彷彿要是我能夠找到米雅，把她帶回家，彷彿我要是能夠讓丹尼特太太從她身陷的這場可怕惡夢中醒過來，那麼一切都值得了。那種成果將會超越所有的懸案，以及世間每日發生的一切惡行。

她又回去煮義大利千層麵。我告訴她，我要詢問她一些有關米雅的問題。我盯著她將麵團、起司，以及碎肉放入鍋中，我們開始聊起了那個女孩，每當我進入這個大門時，照片就會不可思議地變得越來越多的那個她。

第一天上學的時候，露出了有一半牙齒缺牙笑容的米雅。

頭上有跟鵝蛋一樣大的腫包的米雅。

準備高中畢業舞會的米雅。

身穿連身泳衣露出細瘦大腿，靠雙臂在水面漂浮的米雅。

兩個禮拜之前，大家可能不清楚葛瑞絲・丹尼特有個妹妹，現在，她儼然成了這個家唯一的主角。

之前的柯林

我有一點強過她，因為我有可以顯示日期的手錶。要是沒有它的話，我們兩個都不知道現在是哪一天。

一大早的時候，我沒出手，她不跟我說話已經超過二十四小時了。她因為我刺探她隱私而生氣，但她更氣惱的是自己講了一堆話。她不希望我知道她的背景，但我已經知道得夠多了。

我一直等，等到我們吃完了早餐，我繼續等待；等到我們吃完了午餐。她生氣擺臭臉，我就隨便她了。她在小木屋裡鬱鬱寡歡，覺得自己好可憐，一直嘛嘴。她從來沒想過我根本不想待在這地方，但她應該覺得不幸的人就只有她自己而已。

我不是那種會大肆張揚的人。我一直等到她洗完午餐碗盤，趁她拿毛巾布擦手的時候，差不多是以丟的方式將東西放在她身旁的流理台。

「送給妳的。」

她瞄了一眼擱在流理台的筆記本。一本素描本，還有十支自動鉛筆。

「所有的筆芯都在裡面，不要一次用光光。」

「這是什麼？」她裝傻發問，她明明知道那是什麼。

「打發時間的東西。」

「可是……」她沒有立刻把話講完，她把筆記本捧在手中，撫摸封面，她迅速翻動空白的紙頁。「可是……」她結巴了，不知道該說什麼才好，我希望她不要講話，我們之間完全不需要任何話語。「可是……為什麼？」

「是萬聖節……」我找不出更好的答案，只能這麼說。

她低聲說道，「萬聖節……」她知道不只是這樣，也不是天天都能過二十五歲生日。「你怎麼知道？」

我把我的秘密給她看，我從某個傻瓜那裡偷來的手錶的錶面，有一個小小的三十一。

「你怎麼知道是我生日？」

老實說，我在抓她之前，一直在上網查資料。但我不想告訴她那件事，她不需要知道我在綁架她之前已經跟蹤她好幾天之久，跟蹤她上班、下班，盯著她從自家臥室窗前經過。「我有做研究。」

「研究……」

她沒有說謝謝。類似拜託，謝謝，抱歉之類的措辭——某種求和的象徵，我們還沒有到達那個境界，也許我們永遠到不了。她把那本筆記本緊擁入懷，我也不知道自己為什麼會做這種事。看她一直眺望窗外，讓我覺得好厭煩，所以我花了五元美金買紙筆，媽的似乎讓她有了快樂的一天。當地商店沒有賣素描本，所以我必須把她綁在浴室水槽，才能一路開車到大沼澤城的某間書店。

之前的伊芙

我為她的生日籌劃了一場派對，也許她真的會回來。我邀請詹姆斯與葛瑞絲以及我的姻親：詹姆斯的父母、他的兄弟與他們的妻小。我特地去了購物中心一趟，買了那些我知道她會喜歡的禮物：大部分是衣服，她喜歡的那些農婦式上衣，一件垂墜式領口毛衣，還有年輕女孩最近喜歡配戴的那種笨重的大尺寸珠寶。現在米雅上了電視新聞，我只要一離開家，幾乎每個人都想要探聽狀況。在超市裡，女人們都盯著我，在我背後竊竊私語，陌生人比較好，我擔心遇到朋友鄰居，因為他們想要討論這件事。只要一講到米雅，我就無法止住淚水。我匆匆穿越停車場，避開那些已經開始跟蹤我們的新聞轉播車。進入購物中心之後，店員看著我的信用卡，心想這個丹尼特是不是跟電視上那女孩一樣的姓氏。我撒謊，假裝什麼都不知道，因為我只要開口解釋就會十分激動。

我以生日快樂的包裝紙包好了禮物，然後以一個大大的紅色蝴蝶結將它們綁在一起。我一共煮了三鍋的義大利千層麵，還買了三條義大利麵包要做大蒜麵包。

我弄了沙拉，從烘焙坊挑了一個蛋糕，有巧克力奶油霜糖衣，那是米雅的最愛。我從超市買了二十五顆乳膠氣球散落屋內。我還掛出打從女兒們小時候就開始使用的「生日快樂」醜陋布條，然後以CD播放輕鬆的爵士樂。

沒有人來。葛瑞絲宣稱自己要與某名合夥人的兒子約會，但是我不相信。雖然她表面上不承認，但最近她明明如坐針氈，她說這只是博取大家關注的方法而已，但她自己知道不只是如此。不過，葛瑞絲的個性就是這樣，寧可保持距離也不願承認真相。她佯裝隨性，彷彿完全不受到米雅事件的影響。但我心裡有數，從我們說話時她的語調，當米雅的名字從她嘴裡講出來的那一刻——沉吟不已——我感覺得出來，她真的因為妹妹失蹤而痛苦不堪。

詹姆斯堅持我不能辦派對，因為主角不在。所以，在我根本不知情的狀況下，他打電話給他父母、布萊恩以及馬提，告訴他們這根本就是一場鬧劇，沒有派對。但他一直沒有告訴我，一直拖到了八點鐘，他終於下班散步回來之後，盯著中島上一字排開的碗盤開口問我，「這麼多的義大利千層麵怎麼回事？」

「派對啊……」我一派天真，以為他們只是晚到了而已。

他說道，「伊芙，根本沒有派對。」

他一如往常，為自己弄了杯睡前酒，不過，就在他準備要進書房之前，他突然停下來看我。他很少這麼做，真正凝望著我。他臉上的神情很明顯：遺憾的雙眸、皮膚的皺痕、緊繃的嘴，就連他的語調，他幽微沉穩的話語之中也聽得出相同情緒。

「妳記得米雅六歲的生日嗎？」我記得，我剛剛才坐下來，把照片整個看了一遍：所有的生日派對來來去去，全在一眨眼之間。

但我驚訝的是詹姆斯記得。

我點頭。「對，」我說道，「米雅想要養狗的那一年。」精確的說法是藏獒，忠心的護衛犬，一身厚重、容易掉落的毛，通常重量都超過了四十五公斤以上。不能養狗，詹姆斯講得很清楚，那次生日不行，永遠不行。米雅的回應是滿臉涕淚，歇斯底里。詹姆斯通常對於這種吵鬧是置之不理，而他卻花了一大筆錢，向紐約市的某間玩具店特別訂購了一隻毛茸茸的藏獒。

「我覺得我從來沒看過她這麼開心……」他回想起當年米雅伸出小小手臂抱住那個超過九十公分的填充玩具的模樣，她的雙手宛若掛鎖一樣緊纏在狗狗的另一頭。我開始懂了：他很擔心。這是詹姆斯第一次在擔心我們的孩子。

「她還留著那隻狗，」我提醒他，「樓上，就在她房間裡。」他說他知道。

「我還是可以看到她的樣子，」他坦露心聲，「依然可以看到當初我帶著狗進來，把它藏在背後，她那種興高采烈的神態。」

「她好愛那隻狗……」他聽了那句話之後，走向自己的書房，鄭重關上房門。

我完全忘記要為鄰居小朋友買萬聖節糖果。電鈴響了一整夜，我愚蠢盼望能夠在大門的另一端見到我的姻親，每一次我都會開門。一開始的時候，我是從撲滿裡撈零錢送給小孩的瘋女人，而到了夜盡時分，我開始切生日蛋糕，分送出去。不知道狀況的父母們對我投以睥睨眼神，而知情的父母則是一臉憐憫盯著我。

「有什麼消息嗎？」開口詢問的是某位鄰居，蘿絲瑪麗·索瑟蘭德，兩個小孫子年紀太小，自己按不到電鈴，她陪他們一起出來玩不給糖就搗蛋。

「沒有消息。」我回話的時候雙眼盈滿淚水。

她幫忙小熊維尼與跳跳虎走下大門階梯。「我們一直在為你們禱告……」

「謝謝……」我雖然這麼說，但我心中想的是講這種話有什麼用。

之前的柯林

我告訴她可以出去，這是我第一次讓她單獨到外頭，我交代她，「妳要待在我可以看得見妳的地方。」我正忙著在窗戶貼上塑膠紙，為冬天到來提早做準備，我忙了一整天。昨天我為門窗填隙，前天則是以絕緣材質包覆水管。她問我為什麼要做這件事，我盯著她，儼然她在耍蠢，「這樣才不會爆裂啊。」我也不想要在這裡過冬，但在我想出更好對策之前，我們別無選擇。

她在門口停下腳步，手裡抓著素描本。「你不跟我一起來嗎？」

我說道，「妳又不是小女孩。」

她自己走到外頭，坐在台階中段左右的位置，我透過窗戶緊盯不放，她最好別想要賭運氣。

昨晚有下雪，只有一點點而已。地面覆滿了棕色的松針葉，還有香菇，但沒多久之後就會死光光。湖面有多塊積冰，不是很大，到了中午就會全數融化，這是冬日即將到來的徵兆。

她拍開階梯的雪，坐下來，把素描本攤在大腿上。昨天我們一起待在外頭，她坐在湖畔。我釣鱒魚的時候，她以從地面冒出的參差線條畫了十多棵左右的樹。

我透過窗戶盯著她，到底持續了多久，我不知道。我不怎麼覺得她想逃跑——她現在已經比較清楚狀況了——但我還是盯著她不放。我看著她的膚色因為天寒而變紅，髮絲在風中飄飛的模樣，她把髮絲塞在耳後，想要讓它變得服貼，但沒有用，沒有任何事物喜歡被壓抑。我看著她的雙手在紙頁上移動，迅速，從容。她手握紙筆的方式，就與我帶槍時的感覺一樣：主掌一切，控制一切，這是她唯一感到自信的時候。就是那股信心讓我一直待在窗邊，雖然是在監視，但也讓我看得目眩神迷，她背對著我的方向，我開始幻想她面孔的模樣，應該沒那麼兇狠了吧。

我開了門，走到外頭。門關上的時候發出砰響，害她嚇了一大跳，回頭張望想知道我到底要幹什麼。她面前的那張畫紙，有湖，還有幾隻鵜盤踞在某塊薄冰上面。

她想要假裝我不在那裡，不過，我知道，我的出現讓她無論做什麼都很困難，現在只能呼吸。

我問道，「妳是在哪裡學的？」我開始檢查外頭的門窗，找尋裂隙。

「學什麼？」她把雙手壓在那張圖上面，所以我什麼都看不到。

我停下動作。「溜冰啊，」我挖苦她，「不然妳以為是什麼？」

她說道，「我自學……」

「自學這個？為什麼？」

「為什麼不行？」

但她還是告訴我了，她說自己開發藝術天分要感謝兩個人：某位初中老師與鮑伯・魯斯。我不知道鮑伯・魯斯是誰，所以她就告訴我了。她說她以前會把顏料與畫架放在電視前面，跟著他一起畫。她姊姊會叫她要過有意義的生活，還罵她是魯蛇。她母親會假裝什麼都沒聽到。她說她很早就開始畫畫，可以靠著著色簿與蠟筆躲在臥室裡。

「不錯啊……」但是我並沒有看她，也沒有盯著那張圖。

我在挖窗戶的老舊填縫劑，它掉落在我腳邊的平台區，地上出現了一堆堆的白色填縫劑碎片。

「你怎麼知道？」她說道，「你根本沒看到。」

「有啊。」

「你沒有，」她說道，「當我發現有人態度冷漠的時候，我看得出來，我這一生都在面對冷漠。」我嘆氣，悄聲罵了幾句髒話。她的雙手依然蓋住那張畫。「好，然後呢？」

「媽的什麼意思啊？」

「我畫的是什麼？」

我停下動作，遠眺那些鵝，牠們一隻接著一隻飛走了。「那個……」我說出口之後，她暫時休兵，我繼續檢查下一扇窗戶。

她舉起素描本，開口問道，「你為什麼要這樣？」

我中斷工作，好整以暇盯著她，我知道她在想什麼：你寧可關心填縫劑，也不想理我。

我對她咆哮，「媽的妳怎麼問這麼多問題啊？」她變得好安靜。她開始素描，天空，以及在地面之上徘徊的低層雲。

「這樣一來我就不用當妳的保母，妳可以閉嘴，不要煩我。」

「哦……」她站起來，回到了屋內。

但這並非是全部的真相。

要是我不想讓她煩我，我大可以買更多的繩子，把她綁在浴室水槽；要是我想要叫她閉嘴，我會拿出膠帶。

不過，要是我想要贖罪，我當然會為她買那本素描簿。

在成長過程當中，大家都可以猜到我最後就是這德性。我老是惹事生非，因為我打其他孩子，不聽大人的話，考試不及格，蹺課。在高中的時候，輔導老師建議媽媽應該要帶我去看心理醫生，她說我有情緒管理的問題。媽媽告訴她，要是她歷經了我所承受的一切，她一定也會變得憤怒。

我爸爸在我六歲的時候就離家了。他住家裡的時間久到我還記得他；但並不是久到好好照顧我與媽媽。我還記得他們吵架，不只是大吼大叫，互毆對方還摔東西。我在半夜假裝睡著的時候聽到玻璃碎裂聲響。甩門，還有他們放聲嘶吼的髒話。我記得他宣稱自己戒酒之後，依然出現的空啤酒瓶以及他褲子口袋裡的瓶蓋。

我在學校裡打架。我叫我的數學老師去死，因為他說我永遠不會加法。我告訴我的高中生物老師去死吧，因為她覺得她可以幫忙，讓我順利通過她的科目考試。

我不想要別人管我。

我會進入這一行，全是誤打誤撞。當初我在市區某間浮誇的餐廳洗盤子，雙手沾滿了別人剩食的臭味，當我把履帶式洗碗機裡的乾淨碗盤拿出來的時候，碰到的是燙死人的熱水，我的手指燙傷，頭上冒出汗水，領到的只有最低工資加上服務生小費的一丁點分紅。我問老闆，可不可以再多給我一點工時，因為我缺現金，我老闆回我，「誰不是啊。」工作賺錢速度緩慢，但他知道我可以去哪裡借錢。不是銀行，而我覺得自己可以處理。我借一點就好，下次拿薪水的時候還回去，但他們不是這樣玩的，我根本連利息都付不出來。我們達成了協議，有個重要人士的欠款是我的十倍之多，要是我能夠想辦法逼他付錢，那我們就扯平了。所以，我到了斯托利特爾區，出現在他家門口，把他的妻女綁在他們家的古董餐椅上頭，拿著借來的槍指著他妻子的腦袋，看著他從某幅莫內《睡蓮》複製品後頭的家庭保險箱取出了簇新的鈔票。

我就此入行。

幾個禮拜之後，達厄瑪爾找到了我，我從來沒有見過達厄瑪爾。當時我待在酒吧裡，擔憂自己的事，他慢慢晃了進來。我是菜鳥，是大家取樂的對象，似乎每個人都可以對我頤指氣使。所以，當達厄瑪爾宣稱有人偷了他東西的時候，當然是我去處理。我收到了豐厚的酬勞，可以付房租，照顧媽媽，吃東西。

不過，我也知道，隨著一元又一元的美金入手，我的命已經屬於別人，而不是自己的了。

她每一天走出小屋的時候，都在微步向前，拉開距離。某一天，她已經到了階梯底端，另一天，她雙腳踩到草地，今天，她站到泥地，但知道我坐在窗邊盯著她。她坐在冷硬的泥地，畫畫的時候整個人變得僵麻。我可以想像冷風朝她撲來，十指僵硬的情景，我看不到她在畫什麼，但我猜得出來：樹皮與樹枝，這是大樹現在僅存的部分，葉子全部掉光了。她一直在畫樹，畫個不停，完全不浪費寶貴畫紙的每一吋空間。

她闔上素描簿，開始朝湖邊走去，她一個人坐在水岸邊。我望著她找石頭，想要在湖面打水漂，全都直接沉下去。她沿著湖畔前行，不是走得很遠，大約是四公尺之外某個她從來沒有到過的地方。

我並不覺得她想要逃跑，而是突然之間我不想一個人待在小木屋裡面。當她聽到後頭傳來踩踏落葉聲響的時候，她轉過身來。我踏出重步走向湖畔，雙手插在牛仔褲口袋，脖子埋在外套兜帽裡頭。

我還沒到湖邊，她就對我冷言相向，「是要來監視我嗎？」

我在她身邊停下來。「有這個必要嗎？」

我們肩並肩站在一起，不發一語。我的外套輕觸到她的手臂，她立刻閃開。我很好奇，不知道在她的素描本裡面，是否精確勾勒出這個場景。藍色湖面的形狀，還有散落一地的落葉，松林以及常綠樹木，遼闊的天空。她能不能畫出在樹木殘枝中疾動的風？能不能描繪殘害我們雙手與耳朵，造成腫熱的那股冷風？

我開始往前走，發現她沒跟上來。「妳想要散步對吧？」她來了，「好，那我們就走吧……」不過，我一直在她前頭，相隔兩步的距離，我們之間只有一片死寂。

我不知道這湖有多大，是真的很大。我也不知道它的最深處有多深，我不知道它的名稱。水岸崎嶇不平，有可以俯瞰湖面的巨岩制高點。常綠樹木直接長在水邊，找不到湖岸，它們包圍了整個湖區，全部緊簇在一起，爭先恐後想要一睹美景。

我們腳下的樹葉觸感宛若保麗龍球，她走在凹凸不平的地面，努力保持平衡。我沒有等她，兩人就這麼走了許久，最後，已經看不見林間的小木屋。她穿的依然是我們離開時的那雙蠢鞋，上班族的美鞋，想必她的腳痛得要死，不過，冷冽空氣與運動的感覺很舒暢，我們不再坐在小屋內，而這樣的轉換卻讓我們覺得自己好可悲。

她在問我事情，但我沒有聽到，我等待她趕上來，厲聲問道，「什麼？」我不是喜歡閒聊的人。

「你有兄弟嗎？」

「沒有。」

「姊妹呢？」

我反問，「妳一定要講話嗎？」

她超前，現在由她領頭。「你一定要這麼粗魯嗎？」我沒有回話，這就是我們對話的重點。

第二天，她又到外頭去了，在附近漫無目的地亂走。她沒有笨到會走到我看不見的地方，還沒有，因為她知道這樣一來她就會失去優勢了。

她害怕未知，害怕達厄瑪爾，或者，害怕萬一她企圖逃跑的話我會做出的舉動。她之所以一直待在我的視線範圍之內，是因為懼怕。她大可以逃跑，但是她無處可逃。

她有槍，有機會可以射殺我，但她當然不知道怎麼用那鬼東西。就她的立場來說，光憑這一點留住我，還是很有用的。

不過，她有了槍之後，我就再也不需要聽到她鬼吼亂罵。目前，她很滿足，她可以走到戶外，屁股凍得要死，一整天畫那個天知道是什麼的鬼東西。

我沒想到她這麼快就回來了。她懷裡有一隻髒兮兮的貓，我倒不是討厭貓，只是我們的食物稀缺，木柴也是，這裡的空間塞兩個人都嫌擠了，何況是三個人，而且我才不願意分享。

她的目光在哀求，拜託。

「要是我在這裡再看到那隻貓，」我說道，「一定拿槍殺死牠。」

我現在沒心情當大善人。

之前的蓋比

我們等待許久，感覺足足有一輩子之久——其實，大約是三個禮拜左右——終於拿到了有用線報：住在肯墨爾街某棟高樓層公寓的印地安婦女，非常確定我們的無名氏嫌犯是她的鄰居。顯然她離開芝加哥好一陣子，這是她第一次在電視上看到他的臉。

所以我率領支援人員，前往市中心——又去了一次。這棟高樓層公寓位於上城，當然不是這座城市裡的最高檔區域，但也不是最糟糕的地方，真的不是。裡面是沒什麼能力負擔湖景區或是林肯公園那種高檔區的各式各樣的人，還有剛剛來到美國的各色人種男女，這裡非常多元，街道兩側有異國餐廳，不是只有中國與墨西哥風味而已，還有摩洛哥、越南、衣索比亞的小餐館。儘管這裡相當多元，但上城將近有一半的人口依然是白人，晚上走在這個區域相當安全。這裡有名的是充滿古典電影院與酒吧的夜生活，許多知名人士千里迢迢來到上城，為我這樣的無名小卒進行表演。

我找到了那間公寓，並排停車，我萬萬不想再為了停車而捐給芝加哥市政府任何一毛錢。壯漢女警同事和我進去，搭電梯，到達了那一戶的門口。沒有人應答，大門深鎖，想也知道。所以我們哀求房東讓我們進去，她是位不良於行的老太太，站在我們身邊，不肯借我們鑰匙，她說道，「世風日下，誰都不能相信啊。」她告訴我們，承租人是某個名叫瑟雷絲特蒙．福雷多的女子，她必須要查閱自己的檔案，她對這女子一無所知，只知道對方總是按時繳房租。

「不過，她很可能是二房東。」

我問道，「我們怎麼知道？」

這位老太太聳肩。「我們不會知道。房客要是不想辦法分租，不然就得付違約金。」

「沒有文件嗎？」

「我這裡是沒有。無論發生什麼事，房客還是得繳租，那是他們的問題，跟我無關。」

我從她手裡拿了鑰匙，進去了。房東也從壯漢女警與我旁邊擠進來，我已經叮嚀她不止一次了，千萬不能碰任何東西。

我不知道第一個讓我感到震驚的到底是哪一個環節：翻覆的檯燈，或是某名女子包包散落一地的物件。我從口袋裡拿出一雙乳膠手套，開始在公寓裡四處走動。

廚房高腳桌上面有一疊郵件，藏在某本過期的圖書館書籍下面。我看了一下地址，每一封都是寄到芝加哥郵政信箱，收件人是麥可・柯林斯。壯漢女警戴上自己的乳膠手套，伸入包包，挖出了一個皮夾，裡面有駕照，她大聲宣布，「是米雅・丹尼特……」但其實我們兩個都早就知道答案了。

「我要電話通聯紀錄，」我說道，「還有指紋。還有，我們必須要搜查這整棟公寓，每一戶都要盤問。」我詢問房東這裡是否有監視攝影機，她說有。「十月一日之後的所有錄影內容都給我。」

我研究牆面，是水泥材質，這間屋內到底發生過什麼事，完全不會有人聽到。

之前的柯林

她想要知道我因為這檔子事收了多少錢，她問的問題也未免太多了。

「媽的我根本沒拿到一毛錢，」我提醒她，「完成任務才會有酬勞。」

「他們說要給你多少？」

我說道，「不關妳的事。」

我們居然在浴室裡講話。她準備要進來，我正要出去，我懶得告訴她水溫已經變得冰寒。

「我父親知道這件事了嗎？」

「我早就告訴妳了，我不知道。」

我只知道要從她爸爸那裡拿贖金，但我沒有帶著那女孩現身，達厄瑪爾到底會怎麼處理，我完全不知道。

我聞到她早晨的口臭，一頭髒兮兮的金髮糾結難解。

她在我面前關門，我聽到水聲。雖然我心中浮現她脫光衣服進入刺骨冰水裡的畫面，還是努力將其拋諸腦後。

她出來的時候，正拿著毛巾擦乾髮尾。我在廚房吃能量棒，搭配冷凍乾燥的奶粉，我已經忘了吃下真正食物是什麼感覺了。我把所有現金攤在桌面，數算我們還剩下多少錢。她盯著那些鈔票，我們沒有破產，還沒有，很好。

她告訴我，她一直覺得某個不滿的罪犯會在法院階梯槍殺她的父親。而我在她的語氣當中，聽到的是另一個版本的故事，她並非覺得會發生這種事，這是她的盼望。

她站在走道，我看得出來她在發抖，但她並沒有因為受凍而唉唉叫，這次沒有。

「在當法官之前，他本來是訴訟律師，處理了多起集體訴訟，石綿的案子。他從來不曾保護好人，許多人因為間皮瘤、石綿沉滯症這類可怕疾病而死亡，但他卻努力為這些大型企業辯護，只是為了要替他們省一點小錢。他從來不講他自己工作的事。他說，這是律師與客戶之間的保密條款，但我知道他只是不想講而已，就這樣。不過我曾經趁他睡著的時候偷偷溜進他的書房，我一開始偷窺是為了想要找到他偷情的證據，希望我母親搞不好會真的離開他。我那時候還小——十三、四歲吧。我不知道間皮瘤是什麼，但我已經有了足夠的閱讀能力。咳血、心悸、皮下腫塊。被診斷出的感染者幾乎有一半都會在一年內死亡。就連不曾暴露在石綿工作環境中也會得病——父親下班之後，衣服沾染的石綿會造成妻子與子女死亡。

「他的事業越來越成功，我們卻越來越備受威脅。我媽媽會發現威脅信，他們知道我們住在哪裡。還有電話，那些男人希望葛瑞絲、我媽媽，還有我會像他們的妻兒一樣痛苦死去。

「然後，他成了法官，媒體上到處都是他的面孔，頭條新聞都是他的名字，一直有人騷擾他。不過，過了一陣子之後，我們就不再關注這些空口威脅。他自以為是，這種狀況讓他覺得自己很重要，他惹惱越多人，越覺得自己表現優異。」

我無話可說。我對於這種狗屁倒灶的事並不擅長，我沒辦法和別人閒聊，而且我也沒有辦法展露同情。其實，我對於那個為求自身最佳利益而恐嚇某個畜生的人渣，完全一無所知，這一行的規矩就是這樣。與我類似的那些人，我們什麼都不知情，我們都是在其實不知道原因的狀況下執行任務，這樣一來，我們就無法指認任何人。我根本不敢嘗試，我知道要是自己幹了這種事會有什麼後果。達厄瑪爾叫我抓那女孩，我沒有問為什麼。要是警察逮到我，我進入了問訊室，面對他們的狡詐提問，我完全沒辦法回答。我不知道是誰花錢請達厄瑪爾，我不知道他們打算要拿她怎麼辦。達厄瑪爾吩咐我抓她，我乖乖遵命。

後來，我改變心意了。

我不再盯著自己的碗，揚起目光盯著她。她的雙眼在乞求我講些話，能夠向她解釋清楚的某種重要自白。這樣一來，就有助她明瞭她為什麼會在這裡，為什麼是她，而不是那個惡毒的姊姊；為什麼是她，而不是那個傲慢法官。她迫不及待想要知道解開所有謎團的答案。為什麼一瞬之間風雲變色？她的家庭、她的人生，還有她的生活方式。她苦尋無果，她以為我知道答案，覺得像我這樣的敗類也許能夠幫助她恍然大悟。

我說道，「五千美金……」

「什麼？」這不是她預期的答案。

我起身，椅子在硬木地板往後一滑，我大聲踱步前進，把碗拿到水龍頭底下沖洗，然後把它狠狠丟進水槽，她嚇了一大跳，我轉身面對她，「他們答應要給我五千美金。」

之前的伊芙

我放任自己虛無度日。

通常我很難下床，好不容易起來的時候，第一個想到的就是米雅。我在夜半時分啜泣驚醒，夜夜如此，我趕緊衝下樓以免吵醒詹姆斯。只要是清醒的時候，我深受悲痛所苦，在超市裡面，我確定我看到米雅出現在擺放玉米片的走道，我愣住了，過沒多久之後，我發現我抱住的是一個根本不認識的陌生人。之後，我上了車，整個人崩潰，窩在停車場一個多小時，望著母親帶著小孩進入店內，走過去的時候手牽手，小小孩的母親們把他們抱入購物車的籃子裡。

這幾個禮拜以來，我一直在電視上看到她的臉龐，還有那個男人的繪像。不過，這世界上有更重要的事件正在發生。我想，這既是恩賜也是詛咒。最近記者們的干擾沒那麼嚴重了，不會在我家戶外車道對我緊追不捨，我去辦事的時候也一路跟著我。他們的騷擾電話與採訪要求進入休兵期，現在我打開窗簾的時候，不會再看到家門前的人行道站滿了一排記者。不過，他們撤守也讓我擔心，對於米雅．丹尼特這個名字，他們變得冷漠，已經厭倦等待也許永遠不會到來的報紙頭條：米雅．丹尼特返家，或者，尋獲丹尼特女兒屍體。這讓我感到惴惴不安，宛若在某個冬日降臨的烏雲，但我永遠無法預知。我想到了那些一直無法與摯愛遺體團聚的家庭，可能要等到十年、有時候是二十年之後，我不知道自己是否也會與他們一樣。

當我哭累的時候，我就任由憤怒失控，將進口的義大利水晶酒杯丟向廚房牆面，砸光之後，輪到詹姆斯祖母的成組餐具上場。我拚命尖叫，發出了絕對非我所有的野蠻呼喊。

我在詹姆斯返家之前清理一片狼藉，將無數的碎玻璃丟入車庫垃圾桶，上頭以一棵枯死的蔓綠絨壓住，所以他看不到。

我花一整個下午盯著旅鶇南遷，前往密西西比州之類的地方，準備過冬。某一天，在我們後院的門廊，一共來了幾十隻，又胖又冷，牠們窩在一起拚命找地方站，準備展開長旅。那天下雨，到處都是蟲，我望著牠們數小時之久，當牠們飛離的時候，我好傷心。這些召喚春日的紅腹鳥兒，等到牠們歸返要等到春天了。

另一天，到來的是瓢蟲。數千隻，吞沒了後門的陽光。當天是秋老虎的天氣，溫暖，氣溫有二十度，陽光普照，那是我們在秋天渴求的白日，樹木顏色絕美至極。我想要數算所有的瓢蟲，但是牠們四處亂爬，而且來得越來越多，根本沒辦法記清楚。我不知道我觀察牠們到底有多久，不知道這些瓢蟲到了冬天該怎麼辦，會不會死？然後，過了幾天之後，地面全部結霜，一想到那些瓢蟲，我就落淚了。

我想到了米雅的童年，想起我們一起從事的點點滴滴。我走去了以前葛瑞絲白天去上學的時候我帶米雅去玩耍的遊樂場，我坐在鞦韆上面。我把手伸入沙箱亂耙，然後坐在某張長椅凝望，望著那些孩子，望著那些依然還有孩子可以牽手的幸運母親。

不過，大部分的時候，我想到的都是我沒有做到的事。我想到詹姆斯告訴米雅，高中化學拿B不夠好的那一刻，我呆站在一旁，還有，當她把自己在學校花了一個多月畫出的美麗印象派畫作帶回家的時候，詹姆斯大聲斥責，「要是你花那種時間好好念化學，那麼就有機會拿到A。」我想到了自己當時透過眼角偷瞄，不敢多嘴。我不敢指出女兒一臉茫然的神情，因為我擔心他會生氣。

當米雅告訴詹姆斯她不想要念法學院的時候，他說她沒有第二選擇。她當時十七歲，荷爾蒙大爆發，她向我祈求，絕望至極，「媽……」就這麼一次，我介入干預。我本來一直在洗碗，拚命迴避這個話題。我記得米雅的悵然失落，還有詹姆斯的一臉不悅，我只能兩權相害取其輕。

「米雅……」我永遠忘不了那一天的情景。屋內一直有電話響起，但我們沒有人理會。我在廚房煮東西的燒焦氣味，還有，我為了去除臭味開窗而飄入的寒春空氣。後來出現的陽光，要不是因為那天我們專心在面對暴怒的米雅，就應該會開口討論的好天氣。

「這對他來說意義非凡，」我說道，「他希望妳可以像他一樣。」

她怒氣沖沖離開廚房，上樓，砰一聲關上房門。

米雅的夢想是就讀芝加哥藝術學院，她想要當藝術家，這對她來說是唯一的志業，但詹姆斯拒絕了。

米雅以自己的十八歲生日為基準，開始倒數計時，而且已經開始打包，盒子裡裝的都是離家出走那一天會帶走的東西。

鴨鵝從頭上飛掠而過，大家都離開我了。

我不知道米雅是否在某處抬望天空，看到了一模一樣的場景。

之前的柯林

現在那隻臭貓在這裡徘徊不去，那女孩居然獻出自己的些許晚餐餵牠。她在衣櫃裡找到了一條被蠹蛾啃爛的毛毯，然後，又從我貨車後頭找出了一個空盒，為那個蠢東西弄了一張臨時的小床，把牠放在後方棚屋的裡面，她每天都會拿一點食物餵牠。

她還為那個臭東西取了名字：獨木舟。她根本懶得告訴我，但是我今天早上聽到她在呼喚牠，因為牠沒有睡在自己的小床上面，現在她憂心忡忡。

我坐在湖邊釣魚，如果我不想吃冷凍乾燥的食物，那麼我下半輩子媽的天天都得吃鱒魚了。我大多遇到是白斑狗魚，其次是骨眼魚，有時候是鱒魚。我光看北方的光點就可以判斷得出來，牠們總是第一批吃餌的討厭鬼。每年都會有魚群聚集，都是成群的小魚、迷你魚，有時候是一年的幼魚。小口黑鱸最麻煩，在牠們冒出水面之前，我一直以為是超級大魚，等到牠們躺在地上之後才發現那體型只有我猜想的一半而已，氣力超猛的混蛋。我幾乎一直在想我們要撐下去，我要怎麼撐下去。存糧越來越少，也就是說，我們得去商店補貨。我有錢，只是不知道多久之後會有人認出我。還有，我離開之後，要拿這女孩怎麼辦？法官女兒失蹤——這可是大新聞，這一點我十分確定。只要是認出她的店員，一定會打電話報警。

這不禁讓我陷入疑惑：警察是否已經發現，我就是在她失蹤當晚與她在一起的那個人？我的臉，是不是就跟她的面孔一樣，已經在電視台不斷播出？我告訴自己，也許那是好事。不是為了我，我的意思並非自己被抓到是好事。不過，要是瓦麗瑞看到我的臉出現在電視上，發現我是某名芝加哥女子失蹤案的嫌犯，那麼她就會知道接下來該怎麼做了。她會知道我沒有辦法過去確認餐桌上有食物，大門有關好，她很清楚接下來需要做些什麼。

趁那女孩沒有注意的時候，我從自己的皮夾裡取出一張照片。日積月累，已經出現磨損，還有我每次取出來再把它硬塞回去，造成了邊角皺縮。我不知道那筆錢是否會寄達，還有到底什麼時候會到，也就是我在歐克萊爾貨車休息站搶的錢。等到那筆錢——約五百多美元，塞在某個無寄件人的信封裡面——寄到的時候，她應該就猜出我惹了麻煩。

我不是多愁善感，我只是需要知道她平安無事。

反正她又不是一個人，至少我是這麼告訴自己的。鄰居一個禮拜會過去一次，為她拿信，確認她的狀況。就算他們還沒有看到我的臉出現在電視上，就算瓦麗瑞還沒有看到我的臉出現在電視上，當他們去查看她是否安好，而星期天過去了，我沒出現，他們心裡就會有底。

我努力安慰自己：瓦麗瑞在那裡，一切都會平安無恙。

我差一點就真心覺得如此。

後來，當晚我們到了屋外，我想要烤魚當晚餐，但沒有煤炭，所以我在找別的東西準備生火。那女孩坐在門廊，身上披的是從屋內抓的毛毯。她的目光俯視地面，四處掃視，她不知道那隻臭貓跑去哪裡了，已經兩天沒看到，她好擔心，外頭持續變冷，過沒多久之後，那小東西一定活不下去。

她說道，「我覺得你不是銀行行員……」

我問她，「妳說呢？」

她就把這句話當成是我否認了。

「那你到底是做什麼，」她問道，「你真的有在工作嗎？」

「我有工作。」

「有做什麼合法的工作嗎？」

「我為了糊口討生活，就跟妳一樣。」

她回我，「我覺得才不是這樣。」

「不然呢？」

「我老老實實賺錢，我有繳稅。」

「妳怎麼知道我沒繳稅？」

她反問，「你有繳稅？」

「我有工作，」我說道，「我老老實實賺錢，在某間房地產公司廁所拖地板、洗碗、搬木箱上卡車。妳知道他們最近給我多少錢嗎？最低工資。媽的妳真的知道靠最低工資生活是什麼滋味嗎？我同時要做兩份工作，每天的工時是十三或十四小時。我要付房租，買食物，像妳這種人的工作——是怎樣？每天八個小時，而且還有暑假。」

「我有當暑修班老師……」這種話真蠢，她一講出口就知道了。我後來狠狠瞪了她一眼。她不知道那是什麼景況，她根本無從想像。

我抬頭望天，凝視對我們虎視眈眈的烏雲。不是雨，而是雪，不久之後就會下雪。她把毯子裹得更緊了，寒意讓她發抖不止。

她知道我永遠不會讓她離開，我失去的部分會比她慘重。

她問道，「你以前做過這種事嗎？」

「什麼事？」

「綁架、拿槍抵著某人的頭。」這不是問句。

「也許有，也許沒有。」

「你抓我的模樣不像是初犯。」

我開始生火，我把魚丟到烤盤，魚肉開始滋滋作響。

「我從來就懶得去打擾那些不該被打擾的人。」

不過，就連我也自知這並非實情。

我翻動魚身，我沒想到它們這麼快熟，我把它們推到烤盤邊緣，以免燒焦。

「很可能更糟，」我向她保證，「遠比綁架、拿槍抵著某人的頭更糟糕。」

我們在外頭吃東西。她坐在地上，背貼平台區欄杆的木板。我主動拿了椅子給她，她說不用了，謝謝。她張開大腿，然後盤腿而坐。

狂風吹過樹林，我們一起轉頭，望著葉子失去最後的支撐，從枝椏斷裂落地。

就在這個時候，我們聽到了：踩踏在枯葉覆蓋之地的腳步聲。一開始的時候，我心想，是貓吧，但後來發覺對那隻骨瘦如柴的小貓來說，這樣的腳步聲太沉重，也太從容了。那女孩與我互看一眼，我把食指貼在雙唇，輕聲細語，「噓……」然後，我站起來，想要撫摸明明不在屁股口袋裡的槍。

之前的蓋比

我打算找到確切真相之後再向丹尼特一家報告狀況，不過，事情進展卻並非如此。正當我大口咀嚼油膩的義大利牛肉三明治的時候，伊芙・丹尼特到了警局，詢問櫃檯能否找我談一談。當她朝我的辦公桌走來時，我還在忙著拿一疊餐巾紙抹去臉上的肉汁。

這是她第一次到警局，看起來與這裡真是格格不入。與那些經常在我們這裡出入的醉漢相比，相當與眾不同。

她還沒走到我的桌前，我已經聞到了她的香水味。她一派端莊走來，辦公室裡的每一個變態混蛋都死盯著她，看到她的高跟鞋落定在我面前的時候，大家都很眼紅。每一個警探都知道我在處理丹尼特的案子，而且大家一直在打賭我是否會搞砸，又到底會在什麼時候出局。我甚至還看到警佐出錢押注，他說等到他和我都丟了飯碗，那時他會需要這筆錢。

「嗨，警探。」

「丹尼特太太，您好。」

「好幾天沒接到你的電話，」她說道，「只是想知道是不是有什麼……最新消息？」

她拿著雨傘，水滴落在油氈地板。她的頭髮糾結塌亂，被外頭的強風吹得潰不成形。今日天氣很糟糕，風狂寒冷，不適合外出的一天。我說道，「其實妳打電話就好。」

她回我，「我本來就要出來買東西。」但我知道她在撒謊。遇到這種天氣，除非必要，否則不會有人出門，這明明是那種穿著睡衣、隨意亂躺看電視的日子。

我帶她進入某間問訊室，請她入座。這房間昏暗，採光不良，正中央放了一張大桌子，還有兩張折疊椅。她把雨傘放在地上，但緊抓著包包。我主動開口要幫她掛外套，她說不用了謝謝。這裡很冷，那種刺寒入骨的冷。

我坐在她的對面，把丹尼特的檔案放在桌上，我看到她盯著那個牛皮紙檔案夾。

我望著她，緊盯那雙優雅的藍色眼眸，已經開始盈淚。日子一天天過去，我心中只有一個念頭，萬一我永遠找不到米雅怎麼辦？顯然隨著時間流逝，丹尼特太太的崩潰程度也越來越嚴重，她雙眼沉重浮腫，彷彿事發後再也沒有入睡。萬一米雅永遠無法回家，我實在無法想像她會變成什麼模樣。我心中浮現丹尼特太太日以繼夜的畫面，孤單待在那間豪宅家中不知所措，一直幻想自己小孩可能會發生的各種恐怖遭遇。我覺得自己必須要全心全意保護她，為她找出那些令她心焦、半夜無法成眠的問題之解答：是誰？在哪裡？又是為了什麼？

「我正打算要打電話給妳，」我平靜說道，「我正在等待某些好消息。」

丹尼特太太說道，「出事了……」這不是疑問，彷彿她早就知道出了事，這正是她之所以會來到警局的原因。「是壞事。」她把包包放在桌上，從裡面掏出了面紙。

「是有新的消息，但現在沒事，我還沒辦法判定它背後的意涵。」要是丹尼特法官在這裡的話，他一定會把我碎屍萬段，居然沒辦法講出所有的答案。「我想我們已經查出米雅失蹤之前到底跟誰在一起，」我說道，「出現在新聞的那張繪圖裡的男子，已經被人指認出了身分，當我們去他公寓的時候，我們找到了米雅的一些個人用品──她的錢包與外套。」我打開檔案夾，把一些照片陳列在桌面，那天陪我一起過去的菜鳥在公寓所拍下的照片。丹尼特太太拿起手提包的照片，掛肩式的那種郵差包。包包在地上，太陽眼鏡與綠色的皮夾也落在拼花地板上面，丹尼特太太拿了張面紙拭淚。

我問道，「認得出哪些東西嗎？」

「那個包包，是我選的，是我買給她的。他是誰？」她一邊思索，但話語不曾中斷。她望向其他照片，一次一張，然後把它們排成一列。她十指交疊，落在桌面。

我回道，「柯林．薩切爾。」在上城那間公寓裡蒐集到的指紋，我們進行比對，確認了這名男子的真實身分，而那間公寓裡出現的其他姓名──例如信件、手機等等──全部都是假名，虛招。我們調出前科大頭照與嫌犯模擬繪像進行比對，中了。

我望著丹尼特太太在我面前雙手發抖，還有，她一直想要控制，卻依然無法停止抖動的過程。我不假思索，立刻伸手握住她冰冷雙手，為她生暖，她後來把手藏在腿間，希望可以隱藏內心恐懼。

「監視攝影機也找到了畫面。柯林與米雅進入那間公寓，約莫是在晚上十一點左右的時候，後來又在當晚離開。」

「我想看……」她的反應讓我嚇一跳，態度決絕，不是我以前會在她身上看到的那種猶豫不定。

我回道，「我覺得這樣不太好。」伊芙現在萬萬不該看到柯林．薩切爾把她女兒擄出公寓外頭的過程，還有那女孩眼中的驚恐。

她做出結論，「一定很不好。」

「還沒有定論，」我撒謊，「我不想讓妳留下錯誤印象。」不過，從那男子匆匆離開電梯、確定四下無人的緊張模樣，或是那女孩眼底的恐懼看來，這樣的判斷沒有錯。她在哭，而他嘴巴講了一下話，我確定有髒話。那間公寓裡一定出了什麼事，先前的畫面看不出異狀，兩個情投意合的人準備上樓打快砲。

「不過她還活著嗎？」

「對。」

「他是誰？」她問道，「這個柯林……？」

「柯林．薩切爾。」我放開丹尼特太太的手，伸入牛皮紙袋檔案裡面，拿出了那名男子的案底。「他曾經因為許多輕罪而遭到逮捕——輕微竊盜、非法侵入，以及持有大麻。他因為販賣大麻而曾經服刑，因為某起調查中的恐嚇取財案而被列為嫌犯。根據他最後一名保釋官的說詞，他幾年前失蹤了，現在基本上是通緝犯。」

我現在已經無法描繪她藍色眼眸中的恐懼。我身為警探，早已習慣非法侵入、恐嚇取財、保釋官之類的字詞，不過，丹尼特太太只有在《法網遊龍》重播影集中才聽過這些詞彙。她開始無法理解全部的意涵，因為這些字詞令人難以捉摸，很難參透。這種男人挾持了她的女兒，讓她好害怕。

丹尼特太太問我，「他要米雅做什麼？」這個問題我也自問過無數次了，隨機犯罪相當少見，大多數的受害人都認識襲擊者。

「我不知道，」我回她，「我真的不知道，不過，我向妳保證，我一定會找出答案。」

之前的柯林

那女孩把她的盤子放在她身旁的木板平台區。然後，她起身，站在我旁邊，我們兩個都盯著前方，越過木欄，凝視密林之中，因為有名女子現身了。五十多歲的女子，一頭棕色短髮，身穿牛仔褲與法蘭絨襯衫，短胖的登山靴。她向我們揮手，彷彿認識我們一樣。我心中浮現一個念頭：陷阱。

「吼，感謝老天……」那女子不請自來，走入我們的私宅區。

她是非法入侵，這是我們的地方，理應沒有人可以進來。我覺得窒息，悶住無法呼吸。她手裡拿著水瓶，看起來已經走了一百多公里。

「有什麼需要我們幫忙的地方嗎？」我還搞不清楚是什麼狀況、接下來該怎麼辦，已經冒出了這段話，我的第一個念頭：拿槍殺了她。把她的屍體丟在湖裡，逃跑，我已經沒有槍了，不知道那女孩把它放在哪裡。不過我還是可以先把她綁起來，趁空翻找整間小木屋，找出藏槍處。床墊底下、臥室，不然就是木牆裡的哪個空隙。

「我有一間公寓，就在這條路，距離這裡約八百公尺，」她說道，「你們是我發現的第一間有人的小木屋，我已經走了……」她暫時停止說話，喘氣，「可以讓我坐下來嗎？」女孩好不容易點點頭，她一屁股坐在最底層的台階，開始狂飲水瓶裡的水，宛若困在沙漠裡好幾天的人一樣。我伸手抓住女孩的手，緊緊捏住了她的骨頭，逼得她發出了哀號。

我們都忘了自己的晚餐，不過那女子提醒了我們，「抱歉打擾，」她指了一下放在地板上的餐盤。「我只是在想，可否請你們幫忙修輪胎，或者，打電話給誰也可以，我的手機在這裡沒有訊號。」她舉高手機，讓那女孩和我看個仔細。她又說了一次打擾真是不好意思，她完全不知道她誤闖了什麼狀況，她打擾的不只是我們的晚餐而已。

我的目光飄向那女孩，我想，現在是她的機會。她可以把一切告訴這女人，這個瘋子綁架了她，他是怎麼把她一路挾持到這間小木屋。我不敢呼吸，等待隨時可能出現的種種狀況。女孩講了出來，或是這名女子是抓捕我計畫的某個角色。搞不好她是警方的臥底，或是為達厄瑪爾工作。或者，她正好看到了新聞，過沒多久之後就會發覺那個女孩正是她在電視上看到的那一個。

我說道，「我們沒有手機……」我想起我當初把女孩手機丟入簡斯韋爾的垃圾桶裡面，還有我們剛到小木屋的時候我就剪斷了電話線。我不能讓她進入我們的屋內，看到我們這幾個禮拜以來的生活場景：就像是兩個在逃亡的罪犯一樣。

我心不甘情不願說道，「不過我可以幫妳。」

對方回我，「我沒有要麻煩的意思，」而女孩則立刻開口，「我留在這裡就好，我來洗盤子。」她同時蹲在地上，開始收拾我們的盤子。

想都別想。

「妳最好一起來，」我對她說道，「我們可能需要妳幫忙。」

但是那女子說道，「哦，千萬不要，我可不希望今晚把你們兩個都拖下水。」然後，她拉緊自己的法蘭絨襯衫，直嚷著好冷。

雖然這女子滿口答應自己會是個超級幫手，不過，我當然不可能把女孩獨自留在這裡。她求我千萬不要在這種晚上拖我的女朋友下水，她說外面很冷，馬上就要天黑了。

但我不可能把她留在這裡，要是這樣的話，她可能會直接跑掉。我開始想像她全速穿越樹林的畫面，等到我修好爆胎回來的時候，她可能已經跑了快兩公里吧。到時候就已經天黑了，我絕對不可能在森林中摸黑搜索找到她。

那女子道歉，害我們得做這件事，而且造成了這麼大的不便。我開始想像自己伸出雙手緊掐她脖子，阻斷頸動脈為腦部供氧的畫面，也許那才是我應該要做的事

「反正我正打算要洗碗，」女孩悄聲反對，「所以我們等一下就不需要擔心了……」她還對我投以某種開玩笑的目光，彷彿在暗示晚一點會有什麼計畫。

「我覺得妳應該要過來。」我把手輕輕放在她的手臂，彷彿無法忍受兩人分離一樣。

那女子問道，「這是浪漫小旅行嗎？」

「對啊，差不多是這樣。」一講完之後，我面向那女孩，壓低聲音對她兇巴巴說道，「妳要一起來——」我挨過去，又加了一句，「不然那位女士沒辦法活著離開這裡。」在那一瞬間，她身體變得僵直。然後，她把碗盤放在地上，我們前往停放貨車的地方，上車。我把副座裡剩下的繩索與膠帶撥開，希望那女子沒看到。我把它們全部塞進置物箱，狠狠關上車門，然後轉身對她

微笑，「要去哪裡？」

在貨車裡的時候，那女子告訴我們，她來自南伊利諾州，還有她與某些閨蜜待在某間旅社，在「疆界水域」划獨木舟的過程。她從包包裡拿出了一台數位相機，將四名老女人的照片給我們看：划獨木舟、戴著遮陽帽、在營火旁喝紅酒。

這讓我覺得心安多了：我心想，不是陷阱。這些照片，是證據，她真的曾經與閨蜜在「疆界水域」划獨木舟。

不過，她告訴我們——好像我真的多在乎一樣——她決定要多待幾天。她最近剛離婚，不急著回到沒有人的家。我心想，剛離婚，沒有人等候她返家。所以在她被通報為失蹤人口之前，我有時間可以逃跑——就算不是拖很久，至少也是好幾天。我逃走是綽綽有餘，等到某人意外發現她屍體的時候，我早就遠走高飛。

「然後，就這樣了，」她說道，「我找到了一間公寓，回到了文明世界，想必車子是撞到了石頭，」然後又補了一句，「不然就是釘子。」

那女孩冷冷回道，「應該吧。」但我幾乎沒在聽。我們把車停在某台小車後面，在我們下車之前，我的目光在檢視周邊的濃密森林，在重重纏結的樹影之間尋找是否有條子、望遠鏡，以及步槍。我確認是否真的有爆胎，沒錯。如果這是埋伏的話，沒有人會採取這麼複雜的手段抓我。如果真是這樣，那麼，現在當我下車走向那台無人車的時候，早就趴地不起，被人拿手銬壓住了。

我從貨車車斗抓了某些工具，移開輪罩、鬆開螺帽，以千斤頂抬高車子，更換輪胎，我注意到那女子一直盯著我。她們在聊天，有關划獨木舟還有明尼蘇達州北部的森林，還有紅酒，以及那女子在她旅程中遇到的某隻麋鹿，長了一雙大鹿角的雄鹿，在林間漫步。我覺得她想要拼湊細節，努力回想她是否在電視上看過我們。不過，我提醒自己，她一直與閨蜜待在荒郊野外，划獨木舟，坐在營火邊喝紅酒，她之前沒看電視。

我把手電筒塞入女孩手中，叫她好好握住。現在天色慢慢變黑，附近沒有路燈。當我們四目相接的時候，我以眼神提醒她，避免講出槍枝、綁架、求援之類的字詞。不然我會殺死她們兩個，我知道我一定會做出這種事，但我懷疑她不知道。

當那女子詢問我們旅程的時候，我發現女孩面色如土。

那女子問道，「你們待了多久？」

女孩沒吭氣，我開口回答，「大約一個禮拜左右。」

她問道，「你們從哪裡來的？」

我回她，「綠灣。」

「是嗎？」她問道，「我看到你們是伊利諾州的車牌，以為——」

「還來不及換而已。」我暗罵自己居然講錯話。

「所以你們是來自伊利諾州吧？」她問道，「我是說家鄉？」

「嗯。」但我沒有告訴她是哪裡。

「我有個表妹住在綠灣，其實是在它的郊區，在蘇阿米可。」我從來沒聽過那個鬼地方，但她還是講個不停，她表妹是某間中學的校長，一頭無聊的褐髮，短得像個老太太。對話安靜下來，她開始大笑，緊張不安的笑聲。然後，她想辦法找其他話題，什麼都好。「你們是綠灣包裝工隊的粉絲吧？」我說謊，我說我是。

我盡快把備胎塞進去，然後放低車身，鎖緊螺帽，起身，盯著那女子，不知是否能夠就這麼放人——讓她回去可能會發現我們是誰的文明世界，然後打電話報警——或者，我得要拿扳手敲爛她的頭，讓她永遠留在林間。我緊抓扳手，心想不知需要多大的力道才能把她打死？需要多少次？不知道她是否有反抗的氣力？或者直接倒地斷氣？

「要不是我找到了你們，我真的不知道該怎麼辦，」然後，她走過來，與我握手。「我好像沒問過你們的名字。」

我緊緊扣住扳手，可以感受到它在顫抖。與赤手空拳殺人相比，扳手還是好多了，沒那麼像是在殺人。我不需要在她掙扎的時候盯著她的雙眼，狠狠敲一次，大功告成。

「我是歐文，」我握住她滿佈青筋的冰冷之手。「這是克洛伊。」她說她叫貝絲。我不知道我們在這條黑暗馬路默默站了多久，當我看到工具箱裡有錘子的時候，我心跳飛快，也許錘子更好。

不過，就在這時候，我發現女孩抓住我的手臂。「我們該走了。」我面向她，我知道她看穿了我的心思，發現我緊握扳手準備發動襲擊的姿勢。「走吧……」她再次對我說道，她的指甲已經陷入我的皮膚。

我把扳手放入工具箱，把整個盒子放入貨車車斗。我盯著那女子上車，準備走人，車速緩慢，轉向的車頭燈光穿透了密林。

我大口吸氣，當我打開貨車車門的時候，雙手濕得不像話，上車之後，我努力穩住呼吸。

之後的伊芙

我們坐在等候室，詹姆斯、米雅，還有我，米雅夾在我們中間，宛若奧利奧餅乾裡的奶油夾心。我蹺腿，雙手交疊放在大腿上面，安安靜靜。我盯著她對面牆壁的某幅畫——等候室裡面多張諾曼．洛克威爾作品的其中一張——某個老先生拿著聽診器，對準某個小女孩的洋娃娃。詹姆斯也蹺腿，腳踝放在大腿上的那一種，他在翻閱某本《父母世界》雜誌，發出不耐呼吸聲：我請他不要這樣。我們為了要見這位醫生，等待時間已經超過了半小時，她是詹姆斯某位法官朋友的妻子。我不知道米雅會不會覺得很奇怪，整個空間裡的每一本雜誌都是嬰兒封面。

大家在打量她，還有竊竊私語，我們聽到陌生人壓低聲音講出米雅的名字。我拍了拍她的手，我說，不用擔心，不要理會他們就是了，但對我們兩個來說，很難。詹姆斯詢問櫃檯，可否加快速度，某名紅色短髮女子隨即不見人影，查看到底為什麼拖這麼久。

我們還沒有告訴米雅為什麼會來這裡的真正原因。我們並沒有討論我起疑的那件事，反而跟她說我們最近很擔心她，因為她身體不適，而詹姆斯建議找某名醫生，她的俄羅斯姓氏幾乎讓人不知道該怎麼唸。

米雅告訴我們，她有她自己的醫生，她在芝加哥已經看了半年的某個醫生，但是詹姆斯搖頭，他說不行，瓦克赫魯寇夫醫生最優秀，她一直沒想到這女子是一名婦產科醫生。

護士呼喊她的名字，不過，當然喊的是**米雅**，詹姆斯得用手肘推她一下，才讓她回神過來。她把自己的雜誌放在椅子上面，我以憐愛的目光望著她，詢問她是否需要我陪伴？「妳想來就來吧。」我等待詹姆斯出聲反對，但他沒說話。

護士為米雅量身高體重的時候，凝望她的目光很詭異，她打量可憐的米雅，彷彿把她當成了什麼名人，但她其實是某樁可怕罪行的受害人。「我在電視上看過妳，」她怯生生說出了口，彷彿不確定是否該大聲說出來，還是應該要想辦法掩藏心中。「也在報紙上看過妳的新聞。」

米雅與我都不太確定該如何回應是好。米雅已經看過我在她失蹤那段時間留下的剪報。我藏起來，放在她找不到的地方，不過，她打算要為某件上衣替換鬆脫的鈕釦，在我梳妝台抽屜找尋針線的時候，還是被她找到了。我不希望米雅看到那些文章，擔心可能會對她產生什麼影響。但她還是看了，一篇接著一篇，直到我出手阻止，她看到了自己的失蹤案，警方如何找到嫌犯，還有，隨著時間消逝，大家都擔心她可能死了。

護士給她驗尿杯，請她進去廁所準備好。過了一會兒之後，我在檢查室看到米雅，護士為她量血壓與脈搏，還請她脫衣換上長袍。護士說再過幾分鐘之後，瓦克赫魯寇夫醫生就會進來，米雅開始脫衣，我背過身。

醫生個性嚴峻沉靜，想必已經快要六十歲。她進來的時候相當匆忙，她詢問米雅，「妳最後一次月經來是什麼時候的事？」

米雅一定覺得這問題超突兀。「我……我不知道……」

醫生點點頭，也許是在這個時候才想起來，米雅患有失憶症。

她說她要做陰道超音波檢查，拿了保險套與某些潤滑液覆蓋某根探頭。她請米雅將雙腳放入腳托，完全沒有開口解釋，直接把設備插入米雅體內。她面色抽搐，哀求想知道醫生在做什麼。她不知道這到底與她的極度疲憊、幾乎造成她無法起床的倦累感有什麼關係。

我依然保持沉默。我好想待在等候室，挨在詹姆斯的身邊，但我提醒自己，米雅現在需要我待在這裡，我的目光四處游移，想盡辦法避開醫生的侵入式檢查以及米雅的明顯困惑與不適。然後，我決定應該要把我懷疑的事告訴米雅，我應該要向她解釋疲憊感與晨吐不是急性壓力失調的症狀，但也許她不會相信我的說法。

我發現檢查室就與醫生一樣乾乾淨淨，這裡的溫度低得可以殺菌，也許是故意的吧。米雅裸露的肌膚佈滿了雞皮疙瘩，她全身赤裸，只有一件紙質長袍，我知道完全派不上用場。

天花板一字排開的明亮螢光燈管，顯露出這名中年醫生的每一根灰髮。她沒有微笑，她的長相是標準的俄羅斯人：高顴骨、削瘦的鼻子。

不過，當她說話的時候，聽不出有俄羅斯腔調，她鄭重宣布，「確認懷孕。」彷彿這是什麼米雅應該知道的常識。我的雙腿失去知覺，整個人摔在另一張椅子裡，專門為即將成為人父的歡喜男人準備的座椅。

我心想，不是給我的，這椅子不是要給我坐的。

「受孕二十二天之後，胚胎有了心跳，在這麼早期的階段，未必看得出來，但這裡有。很小，幾乎很難注意到，看到了嗎？」她把螢幕轉到米雅面前。「那個小小的閃動光點？」她伸出食指，指向某個其實靜止不動的小暗點。

米雅問道，「什麼？」

「這裡，我來試試能不能看得更仔細一點……」醫生推壓探頭，更加深入米雅的陰道，她全身蠕動，顯然是痛苦不適，而醫生叫她不能動。

不過，米雅的問題已經超過了醫生的詮釋範圍，米雅並非看不見醫生指尖的那個區域。我望著米雅，她的某隻手落在自己的腹部。

「反正就是不可能。」

「這個……」醫生取出探頭，將一張小小的紙交給米雅，某張奇怪的黑白灰紙張，宛若一張可愛的抽象畫。是照片，就像是米雅自己變成小孩之前的模樣。我以顫抖的手緊抓包包，拚命想要從裡面找出面紙。

米雅問道，「這是什麼？」

「這就是寶寶，超音波列印的照片。」她告訴米雅可以起身離開了，然後脫下乳膠手套，把它丟入垃圾桶。她的語調了無生氣，彷彿這番話已經講了一千次：米雅在三十二週之前必須每一個月過來一趟，之後是每隔兩週來一次，再過了幾個禮拜之後，就是週週產檢。他們必須要做一些檢驗：血液檢測，如果她想要的話，也可以做羊膜穿刺術、糖耐量測試、乙型鏈球菌測試。

瓦克赫魯寇夫醫生告訴米雅，到了二十週的時候，如果米雅有興趣，她可以確認寶寶性別。

「妳會想要知道嗎？」

米雅只能擠出這樣的答案，「我不知道……」

醫生詢問米雅是否有任何問題。她只有一個問題，但幾乎無法發聲講出口。她嘗試未果，然後，她清了清喉嚨，又試了一次，虛軟無力，只比輕聲細語的音量大一點而已，她問道，「我懷孕了嗎？」

這是每一個小女孩的夢想。當她們年紀輕輕，根本還不知道寶寶是從哪裡來的時候，就已經在想著懷孕的事。她們隨時隨地帶著自己的洋娃娃，當娃娃的媽媽，開始想像寶寶的名字。在米雅小時候，她脫口而出的都是過於華麗的名字：伊莎貝拉、莎曼珊，還有薩瓦娜。然後，她又進入到覺得所有字詞都應該要以i結尾的階段：珍妮、丹妮，還有蘿莉，她從來不覺得自己會生男娃娃。

「對，大約是五週左右。」

不該如此。

米雅伸手撫摸子宮，希望可以體會到一點什麼：心跳或是踢腳。當然，這階段太早了，但她還是希望可以感受到體內的顫動，但她完全無感。當她轉身，看到我在大哭的時候，我從她的眼眸看出了她的心情，空洞，她覺得體內一片虛無。

她對我吐露心情，「不可能，我不可能懷孕。」

瓦克赫魯寇夫醫生拿了張旋轉椅，坐下來，將長袍蓋過米雅的大腿。她現在語氣溫柔多了。

「妳不記得受孕時間嗎？」

米雅搖頭。「傑森……」但她又搖頭，「我和他在一起已經是好幾個月前的事了。」她以手指數算，九月、十月、十一月、十二月、一月。「五個月。」數字就是兜不起來。

不過，我當然知道傑森不是小孩的生父。

「妳還有時間決定要怎麼做，有各種選項。」醫生拿出小冊子給米雅：領養與墮胎，這些詞彙來得太快，她怎麼可能反應得過來。

醫生去請詹姆斯進來，在護士帶他入內之前，米雅有幾分鐘的時間可以穿衣。趁等待的時候，我詢問米雅可否讓我看超音波照片？她把它交給我，她繼續重複了無生氣的那幾個字……反正就是不可能。就在那個當下，我的雙手捧住了那張照片，目光移向我的外孫，我自己的血肉，我哭了出來。當詹姆斯進來的時候，哭聲成了嗚咽。我想要壓抑淚水，但就是止不住。我從牆上的掛架扯了一張紙巾，擦拭淚水。就在瓦克赫魯寇夫醫生回來的時候，我再也忍不住，嚎啕大哭。「他強暴了妳，那個畜生強暴了妳……」

不過，米雅依然無感。

以前的柯林

冬天到來。當我們醒來的時候，正在下雪，小木屋裡的氣溫感覺像是攝氏負六度一樣。沒有熱水。她把所有能找到的衣服全穿在身上，兩條衛生褲，還有那件長版紅色運動衫。她穿上襪子，一直抱怨她好恨穿襪子，但要是沒有它們的話，她的雙腳一定會凍壞。她說她一直痛恨襪子，即便是嬰兒的時候亦是如此。她會把它們脫下來，扔到嬰兒床旁邊的地板上面。

我之前嘴硬不說冷，但現在媽的冷爆了。我一醒來就生火，已經喝了三杯咖啡。

我坐在餐桌前，面前攤放了一張老舊破爛的美軍地圖。那是我在車內置物箱找到的東西，還有一支乾掉的筆，我在圈畫可以讓我們逃離這鬼地方的最佳路徑。我中意的是沙漠，拉斯維加斯與加州貝克鎮的某個地帶，溫暖的地方。我在想，首先該怎麼繞路前往印第安納州的蓋瑞鎮，不要被高速公路巡警攔下貨車。我覺得我們應該要丟掉這一台，想辦法弄一台新的，而且希望不要有人通報失竊。

如果不是靠這個方法，就得跳上貨運列車。這是為了防範萬一有人在搜尋我們的下落，可能會因為我們而設下路障，尤其是在蓋瑞鎮那附近。搞不好警察以她當釣餌，也許他們已經在蓋瑞老家附近安排了跟蹤小組，等著我打電話或是做出愚蠢舉動。

靠。

「是要去哪裡嗎？」女孩盯著地圖，我正準備把它摺起來收好。

我沒有回答她的問題，反問她，「要不要來點咖啡？」我知道我們沒辦法久待沙漠，窩在那裡完全沒有機會能過類似正常的生活，只能為生存奮戰。我決定了，現在，我們不能去沙漠，唯一的機會是去國外的某個地方。我們已經沒有足夠的現金可以搭機，所以我覺得只有兩個選擇：上或下，往北或往南，加拿大或墨西哥。

不過，我們要離境，當然需要護照。

她搖頭。

「妳不喝咖啡？」

「不喝。」

「不喜歡嗎？」

「我不碰咖啡因。」

她告訴我，其實她以前喝咖啡因飲料，而且維持了很長一段時間，但它會造成她躁動不安，她會坐不住。最後，咖啡因帶來的亢奮會消退，取而代之的只有極度疲憊，然後她就得再來一杯咖啡，惡性循環。

「我想盡辦法避開咖啡因的時候，」她說道，「頭痛得讓我無力招架，最後我也只能屈服，靠『激浪』汽水緩解。」

但我還是給她倒了咖啡。她捧住溫暖的馬克杯，臉龐貼向邊緣。蒸氣飄升，與她的面孔交融在一起。她知道自己不該喝，還是把馬克杯湊到嘴邊任它停住不動。然後，她啜飲了一小口，入口過程燒灼了每一吋的食道。

「要小心，」我提醒得太晚了。「很燙。」

除了坐著不動大眼瞪小眼之外，根本無事可做。所以當她說她要畫我的時候，我就答應了，反正也沒別的事。

老實說，我不想。一開始的時候，沒什麼大不了，但她後來居然叫我不要亂動，目光直視前方，保持微笑。

「算了，」我說道，「我不玩了。」我站起來，要我繼續坐在這裡對著她微笑半小時，太扯了吧。

「好啦，」她讓步，「不要笑，完全不需要看我，坐定不動就好。」

她把我按在火爐旁邊，以她的冰冷雙手貼住我的胸膛，就定位，坐在地板上面，我全部背脊幾乎都貼住了火爐。火焰差點在我的衣服燒出了一個洞，我開始冒汗。

我想起上次她撫觸我的情景，她的雙手拚命想要脫掉我的衣服；還有我上次碰觸她的情景，對她狠狠甩了一巴掌。

屋內昏暗，牆面與天花板的深色松木阻絕了所有光線。我開始計算牆壁的圓木數目，足足堆了十五層高。窗戶狹小，陽光根本進不來。

我盯著她，欣賞她還挺不錯的。

第一個夜晚，在我公寓的時候，她好美，完全沒有起疑心的湛藍雙眸凝視著我，完全沒想到我會暗懷鬼胎。

她坐在地板上，背靠沙發，大腿貼胸，把素描本放在膝頭。她從筆盒抽了一支鉛筆，又拿了筆芯。她側頭，髮絲全部垂落同一邊，模樣難看。她的目光在研究我的臉部線條，我的鼻梁曲線。

我也不知道為什麼，但我突然冒出一股衝動，痛罵她那個在我之前的男人。

「我花錢收買他，」我老實招認，「妳的男友，我給了他一百美元，叫他那天晚上要裝忙。」

他當時並沒有問我為什麼，我也沒講。那個懦夫直接從我手裡拿錢，溜了。但我並沒有告訴她，我在廁所堵他的時候還拿著槍。

一百美元要是拿來最近花用，可以買好多東西。

她說道，「他得要工作。」

「那是他告訴妳的藉口。」

「傑森總是上班到很晚。」

「那是他的說詞。」

「是真的。」

「有時候吧，也許。」

「他很厲害。」

「說謊很厲害。」

她怒氣沖沖問我，「好，你收買了他，又怎樣？」

我反問，「妳為什麼跟我回家？」

「什麼？」

「那天晚上妳幹嘛跟我回家？」她猛嚥口水，但沒有應答。她假裝專心畫畫，激動塗畫紙頁的線條充滿怒氣。我開口，「我沒想到這問題有這麼難啊。」

她雙眼盈滿淚水，額頭有青筋暴凸，她的皮膚變得濕黏，雙手顫抖，她生氣了。

「我喝醉了。」

「喝醉了啊。」

「對，我喝醉了。」

「因為妳那種人會跟我這種人回家，只會有這個理由對嗎？」

「因為我跟你回家，只會有這個理由。」

她緊盯著我，我不知道她到底看到的是什麼。她相信她看到的表象，她以為我對於她的冷漠僵麻無感，但她錯了。

我脫掉運動衫，把它扔在我那雙走路時吵得要命的靴子旁邊。我身上只剩下汗衫與牛仔褲，她應該從來沒看過我沒穿上衣的模樣。她在紙頁上草草勾畫我的臉龐，瘋狂的線條與陰影，描繪出她看到的這個火光前的惡魔。

當晚她是喝了好幾杯沒錯，但她的清醒程度還足以讓她知道自己在做什麼。當然，是在根本還沒發現我真面目之前的事。

我不知道我們默不吭聲了多久。我聽到她在呼吸，還有鉛筆筆芯摩擦紙頁表面的聲響。我的腦海中幾乎聽到了她的心聲，敵意以及怒氣。

我終於對她開口，「那就像是香菸和大麻一樣。」

這句話嚇到她了，她努力穩住呼吸。「什麼？」

她並沒有停下畫畫的動作，她在裝，演得很逼真，彷彿沒在聽我說話，但明明有。

「我的人生，我的所作所為。第一次嘗試的時候，都知道是對自己不好的東西，香菸、大麻。但是你說服自己，沒關係——應付得來。就這麼一次，只想知道是什麼滋味而已。然後，突然之間，完全被捲進去了——即使想要脫逃也沒有辦法。真正的原因並非是我非常需要錢——我的確需要沒錯，而是因為我如果想脫身，那我一定會沒命，有人會供出我，我最後就是坐牢，我完全無法選擇說不。」

她停下畫筆。我很好奇她會說些什麼，想必是什麼自以為是的話。但是她並沒有，沉默無語。而她額前的暴凸青筋消失了，雙手靜止不動，目光柔和。她望著我，點點頭。

之後的伊芙

我在走廊盯著詹姆斯激動萬分地闖入米雅的臥房。他在門外的腳步聲嘈雜喧鬧，逼近速度急快，把她給嚇醒了。她在床上坐起身子，雙眼充滿恐懼，她的心臟很可能跟那種處於驚恐狀態的人一樣，在胸腔裡激烈翻跳。她花了一秒鐘才搞清楚周邊環境：依然掛在衣櫃的高中舊衣，黃麻地毯，十四歲時掛在牆上的李奧納多．狄卡皮歐海報。然後，一切恢復平靜，她想起自己在哪裡，在家中，很安全，她垂頭，雙手掩面，開始哭泣。

「馬上給我換衣服，」詹姆斯下令，「我們要去看心理醫生。」

一等到他離開臥室之後，我立刻進去，幫助米雅從衣櫥裡挑出合適衣裝，我努力要弭平她的恐懼，想要提醒她已經在這裡了，在我們的家，她安全得不得了。「沒有人可以傷害妳……」我雖然這樣掛保證，但其實也沒那麼篤定。

米雅在車內吃東西，就只有我帶給她在路上吃的一片乾吐司而已。她根本不想碰食物，但坐在副座的我每隔幾分鐘就回頭叮嚀她，「米雅，再吃一口嘛，」彷彿把她當成四歲小孩一樣，「再吃一口就好。」

我向羅德絲醫生道謝，願意在這麼一大早的時候為我們擠出時段。當我在幫米雅脫外套時，詹姆斯把醫生拉到一旁講悄悄話，然後，我望著米雅與羅德絲醫生消失在緊閉的房門之後。

羅德絲醫生會在今天早上與米雅討論關於寶寶的事。對於子宮裡有胚胎在成長，米雅處於否認階段，我想我也是。她連那個字詞都不太能說出口，寶寶。每次都會在她的喉嚨裡消失無蹤，只要詹姆斯或是我提到這個話題，她就會信誓旦旦表示絕對不可能。

而我們覺得米雅要是能夠與羅德絲醫生談一談，應該會有幫助，她具有專業與公正第三方的身分。羅德絲醫生將會在今晨與米雅討論她的各種選擇，我已經可以想像米雅的反應，她一定會問，「關於什麼的選擇？」然後，羅德絲醫生就得再次提醒她寶寶的事。

「伊芙，我要把話講清楚，」等到米雅與醫生離開之後，詹姆斯對我說道，「我們千萬不能讓米雅懷那個男人的私生子。她之後就是墮胎，而且要速戰速決。」他稍作停頓，以邏輯說明自己的思路。「之後有人問起，我們可以說在這種狀況的壓力之下，寶寶留不住，」他說道，「無法存活。」

我無話可說，真的沒有。我盯著詹姆斯，他正在看攤放在大腿上的某份證據排除動議，他掃視動議，對其關切的程度超過了對我們的女兒，還有她未出生的小孩。

我想要說服自己，他用意良善，但我很懷疑。

其實他並非一向如此，詹姆斯對家庭生活並非一直這麼冷淡。在這些沉靜的下午時光，詹姆斯在工作，而米雅在午睡的時候，我發覺自己一直在挖掘詹姆斯與女兒們的溫柔過往：他抱著襁褓中的葛瑞絲或米雅的老照片，我觀看詹姆斯與女兒還是寶寶時期的家庭錄影帶，我聆聽他的聲音——截然不同的詹姆斯——正在為她們吟唱搖籃曲。我回味剛入學的日子與生日派對，還有詹姆斯不會遺忘的特殊紀念日。我找出了詹姆斯教導米雅與葛瑞絲不靠輔助輪騎單車，以及在某間漂亮飯店泳池教游泳的照片，或者，她們第一次在水族館裡見到魚的畫面。

詹姆斯出身富豪家族，他父親是律師，祖父亦然，曾祖父應該也一樣，但老實說我不清楚。他哥哥馬提是州議會眾議員，而布萊恩則是全芝加哥最優秀的麻醉科醫生之一。馬提的女兒珍妮佛與伊莉莎白都是律師，分別是企業法務與智慧財產權律師。上天賜給布萊恩的全是兒子，一共有三個，企業法務、牙醫，以及神經科醫生。

詹姆斯一直在維持某種形象。雖然他不敢大聲說出口，但其實他總是與兄弟在較勁：誰最有錢、誰最有權勢、誰是全美國最優秀的丹尼特家族成員。

對於詹姆斯來說，當亞軍從來就不是他的選項。

在最近的下午，我鑽進地下室，仔細篩選鞋盒裡的老照片，要向自己證明那些父愛的璀璨時刻都是真的，不是出於我的幻想。我找到五歲米雅以樸拙之手畫出的圖，幼稚的大寫字母成了圖畫的裝飾：*把拔我愛你*。有一個比較高大的身影，另一個比較矮小，兩人沒有手指的手似乎是緊緊扣在一起。他們的臉龐有燦爛微笑作為點綴，而且她在周邊貼了許多貼紙，將近有三十幾個紅色與粉紅色的心形貼紙。某天傍晚，他下班回家的時候，我把它拿給他看。他盯了好一會兒，我不知道多久，一分鐘左右吧，然後，他把它拿進他的書房，以磁鐵貼在他的黑色檔案櫃上面。

「這是為了米雅好，」他開口，打破了那股令人震耳欲聾的沉默。「她需要時間復原。」

不過，我懷疑其實並非如此。

我想要告訴他，其實還有其他方式。比方說，領養。米雅可以把這個孩子送給無法生下小孩的家庭，她可以讓某個不幸的家庭變得很幸福。但詹姆斯從來不作如是想，總是會有各種萬一：萬一領養終告失敗，萬一領養的父母最後決定不要了，萬一那寶寶有天生缺陷，或者，萬一寶寶長大成了年輕人，找尋米雅，再次摧毀了她的一生？

從另一方面看來，墮胎，快速又簡單，詹姆斯就是這麼說的。完全不用擔心會害那股罪惡感糾纏米雅的下半輩子。

當羅德絲醫生結束與米雅的療程之後，她陪米雅進入等候室，在我們離開之前，她伸手擱在米雅的手臂，對她說道，「妳並非今天就要做出決定，時間還很充裕。」

但我從詹姆斯的眼中看得出來，他已然做了決定。

之前的柯林

我睡不著，這也不是第一次了。我想要數羊、數豬，數什麼好，現在，我在屋內來回踱步，每一個夜晚都很難熬。我每晚都在想她，但今晚思緒特別強烈，因為我的手錶提醒我今天是她的生日，而且我一直惦記著她一個人在家。

一片漆黑，突然之間，屋內傳出的腳步聲不只是我而已。

「妳把我嚇死了……」我的雙眼還沒適應黑暗，我差點認不出她的輪廓。

「抱歉，」她撒謊，「你在做什麼？」我媽老是罵我走路大聲，她說我吵死死人也不成問題。我們沒有開燈。在一片昏暗之中，我們不小心撞到了彼此，兩人都沒道歉。我們退開，回到自己原本的方向。

「我睡不著，」我說道，「我想要釐清思緒。」

「關於什麼？」這是我第一次陷入沉默，一開始的時候，我沒打算告訴她，她不需要知道。不過，後來我就說了。屋內夠昏暗，我可以假裝她不在現場。但重點不是這個，那不是原因，而是她說沒關係的那種語氣，還有她的腳步聲開始離開房間，讓我想要對她傾訴，讓我想要讓她留下來。

我說我父親在我小時候就離家出走，但反正不重要，又不是說他一開始的時候曾經好好當爸爸。他酗酒，去酒吧鬼混，賭博。就算他沒有揮霍無度，我們家的錢都已經很緊了。我說他是萬人迷，也是騙子，我告訴她，我過日子吃了很多苦頭：餐桌上未必看得到食物，也沒有熱水可以洗澡。反正也沒有人會幫我洗澡，那時候我三歲，也可能是四歲吧。

我告訴她，我爸爸脾氣暴躁，我說在我小時候他總是把我嚇到挫賽。對我經常大吼大叫，差不多就是這個地步。但他打我媽，而且不止一次。

他有工作，偶爾吧，但他通常都是在待業中。他總是因為曠職、因為酒醉上班、因為痛罵主管而遭到開除。

我媽媽，一直在工作。她從來不在家，因為她在超市烘焙部工作十二個小時，必須早上五點起床，然後上夜班當酒保，那裡的男人講話勾搭她，動手亂摸，還以小可愛、傻妹這類的名字呼喊她。我爸爸叫她賤人，他是這麼說的：*妳這個廢物賤女人*。

我說，我媽媽在二手店幫我買衣服，我們會在車庫大拍賣日開著我媽媽的旅行車四處挖寶，只要能用的東西都載回去。我們被房東趕出去也不止一次了，只好睡車上，我們得在我上學之前衝去加油站，才能讓我偷偷進入廁所刷牙。最後，被服務生發現了，他們揚言要打電話報警。

我還讓她知道我們在超市裡不斷上演的劇碼。媽媽的預算是二十美元，我們會在購物籃裡放入我們需要的食物：牛奶與香蕉與一盒穀片。雖然我們已經努力心算，但是到了結帳櫃檯的時候，一定會超過二十美元。然後，我們得在櫃檯挑出食物——通常是穀片或香蕉——而有些在排隊的混帳就會嘆氣，叫我們動作快一點。我記得有一次，學校裡的某個爛咖在我們後面排隊。接下來的那兩個禮拜，我一直聽到有人說閒話，薩切爾的媽媽居然連買香蕉的錢都沒有。

我安靜下來，她不發一語。換作是其他女孩，一定會表示同情，會說好遺憾，想必日子過得很艱難。但這女孩沒有，並非她沒有同理心，而是她知道我渴望或需要的不是憐憫。

我從來沒有對別人說起我爸爸的事。

我從沒有對別人說起我媽媽的事，但我說了，也許是無聊吧，我不知道，我們已經找不到可以聊天的話題。但也不知道為什麼，我覺得不只是這樣，而是這女孩讓我覺得講話很輕鬆，讓我想要對她吐露心事，讓我想要卸下心中的大石頭。因為，這樣一來，我也許就可以入睡了。

「在我大概五、六歲的時候，她開始出現發抖的問題……」一開始的時候是雙手，然後上班時出包了，一直掉東西，散落一地。不到一年，她開始拖著腳步走路，沒有辦法走直線。幾乎無法移動雙腳，手臂沒辦法動。大家會盯著她，叫她趕快。她不再微笑，不再眨眼，變得心情憂鬱。她沒辦法工作了，動作太慢，笨手笨腳到不行。

女孩說道，「帕金森氏症……」我點點頭，不過她當然看不到。她的聲音好近，伸手可觸，但我看不到她臉上的表情，無法知道那雙藍色眼眸裡的情緒波動。

「醫生也是這麼說的。」到了初中的時候，我必須幫我媽媽穿衣服，她無法自己拉拉鍊，總是搞得滿頭大汗。到了高中的時候，我必須幫她排尿，她沒有辦法切開自己的食物，無法寫下自己的名字。

她本來有服用緩解症狀的藥物，但它們全部都有副作用，噁心、失眠、惡夢。所以她停藥了。我在十四歲的時候開始工作，能賺就賺，但永遠不夠用。我爸爸那時候早就消失了，她生了病他馬上閃人。我十八歲的時候從高中輟學，離開了家。我以為在城市裡可以賺到更多的錢。我把自己掙來的收入全寄給她付醫藥費，讓她買東西吃，以免她流落街頭，不過，錢永遠不夠。

然後，某一天，我在餐廳洗盤子，我問老闆，可不可以再多給我一點工時，因為我缺現金。我老闆回我，「誰不是啊。」工作賺錢速度緩慢，但他知道我可以去哪裡借錢。

後來的事，大家也都知道了。

之前的蓋比

我追蹤到住在蓋瑞鎮的某名近親：凱瑟琳．薩切爾，也就是柯林．薩切爾的母親。我們在薩切爾的廚房抽屜裡找到一支藏起來的手機——登記名稱是史提夫．摩斯，也就是柯林．薩切爾——調出了通聯紀錄。裡面有多通電話，幾乎是天天打，打給住在印第安納州蓋瑞鎮的某名中年婦女。引發我注意的另一件事，是米雅失蹤的那天晚上，有撥打給某支預付卡號碼三次的紀錄，而且，在隔天的凌晨時分，以那支號碼撥打過來的未接來電約有十通左右。我找了科技小組轉錄語音留言，大家窩在一起聆聽那些訊息。某人想要知道那女孩到底去了哪裡，也就是法官的女兒，還有，薩切爾為什麼沒有出現在丟包地點。他似乎不是很高興，其實，相當不爽，很火大。

我在這時候才驚覺柯林．薩切爾是在為某人工作。

不過，是誰？

我努力追查這支預付卡號碼的主人，我知道購買地點是海德公園的某間便利商店。不過，店老闆是個英文能力不超過三個字的印度人，他完全不知道是誰買的。顯然對方是用現金購買，算我倒霉。

我決定自己出馬，找他的母親問案。警佐打算運用他的影響力找蓋瑞鎮的某人處理，我說絕對不要，我自己來。

在芝加哥，大家對於印第安納州蓋瑞鎮這地方沒什麼好話。我們都覺得那裡是垃圾地方。大部分的居民都很窮，非裔美國人佔了多數，而且許多密西根湖畔的大型煉鋼廠座落在此，對空排放有毒煙塵。

警佐想要跟我一起去，但我說服他打消念頭，讓我自己過去，我們可不希望把那可憐的女人嚇到什麼都不敢講。我犯了錯誤，居然把我今天的行程告訴了丹尼特太太，她沒有開口要跟，但的確有暗示。我態度謹慎，把手擱在她的手臂上面，對她做出保證。「有消息我會第一個打電話給妳。」

明明只有八十公里左右的路程，卻總共花了約兩個小時，都是因為州際九十號公路沿線的大量聯結車，我只能以約莫大概不到五十公里的時速慢慢晃行，我不該在某間得來速買咖啡，到達的時候差點就尿褲子了。多虧了我藏在衣服裡的槍，才能讓我趕緊衝進蓋瑞鎮的某間加油站。

凱瑟琳．薩切爾住在某間淡藍色的低矮平房，過時的建物，根本就是五〇年代風格。草坪雜蕪，灌木叢蔓生，盆栽植物都死光了。

我敲了敲紗門，在亟待修補的水泥台階靜靜等待。天氣陰鬱，中西部的典型十一月天。反正就是，哎，感覺像是攝氏四度的天氣，但我知道再過個一兩個月，我們就會祈禱要是能有攝氏四度該多好。沒有人應門，我開了紗門，敲木門，生鏽釘子懸掛花環處的旁邊。我的手只是稍稍出了一點力，門開了。我心想，靠，也許我應該要帶警佐過來才是。我拿槍，躡手躡腳進去，開始呼喊，「薩切爾太太？」

我走入前廳，裝潢實在太老舊了，我得要提醒自己這並不是我外婆家：破爛的地毯、木條牆面、剝落的壁紙以及家具，一切都格格不入，沙發花紋襯墊旁邊有破爛的灰褐色皮革。

廚房裡傳出轟鳴不定的隱約聲響，讓我放下戒心。我把槍放回槍套，以免把這女子嚇得半死。然後，我的目光飄向柯林．薩切爾的照片，盯住不動，然後，一旁應該就是凱瑟琳吧，盛裝打扮，小小的相框放在二十七英寸的電視上方，電視是開著的，靜音狀態，螢幕上演的是某齣肥皂劇。

「薩切爾太太……」我又喊了一次，但沒有回應。我跟著低鳴聲進入廚房，在敞開的門口敲了敲門框，然後，盯著她以顫抖手指努力想要撕開某個電視餐的塑膠包裝紙。看這女子的外表，說是柯林．薩切爾的外婆也不成問題，我一度覺得我們搞錯了。她身穿浴袍，毛拖鞋，雙腿赤裸，我簡直不敢相信浴袍底下什麼都沒穿。

我開口，「太太……」我走向塑膠地板的另一端，這一次她轉頭了，一聽到我的聲音，發現有個根本不認識的陌生人出現在她家，她差點嚇得靈魂出竅，我拿出自己的警徽，向她保證絕對沒有喪命之虞。

「天哪……」她結結巴巴，顫抖的手好不容易摸到胸口，「因為柯林嗎？」

「太太，不是，」我移步趨前。「恕我冒昧……」我把手伸過她的孱弱身軀面前，為她撕開電視餐的塑膠包裝紙，然後把那坨濕答答的蓋膜丟入後門旁已經滿出來的垃圾袋裡面。裡面是微波兒童餐，有雞塊、玉米，還有布朗尼。

我伸手扶穩薩切爾太太，她接受了我的好意，讓我嚇了一跳。她無論是走路或站立都很難穩住，每一個動作都小心翼翼，她面無表情，彎腰駝背站立，雙腳挪移的速度比上半身緩慢。我看她隨時可能會摔倒，她的嘴巴不斷有口水滴落而下。

「我是蓋比．霍夫曼警探，我是負責偵辦……」

「因為柯林嗎？」她又問了一次，這次的語氣是哀求。

「薩切爾太太，」我說道，「太太，請坐。」我扶她到一旁的牆角小桌，她入座坐下。我把電視餐拿到她面前，從某個抽屜裡找出叉子，不過，她的雙手一直抖個不停，沒辦法把食物送入嘴裡，乾脆直接伸手摸了一個雞塊。

這女子的老態說是七十歲也不為過，但如果她是柯林．薩切爾的母親，應該只有五十歲左右而已。她頭髮灰白，但是從前廳那張並不算太過久遠的照片看來，本來應該是栗棕色。她的身材似乎比衣服小了一兩個尺碼，因為浴袍披在她身上宛若衣物袋罩身，而且我看到的肌膚部分全是皮包骨。高腳桌上面有一整排的藥罐，某個籃子裡裝的是腐爛的水果。想也知道，薩切爾太太的皮膚到處都是腫塊與瘀傷，這提醒了我，應該是因為最近摔傷吧。

我知道這病是有個專有名詞，但一時想不起來。

我問道，「妳最近有見到柯林嗎？」

她說沒有。我問她最後一次看到他是什麼時候的事，她不知道。

我問道，「多久會見到柯林一次？」

「每個禮拜一次，他會來割草。」

我從廚房窗戶向外張望，草坪上佈滿了枯葉。

「他負責照顧妳？」我問道，「割草，買生活用品……」她說是的。我看到高腳桌上的腐爛水果，已經聚集了一堆果蠅，我打開冰箱和冷凍庫，找到了一袋冷凍青豆、一盒過期的牛奶，還有兩份電視餐。食物儲藏室裡的東西也同樣不足：只有幾個薩切爾太太應該自己打不開的湯罐頭，還有餅乾。

我問道，「他也負責丟垃圾嗎？」

「對。」

「他幫妳多久了？一年？還是兩年？」

「他從小就這樣，在我生病之後。他爸爸……」她聲音慢慢消失了。

我幫她接口，「離開了。」

她點頭。

「現在柯林……和妳住在一起？」

她搖頭。「他會過來，探望我。」

「但這禮拜沒有？」

「沒有。」

「那上禮拜呢？」

她不知道。水槽裡沒有多少碗盤，但是垃圾袋裡塞滿了紙盤。他鼓勵她使用紙質餐具——這樣比她自己清理容易多了——然後，他每個禮拜過來的時候再把垃圾拿到人行道旁邊。

「不過他會買東西、打掃，還有——」

「他負責一切。」

「他負責一切。不過，薩切爾太太，他好一陣子沒來這裡了吧？」牆上的月曆還在九月，冰箱裡那盒牛奶的過期日是十月七日。

「我幫妳把垃圾拿出去好嗎？」我問道，「我看是已經滿了。」

「嗯。」

她抖動的狀況令人不忍卒睹，老實說，讓我很難過。

我抓住那包噁心的垃圾袋，將它從桶中取出，走向後門，臭氣沖天。我快跑下了三個階梯，把那包垃圾丟在我車子的後車廂，等一下再來處理。確定四下無人之後，我偷偷瞄了一下信箱，把裡面的信件抓出來，厚厚一大疊，其實都已經滿溢到路面了。裡面還塞了一張郵局的通知字條，要求住戶去郵局領取其他的郵件。郵差已經把信箱塞爆了，已經沒有任何空間。

我回到屋內，薩切爾太太正在與玉米奮戰。我實在不忍心，想吃電視餐的任何人都不該這麼辛苦。我鑽入牆角小桌，坐在這位枯瘦女子的對面。「讓我來幫忙。」我拿起叉子，餵了她一口。對方遲疑片刻。天知道哪天我也需要人餵的時候，我寧可去死。

她問道，「柯林在哪裡？」

我緩緩餵食，一次只給幾粒玉米。

「太太，我不知道，柯林恐怕惹了麻煩，我們需要妳的協助。」我找出米雅・丹尼特的照片，把它拿給她看，詢問她以前是否曾經見過這女孩。

她閉上雙眼。「電視，」她開口說道，「我看到她出現在電視上……她是那個……天哪，柯林，啊，柯林……」她開始啜泣。

我想要讓她安心，我們什麼都不知道，目前只是臆測而已。米雅・丹尼特是否與柯林在一起還是未知數，雖然我知道答案是肯定的。

我開始解釋，我需要她的協助找到柯林。我說我們要確認他與米雅安全無虞，他並沒有沾惹麻煩，但是她並不買單。

她現在對於自己的晚餐胃口盡失，扭曲的身體挨在餐桌前，一次又一次呼喊「柯林……」對於我的每一個問題，只講得出這個完全不搭調的答案。

「薩切爾太太，能否告訴我如果柯林想要躲起來的話，可能會去什麼地方？」

柯林……

「可否提供親友聯絡方式？要是他惹麻煩的時候可能會聯絡的對象？他父親呢？妳有沒有名片盒？通訊錄？」

柯林……

「請妳努力回想一下妳最後一次與他講話的情景。自從他上次來到這裡之後，是否曾經與他講過話？也許，是靠電話？」

柯林……

我受不了，完全一無所獲。

「太太，可否讓我四處繞一繞，我只是想要看看這裡是否有什麼線索，也許可以幫我找到妳兒子。」

這就像是從嬰兒那裡搶走糖果一樣。要是換作其他的母親，一定會找律師過來，要求出示搜索票。但薩切爾太太不是如此，她知道柯林要是不回家的話，自己將會有什麼遭遇。

我留下她在牆角小桌哭喊，暫時失陪。

我經過了用餐室、半套衛浴間、主臥室，最後進入了十七歲柯林・薩切爾的臥房。海軍藍的牆面，還有白襪隊三角旗——哇——以及一直沒有歸還的高中教科書。衣櫃裡還有一些衣服：橄欖球上衣、破爛牛仔褲，地上有一雙髒兮兮的運動釘鞋。牆上到處都是以大頭釘固定的八〇年代運動員海報，衣櫃裡面還掛了一張從雜誌撕下來的辛蒂・克勞馥附贈海報，藏在他母親看不見的地方。床尾有一張摺好的針織毯，應該是凱瑟琳雙手還能使用鉤針時的作品，而牆壁上有一個洞，有可能是柯林一時激憤的捶拳位置。一排暖氣管貼靠在窗戶下方，床邊放了一個小相框，年紀很小的柯林、美麗的凱瑟琳，還有一個剩下約零點六公分局部的男人的頭，其他的部分都被撕毀丟棄。

我信步進入主臥室，凌亂的床鋪散發出體味，還有一坨髒衣服，百葉窗緊閉，房內一片幽暗。我打開電燈開關，但燈泡已經燒壞了，我從衣櫃裡扯出一段燈條，微光透入房內。這裡有柯林．薩切爾各個階段的照片，其實跟我也沒有差太多。就是襁褓時期的典型嬰兒肥，接下來成了橄欖球運動健將，而最後成了全美通緝要犯。玻璃下有壓住的蒲公英。可能是他小時候為她收集了這些東西。

還有一幅鉛筆人像畫，是他畫的嗎？還有掉落地面的無線電話話機，我拿起來把它放回基座，沒電了，電池要幾小時才能充飽。

我默默在心中記下，要取得電話通聯紀錄，還考慮要安裝竊聽器。

到了前廳，我伸出手指，撫摸佈滿灰塵的鋼琴琴鍵。已經走音，但是琴聲在召喚薩切爾太太，她一跛一跛走了進來，下巴沾有一顆玉米。她在途中腳步踉蹌，我好不容易以雙臂接住她。

「柯林……」她已經喊他名字無數遍了，我扶她躺下，然後拿了一顆枕頭墊在她的頭部下方。我找到了遙控器，調高電視的音量，天知道她以靜音模式看電視到底有多久了。

某個老舊橡木櫃排放了一排剪貼簿，柯林．薩切爾每一年的紀錄，直到十三歲為止。我抽出其中一本，然後坐在某張真皮扶手椅裡面。我翻閱剪貼簿，童子軍活動、學校功課以及成績單，還有樹葉標本——某個下午散步撿拾之後，壓在巨大百科全書紙頁裡而得到的成品——剪報、迷你高爾夫球的成績、聖誕禮物清單。某張寫給凱瑟琳．薩切爾的明信片，從明尼蘇達州的大沼澤城寄出，邊角黏了一張歪七扭八的十五分郵票。明信片的印製日期是一九八九年，圖片是森林與湖水的大自然場景，上面的留言直接了當：爸爸好討厭，想念妳。

底頁還有一些照片，大部分都是已經泛黃、開始彎折的舊照。

我守在凱瑟琳．薩切爾身邊，盡可能拖到最後一刻才離開。她需要有人陪伴，但她需要的不只是如此而已，她需要的是某些我無法給予的部分。我已經道別，答應會保持聯絡，但我沒有走。電視餐馬上就會吃完，而且她只要狠摔一次就會腦震盪喪命。

我說了實話，「太太，我不能留妳一個人在這裡……」

她輕聲細語，「柯林……」

「我知道，」我說道，「柯林一直在照顧妳，但是他現在不在這裡，妳沒辦法一個人過日子。薩切爾太太，妳有家人嗎？有沒有誰可以讓我打個電話？」

她沉默以對，我想就是沒有了吧。

這一點讓我覺得好納悶。要是柯林照顧病重母親這麼久，是什麼原因讓他離開了她？

我從薩切爾太太的衣櫃裡拿了些衣物，把它們放入某個包包裡。我拿走了所有的藥罐，蓋瑞鎮有一間療養院，現在必須如此。

我告訴薩切爾太太，我們得坐車離開。「拜託，不要，」我帶她上車的時候，她苦苦哀求，「拜託，我想要留在這裡，我不想要離開。」

我拿了件外套蓋住薩切爾太太的浴袍，而她的雙腳依然穿著毛拖鞋。

她使盡全力憤恨抗議，但力道不足。我知道她不想走，不願離開自己的家，但我不能把她丟在這裡。

有名鄰居走到前廊，想知道現在的吵鬧是什麼狀況。我伸手，開口說道，「沒事。」還對他亮出自己的警徽。

我扶她上車，然後伸手為她扣好安全帶。她在哭，我盡量加快車速，再過幾分鐘之後一切都可以搞定。

我想到了我自己的母親。

有名服務人員帶著輪椅在停車場與我會合，他把薩切爾太太抱起，移出車外，姿態宛若小孩抱著絨毛玩具一樣。望著他將輪椅推入室內之後，我加速離開停車場。

之後，我戴上乳膠手套，在那個噁心垃圾袋裡仔細翻找。裡面幾乎都是垃圾，不過有一張日期是九月二十九日的加油站收據——我想薩切爾太太的駕照應該是早就被註銷了吧——還有同一天的超市收據，總共是三十二美元，能夠撐一個禮拜。柯林．薩切爾本來打算一週內回來，並沒有想要搞人間蒸發。

我逐一翻找郵件。帳單、帳單，還是帳單，逾期通知，但差不多就是這樣了。

我想到了那張滿佈密林的明信片，我想，大沼澤城應該是適合秋季造訪的美麗之地。

之前的柯林

我告訴她，我媽媽名叫凱瑟琳，我把珍藏在皮夾裡的照片給她看。那是一張老舊的照片，十年前左右拍的。她說她可以從我的眼睛裡看到她的影子，那股沉重與神秘感。我媽媽笑得很牽強，露出犬齒會害她抓狂。

「當你講到她的時候，」她對我說道，「你真的露出了微笑。」我母親是深色頭髮，跟我的一樣，她一頭筆直長髮，我說我父親也是。我自己的捲髮是個謎，我猜應該是什麼隱性基因的結果吧。我一直沒見過祖父母與外公外婆，不知道他們是否有捲髮。

我不能回家有許多理由，而我絕對不能說出口的原因就是警察想要把我抓去坐牢。二十三歲那年，我第一次犯法，八年前的事了。我一直努力要走正道，拚命想要循規蹈矩，但生活就是不如人願，我搶了某間加油站，把所有錢都給我媽買處方箋藥品。幾個月之後，我為了支付醫藥費，再次下手。我知道自己賣毒可以賺多少，做了一陣子之後，被某個臥底抓到，坐了幾個月的牢。自此之後，我再次想要金盆洗手，不過，自從我媽媽收到了搬遷通知，我只能鋌而走險。

我不知道自己怎麼如此走運，不明白為什麼我可以躲這麼久，完全沒被警察抓到。我心中不免多少期盼自己會落網，那麼我就不用過這樣的生活，一直在逃亡，以各種假名四處躲藏。

她開口，「所以……」我們到了外頭，在廣袤森林中散步。現在是氣候比較溫和的十一月，氣溫在攝氏九度左右，她穿我的外套，整個人縮在裡面，雙手深埋口袋裡，兜帽蓋住整個頭部。我不知道我們走了多久，但我已經看不到小木屋了。我們跳過塌落的圓木，我為她撥開某棵常綠樹木的枝葉，讓她不需與十八公尺的香脂冷杉糾纏不休即可悄悄穿過。我們爬坡上行，差點掉落溪谷，我們沿路踢毬果，聆聽鳥囀，然後，我們斜靠在某棵北美鐵杉的樹幹，周邊有十多棵類似的樹木，兩人喘得上氣不接下氣。「所以你不是歐文。」

「不是。」

「你不是來自托雷多。」

「不是。」

但我沒有告訴她我是誰。

我說我爸爸曾經帶我來過這裡一次，到了明尼蘇達州，燧石小徑。我告訴她，他是這間小木屋的主人，根據眾人記憶所及，這一直是他們家的祖產。他在這裡與某位小姐幽會。「她到底看上他哪一點，我不知道，」我說道，「我知道沒有辦法長久。」我們多年沒有說話，我幾乎忘了他。某一天，他邀我參加這趟旅程，我們要租一台休旅車，從他位於印第安納州蓋瑞鎮的住家出發，然後開到明尼蘇達州，這是他在搬到威諾納為運輸部工作許久之前的事了。我不想要離開，但我媽媽說我得要去，她有種天真想法，以為我父親想要修補與我的關係，但她搞錯了。「那位小姐有個跟我年紀差不多大的難纏小孩，所以他打算籌劃一場重要的度假，好像我們以前本來就一起做過這種事一樣，那位女士，她的小孩和我。他想要討她歡心，他說要是我沒有出包的話，答應會送我一台腳踏車。從頭到尾我都緊閉嘴巴，卻從來沒看到腳踏車出現。」我告訴她，自此之後我就再也沒有和他說話。不過，我還是固定追蹤他的消息，誰知道會出什麼狀況。

她說她不知道我是怎麼學到在林地裡活動自如，我說那是我的第二天性。童子軍，對，這種知道哪裡是北、哪裡又是南方的本能。除此之外，還有我小時候經常在森林裡閒晃——在我小時候，只要能躲開吵架的父母，什麼都好。

我在樹林裡前行，她一路跟著我，她完全不顯累。

一個從小在城市裡長大的女孩，怎麼會對這些樹的名字一清二楚？她一一指給我看——香脂冷杉、雲杉，以及松樹——媽的像是在上生物課一樣。她知道橡子是橡樹的果實，還有從楓樹落下的那些愚蠢小直升機[4]。

我猜不需要是天才也懂那種事吧。我本來根本不在意——但後來我盯著她雙手拋出果實，然後又看著她的雙眸充滿敬畏望著它們旋飄落地，我也為之改觀了。

她不經意開始當起老師。她指出那些小直升機是翅果，還有鮮紅色的北美紅雀都是雄鳥。所有華麗的動物都是雄性，而雌性生物都單調無趣，這一點讓她很生氣，紅雀、鴨子、孔雀，以及獅子都是如此，我從來沒注意到有這種差異。想必她這一生當中遇到的男人每一個都是人渣，不然也不會這麼生氣。

---

[4] 楓樹翅果，因飄飛狀類似直升機而得名。

她說她一直無法具體形容她父親讓她產生的感受。她說反正我也不會懂，因為他從來沒打過她，不會害她半夜冷得要命，也從來不曾讓她在沒吃晚餐的狀況下就寢。

她有一個學生名叫羅曼，這個黑人小孩幾乎晚上都是在北方的遊民庇護所過夜。雖然沒有人逼迫他，但他自願選擇上學。他十八歲，正在為高中文憑努力，因為他不願屈就同等學力證書。他白天在學校拚命讀書，下午的時候清掃街道，晚上則在高架捷運底下行乞。她自願去遊民庇護所當義工，想了解那裡的狀況，她說，「我花了兩個小時，忙著取出已包裝三明治裡的發霉起司。」他們搶救三明治的其他部分，提供街友食用。

也許她不像我想像中的那麼趾高氣傲。

我懂什麼是不屑目光，目中無人的雙眼，我懂語氣中流露的那一抹鄙視。我知道當某人明明可以給你全世界，但卻連一丁點都不肯施捨給你的時候，那種背叛與破滅的感受。

也許我們兩人之間的分別並非天差地遠。

之前的蓋比

我查閱凱瑟琳・薩切爾的電話通聯紀錄，看來沒有可疑之處。她最後一次與兒子通話是九月底，登記者姓名是史提夫・摩斯的手機。其他的是行銷電話、討債公司、她從來沒有成行的約診提醒。

我打電話給蓋瑞鎮的那間療養院，服務人員詢問我是不是家屬，我說不是，他們不給我探視時間。我聽到背景有某個老男人在尖叫，我只能努力把薩切爾太太聽他大吼大叫的畫面拋諸腦後，她一定會覺得心煩意亂。我提醒自己，我不是她兒子，這不是我的責任。

不過，我放不下心中的那幅景象：我自己的母親身穿浴袍坐在某張塌陷床鋪的床尾，一臉空茫盯著髒兮兮的窗外，絕望孤單，值此同時還有個牙齒掉光的老頭在走廊大吼大叫。低薪護士對她置之不理，對她的唯一期盼是死期到來的那一天。

由於丹尼特法官持續施壓，每天晚間新聞都會播出米雅・丹尼特案子的新聞，但依然毫無線索。

我查了車輛管理局的資料，並沒有任何車輛登記在柯林・薩切爾或史提夫・摩斯，抑或是凱瑟琳・薩切爾的名下。我們已經竭盡所能找尋所有認識柯林・薩切爾的人，他沒什麼朋友，只有幾個多年不曾與他講過話的中學同學。他在芝加哥是有一個前女友，但我不是很確定她是不是只是他買春的對象。她對他完全沒好話，她是那種大家看不起的女人，完全沒有給我任何有利線索，只問我有沒有興趣打一次快砲，我不想。某些學校老師說這孩子命運多舛，還有的形容他是邊緣人。薩切爾太太的鄰居們只說他經常來探視母親，會把垃圾拿出門、割草，這孩子了不起。鄰居們並不知道屋內的狀況，但他們知道他開貨車。顏色？廠牌？型號？似乎沒有人知道，眾說紛紜，我就懶得問車牌了。

我的心思三不五時就會飄向那張大沼澤城明信片。我開始上網研究那座水港城，還訂了線上旅遊小冊，我查找芝加哥到大沼澤城的路線，盡量索取沿線的監視器畫面，但其實我根本也不知道自己要找什麼。

我現在卡關了，無計可施，只能等待下去。

以前的柯林

算我運氣好，當我聽到前門出現刮擦聲響的時候，那女孩還在睡覺。嚇死我了，我立刻從軟趴趴的沙發跳起來，這才驚覺我沒有槍。現在是黎明時分，朝陽才剛剛升起。我拉開窗簾凝望，什麼都沒看到，我心想，搞屁啊。我開了大門，發現那臭貓送了一隻死老鼠給我們。牠失蹤多日，看起來超淒慘，簡直就跟牠血淋淋腳邊那隻近乎斷頭的老鼠差不多。

我把貓抱入懷中，等一下再處理老鼠。現在，這隻臭貓成了我的人質，真是天意啊——如果我真的相信這種鬼話。櫥櫃裡已經沒有東西，完全沒有食物，如果我不盡快去商店，我們就要餓死了。

我沒有等到她醒來，自己溜進臥室，開口說道，「我要去鎮上一趟。」

她聽到我的聲音，起身，她因為睡意而困惑不已，搓揉眼睛。

她問道，「現在幾點？」但我沒理會她的問題。

「牠要跟我一起去。」貓咪發出叫聲，引發她的注意。她伸出雙手要抱貓，但我退後一步，這個小混蛋伸爪抓傷我的手臂。

「你是怎麼……」

「要是我們回來的時候，妳還在這裡，那我就免牠一死。」撂下這句話之後，我就離開了。

我急速駛向城鎮。在某個限速八十公里的地方，我的時速飆到了一百一十公里以上。我敢打賭這女孩不敢做出什麼傻事，但我一直無法抹去心中的那道陰影：當我回去的時候，小木屋已經聚滿了等著我的警察。

前往大沼澤城的途中，我經過了兩家運動用品店。我一直努力混淆耳目，應該是沒有進過同一間店兩次，現在我萬萬不希望有任何人認得我。

不過，此時此刻，我掛心的不只是食物而已。

我認識一個擅長做假證件、製造身分文件的人，技術好。我在五金店外頭找到了公共電話，從口袋裡掏出兩枚兩毛五的硬幣。我向上帝祈禱，現在不要犯錯。如果想要追蹤電話，其實根本不需要三分鐘或是他們在電視上所宣稱的那麼久，只要我撥打號碼，電話剛接通的那一秒，靠他媽的營運商就可以開始進行定位。只要丹恩報警，說出自己接到我的電話，那麼到了明天的時候，他們就會聚集在山姆五金店找尋我的下落。

現在就只剩下幾個選項。努力撐過剩下的冬日——然後呢？我們就完蛋了。要是我們可以活到春天，我們也無處可躲。

所以我把銅板丟進去，撥打電話號碼。

我回去的時候，她匆匆跑下佈滿白雪的階梯，把那隻臭貓從我手中搶過去。

她在對我大吼大叫，她才不會離開，還痛罵我居然以貓要脅。我問她，「靠，我怎麼知道？」

我從貨車後座拿出裝滿罐頭的紙袋，想必有十幾袋，每一個都堆得高高的，塞滿了十到十五個罐頭。我告訴自己，這是我最後一次前往城鎮。除非護照準備妥當，不然我們就得靠濃湯、焗豆，以及燉番茄撐下去。除此之外，就只能看我可以從冰凍湖裡釣出什麼了。

她用力抓住我的手臂，逼我看她。力道強猛，她再次說道，「我又不會離開……」

我閃開她，對她說道，「我絕對不冒險。」我上了階梯，把貓與她留在外頭。

她拚命說服我讓貓留在屋內，現在越來越冷，牠沒辦法熬過這整個冬天。

「想都別想。」

但她打死不退。「反正牠留下來。」然後就這樣了。

事態開始出現變化。

我告訴她，我小時候就開始跟我舅舅一起工作。我實在很不願意講這種事，但一直這麼靜默下去實在逼死人。

我在十四歲的時候開始為我舅舅工作。這個啤酒肚男人教我如何處理他的雜務，到了一天結束的時候，我可以全部完工，而他拿走薪酬的九成。

我們家族沒有人念大學，一個都沒有，也許有些遠房表親啊什麼的，但就我所知是沒有，每一個人都是藍領，幾乎都是在蓋瑞鎮的煉鋼廠工作。在我自小生長的這個環境當中，我身為白人男孩卻屬於少數民族，而且將近有百分之二十五的人口生活在貧窮線以下。

「我們之間的差別，」我告訴她，「就是我在一無所有的狀況下長大，也不奢求多得什麼，我知道我得不到。」

「但你一定夢想過成為某種人吧？」

「我的夢想是維持現狀，不要淪落到比現在更慘，但後來卻反而每況愈下。」

我舅舅路易斯教會我怎麼修理漏水的水龍頭，還有安裝熱水器。如何粉刷浴室，要怎麼從馬桶裡撈出牙刷。如何修整草坪邊緣，修好車庫的門，還有要如何在某人把自己的前妻或前夫趕出家門之後幫他們換鎖。路易斯開價是一小時二十美元，等到一天收工的時候，他會分給我約莫三十美元打發我回家。我知道自己一直被剝削，等到我十六歲的時候，我開始自己打零工，但狀況時好時壞，我需要穩定的財源，蓋瑞鎮的失業率很高。

她問我多久探望一次母親。一聽到這問題，我全身僵硬，不發一語。

她說道，「你很擔心她吧。」

「我待在這裡，完全沒有辦法幫她忙。」

然後，她突然想到了。

「那筆錢，」她說道，「五千美金——」

我嘆氣。我告訴她，其實那是要給我母親的錢。現在除非我逼她，否則她再也不肯服藥，她推說她忘了，但其實是她不想要面對副作用。我告訴她，我每個禮拜天會去她位於蓋瑞鎮的家，幫她把所有的藥裝入藥盒，幫她購買日常用品，打掃屋子。但她需要的不只是如此，她需要有人一直照料她，不是只有星期天而已。

她說道，「療養院……」我想把我母親安置在療養院，而且打算用那五千美金讓她入住。不過，當然現在這筆錢沒了，因為在某個衝動的瞬間，我選擇拯救那女孩，最後同時害慘了我媽和我自己。

不過，在我心底，我知道自己為什麼會這麼做，而且原因不是因為這女孩。要是我母親之後發現我就是抓住法官女兒的人，而且新聞一直播放在某處尋獲她的屍首，我母親一定會痛不欲生。那五千美金就再也不重要了，她一定會死，就算沒死，也是瀕死邊緣。

反正，在那女孩進入我的貨車之前，我就是沒有全盤想清楚。當鈔票符號退讓，現實感歸位的時候：那個女孩、在我旁邊發出的哭喊、達厄瑪爾的手下把她從貨車扯下去的畫面，之後坐三十年的牢，我母親會在我出獄前就死了，那樣做到底有什麼好處？

我開始在房內踱步，我好生氣，發怒的對象不是她，而是我自己。我追問自己，「什麼樣的人，只是因為媽媽生重病懶得再照顧下去，而把她放在療養院？」

這是我第一次任由自己卸下心防，我斜靠在松木牆面，以手心壓住徘徊不去的頭痛感。我望著她包容的眼眸，再次問道，「我說真的，什麼樣的人會因為自己不想要繼續照顧媽媽而把她放在療養院？」

「你能做的最多就只是這樣了。」

我回嗆她，「我還可以做得更多！」她站在大門前，望著雪花飄落。臭貓在她腳邊繞圈圈，哀求要出門。她不會讓牠出去的，今晚不行。

我告訴她，某幾次的星期天，我過去時發現她還活著，讓我嚇了一大跳。屋內到處都是垃圾，她沒吃東西，我留在冷凍庫的餐點原封不動。有時候大門沒鎖，有時候爐火沒有關。我請她跟我一起住，但她說不要。這是她的家，她不想要離開蓋瑞鎮，她一輩子都住在這裡，是她從小到大生長的地方。

「你還有辦法嗎？」

「那裡有鄰居，」我說道，「有位太太每個禮拜會去看她一次，收信，確保有足夠的食物，她自己都七十五歲了，但身體狀況卻比我媽媽好很多。但每個人都有自己的生活，我不能期盼他們幫我看顧一名成年女子。」我告訴她，那裡還有我的阿姨，瓦麗瑞，她住在附近的葛里菲斯。她偶爾會過來幫忙，我希望瓦麗瑞已經不知道靠什麼方法知道狀況了：鄰居在電視上看到我，打電話向她通風報信。我希望她知道我媽媽現在獨自一人，她會採取行動，各式各樣的舉動，收拾殘局。

我母親並不知道療養院的事，但她一直不想成為累贅，這是我能夠想出的最佳策略，某種折衷方案。

但我知道療養院是很糟糕的折衷方案，沒有人想住在那種地方，但已經沒有更好的選擇了。

我抓起自己放在椅子扶手的外套，我好氣我自己，我讓我媽媽失望了。我硬把鞋子套到腳上，憤恨地把手臂塞入外套裡面。我不看她，幾乎是以奔跑姿態衝到門前。

她說道，「外面在下雪……」她動作不快，把手放在我的臂膀，想要阻止我，但是被我狠狠甩開。「像今天這樣的夜晚，不該有人出門在外。」

「我不在乎。」我推開她，打開大門，她趕緊把貓咪舉高入懷，以免牠逃跑。「靠，我需要一些新鮮空氣……」說完之後，我狠狠甩門。

之前的伊芙

在感恩節過後的那幾天，有名女子把自己的三週小寶寶送進微波爐加熱，還有另一個割斷了自己三歲小孩的喉嚨。不公平，當我自己的小孩被奪走的時候，為什麼會出現這些明明得到恩賜而擁有子女，卻不懂得感恩的女人？我當媽媽是有當得那麼糟糕嗎？

感恩節的天氣宛若春天：氣溫在攝氏十八度上下，陽光普照。星期五、星期六，還有星期天也一樣。但當我們吃著剩下的馬鈴薯泥與火雞填料的時候，典型的芝加哥之冬已經蓄勢待發。氣象預報員警告大家，暴風雪近日節節逼近，將在禮拜四晚上抵達。雜貨店的瓶裝水全都賣光了，因為大家都準備要躲在家裡。我心想，天哪，這是冬天，每年都一定會報到的季節，又不是原子彈爆炸。

我趁著溫暖天氣裝飾家裡。當然，我不是懷抱那種雀躍的過節心情，但我還是開始佈置——躲避無聊情緒，還有盈滿心中的可怕想法。我要讓家中活力四溢，倒不是為了詹姆斯或是我特別在意，只是以防萬一，誰知道米雅是否會回來過聖誕節，享受氣氛，聖誕樹、燈飾，還有她小時候的老舊襪子，上面的刺繡天使的頭髮已經開始脫落了。

有人敲門。一如往常，我嚇到了，心中飄過一縷思緒：米雅嗎？

我正在與白色小燈燈串糾纏，把它們放入插座測試，努力拆解那些纏了十二個月之久的結。

明明放在閣樓塑膠箱裡面，為什麼能夠糾結成一團，我一直不是很確定，然而，年復一年，它們就像兇殘的芝加哥之冬一樣，固定上演相同劇碼。

凱爾特的聖誕節音樂從音響裡流瀉而出：〈鐘聲頌歌〉。現在已經快要早上十點鐘，我還依然穿著睡衣，整套的真絲條紋裝——直扣式襯衫與條紋長褲，所以我覺得睡衣應該還在可接受範圍之內，但其實我的咖啡早就已經涼了，漂浮的牛奶也出現了酸味。家裡一團亂：四處散落紅色與綠色的塑膠儲藏盒，移開的盒蓋被亂丟在不該放置的位置。此外，還有人工聖誕樹的枝條，打從詹姆斯快要拿到法學院學位，我們還在埃文斯頓租公寓開始，我們每年都會把它們組裝完成，現在它們在客廳裡疊成了一堆堆的小山。我在找尋我們多年儲存的裝飾品，從新生兒聖誕節裝飾品到女兒們在三年級做的珠鍊拐杖糖。不過，這些是很少有機會登上聖誕樹的飾品，總是被迫留在盒內沾染灰塵。我一直堅持要在佳節派對的時候，擺出讓其他人讚嘆不已的豪華聖誕樹。我討厭其他人家中充斥的低俗小玩意兒，堆放多年的雪人與廉價擺飾品。

不過，今年我立下誓願，第一個掛上的將是女兒們的手作裝飾品。

我從地板上站起來，先不管那些燈了。我可以看到霍夫曼警探正透過斜面玻璃朝裡面張望。我開了門，迎面而來的是自行闖入的冷風。

他自己直接進入我家。「早安，丹尼特太太。」

「早安，警探。」我伸手搔抓沒梳理的頭髮。

他瞄了一下屋子。「看得出來，妳正忙著裝飾……」

「努力中，」我回道，「不過全都纏在一起了。」

「嗯，」他開口，脫掉了薄外套，把它放在他鞋邊的地板上面。「我是解開聖誕燈串的專家，介意讓我處理嗎？」我大手一揮，請他幫忙，慶幸有人能夠在這裡解決最後的麻煩任務。

我為警探送上咖啡，知道他一定會欣然接受，因為每次都如此，還有，我確定他會加糖與奶精，而且分量驚人。我洗乾淨自己的咖啡杯，重新倒滿，兩手各拿一杯馬克杯，回到了客廳。他跪在地上，小心翼翼以指尖撬開那串燈泡。我把他的咖啡放在邊桌的某個杯墊上面，坐在地上幫忙。他來討論有關米雅的事，詢問我明尼蘇達州的某座城鎮：我或是米雅有沒有去過？我說沒有。

我問道，「為什麼問這個？」他聳肩以對。

「只是好奇罷了。」他說他看到那座城鎮的某些照片，看起來很美，距離加拿大邊境六十四公里的某座水港城。

我問道，「是不是與米雅有關？」雖然他拚命想要閃避，但卻發現無能為力。我堅持追問，「是怎樣？」

「純粹只是我的直覺，」然後，他老實承認，「我什麼都不知道，但正在調查中，」當我流露祈求目光、迫不及待想要知道更多消息的時候，他向我保證，「有進展一定會讓妳第一個知道。」

「好……」我遲疑了一會兒之後，終於讓步，我知道在乎我女兒的程度幾乎與我不相上下的人，也就只有蓋比·霍夫曼警探而已。

蓋比．霍夫曼無預警出現在我家，已經將近有兩個月之久。他只要一出現衝動，隨時都會過來報到：火速問一個有關米雅的問題，他半夜突然想到的某個念頭。他不喜歡我叫他警探，就像是我不喜歡聽到他喊我丹尼特太太一樣，這幾個禮拜以來，我們討論了米雅私生活的諸多細節，我們互喊對方名字理應成了常態，但我們還是保持客套的形式。他是閒聊與兜圈子的大師。詹姆斯還是懷疑這男人是個蠢蛋，但我覺得他個性很體貼。

他暫時放下手邊工作，伸手拿咖啡杯，喝了一小口。「據說會下大雪……」他轉換話題，但我依然若有所思，心心念念的是那座水港城：大沼澤城。

「三十公分，」我附和他，「也許不止。」

「要是聖誕節有雪就好了。」

「是啊，」我說道，「但從來沒有發生。也許這是好事。想想我們在聖誕時節得四處奔波做這麼多事，也許沒下雪也好。」

「我想妳一定在聖誕節到來之前就早已買好了一切。」

「你這麼覺得啊？」聽到這種假設，讓我有點驚訝，我繼續說下去，「我需要採購送禮的對象不多，只有詹姆斯與葛瑞絲……」我遲疑了一會兒。「……還有米雅。」

他愣住了，一提到米雅，我們之間出現了短暫的沉默。有時候會令人尷尬，然而在過去這幾個月之間，只要一提到她的名字，這種狀況就幾乎上演了快百萬次之多。過了一會兒之後，警探開口，「妳看起來不像是會有拖延症的人。」

我哈哈大笑。「我時間太多了，根本不可能會出現拖延。」這是實情。在詹姆斯一整天忙著工作的狀況下，我除了逛街購買節日禮品之外，還有什麼事得要處理？

後來，他稍微挺直身體，一臉不自在。「妳一直是家庭主婦嗎？」我忍不住納悶，怎麼會從聖誕節裝飾與天氣轉移到這個話題？我痛恨家庭主婦這個詞彙，強烈的一九五〇年代風格，而且又過時。現在還隱含了五十多年前未必會出現的某種貶義。

「你指的家庭主婦是？」我繼續說道，「好，我們有請人打掃。而且我有時候會煮菜，但詹姆斯經常晚歸，到頭來我就是一個人用餐。所以我覺得其實不能說是我操持家務。如果你的意思是我一直沒有工作——」

「我沒有冒犯之意。」他面色尷尬，打斷我繼續說下去，然後坐在我旁邊的地板上，摳開燈條。他大有斬獲，表現比我好多了。他面前有一串燈幾乎已經完全解開，而且當他彎身放入插座測試的時候，居然都亮了，讓我好驚訝。

「太好了。」然後，我撒謊回應，「我並沒有覺得被冒犯。」我拍了拍他的手，這是我以前從來沒有出現的舉動，伸手跨越了我們相距一公尺的身體空間之中。

我說道，「我在室內設計圈工作過一陣子。」

他環顧整間屋子，沉澱所有細節。我們家的確是由我自己打點一切，身為一個不合格的母親，這是我引以為傲的少數成就之一，讓我產生了成就感，那是我很久不曾體會的感覺，那是在女兒們出生，我的生活等同於換濕尿布與擦拭被亂扔在硬木地板上面的馬鈴薯泥之前的事了。

霍夫曼警探問道，「妳不喜歡嗎？」

「哦，不是這樣，我很喜歡那工作。」

「怎麼了？希望妳別介意我多事探問……」我心想，他笑起來很帥，可愛，帶有稚氣。

「警探，後來有小孩了啊，」我語氣故作輕鬆。「她們改變了一切。」

「妳一直想要小孩？」

「是吧。我還是孩子的時候就在幻想自己生小孩——每個女人都會動這種念頭。」

「母性是一種志業，大家都這麼說的是吧？女人的天性？」

「如果說當初我發現自己懷葛瑞絲的時候，沒有欣喜若狂，那就是在撒謊。我喜歡懷孕的過程，感受她在我體內的胎動。」他臉紅了，突然聽到對方自曝心事覺得好尷尬。

「她出生的那一刻，成了讓我大夢初醒的警鐘。我一直幻想輕輕哄搖自己的寶寶入睡，以我自己的聲音撫慰她。不過，我面對的卻是失眠的夜晚，缺乏睡眠的胡言亂語，完全無法靠任何方式緩解的激烈哭喊。我必須為餵食奮戰，還得應付她鬧脾氣，我已經多年根本沒時間銼磨指甲或是化妝。詹姆斯加班到很晚，回家的時候，反正就不是很想管葛瑞絲的事——養育小孩，他撇得一乾二淨。那是我的工作——日日夜夜，精疲力竭，吃力又不討好，每天晚上他似乎總是很困惑，為什麼我沒有時間去拿他的乾洗衣物或是摺一堆衣服。」

一片沉默。這一次，令人不安的沉默。我說得太多、太直率了。我站起來，開始把聖誕樹樹枝插入中央支桿的對應位置。對於我這一番坦白話，警探努力裝作沒事，他把整理好的燈條以平行狀排好。完成聖誕樹裝飾還得花一番功夫，所以他問我是否需要幫忙，我說好啊。

聖誕樹進度將近完成一半的時候，他對我說道，「但妳後來有了米雅，想必是在這段過程的某個時點，領悟了當母親的訣竅。」

我知道他是好意，這是一種稱讚，但我這才驚覺他誤解了我剛才的那段真心話，他不覺得母職是困難任務，而是我當時還不知道該如何當個好媽媽。

「我們為了要懷第一胎，努力了多年，我們差點就放棄了。之後，嗯，我想我們都太天真，以為葛瑞絲是我們的奇蹟寶寶，當然是不會再有第二胎。所以我們不是很注意，才會有了米雅。然後，某一天，就這麼發生了——晨吐、疲憊。我馬上知道我懷孕了，過了好幾天之後，我才告訴詹姆斯，我不確定他會作何反應。」

「他作何反應？」

我拿起警探手中的另一截塑膠樹枝，塞入樹中。「我想是否認吧，他覺得我弄錯了，誤判了那些症狀。」

「他不想要再生一個小孩嗎？」

我老實招認，「我覺得他連第一個都不想要了。」

蓋比．霍夫曼站在我面前，我猜他身上那件駝色外套一定花了他一大筆錢。他內搭毛衣，裡面是正式襯衫，我不懂他怎麼不會流汗。我說道，「你今天的打扮非常正式……」站在聖誕樹前的我穿的是真絲睡衣，我可以嚐到舌面的早晨口臭味。就在那一刻，陽光從客廳窗戶傾瀉而入，讓我的視線變得模糊，他看起來時髦又優雅。

「要進法院，今天下午。」他好不容易擠出這幾個字，然後我們默默盯著彼此。

我對警探說道，「我愛我的女兒……」

「我知道妳愛她，」他回我，「那妳先生呢？他也愛她嗎？」

這種無禮的態度讓我崩潰了。不過，也不知怎麼回事，本來應該是觸怒我，讓我掉頭走人的這段話，反而讓我與他更加親近。這個直接了當、講話不拐彎抹角的蓋比・霍夫曼，讓我覺得充滿了魅力。

他緊盯著我，我目光低垂望向地面，說出老實話，「詹姆斯愛的是詹姆斯……」另一頭的牆面掛了一個相框：詹姆斯與我在大喜之日的照片。我們在芝加哥的某座老教堂成婚，奢華花費由詹姆斯的父母買單，不過，根據傳統，這應該由我父親支付才是。丹尼特家族不肯，並不是因為他們努力要擺出友善姿態，而是他們認為要是不這麼處理的話，詹姆斯與我的婚禮就會俗不可耐，在他們的富裕朋友面前丟人現眼。

「我小時候想像的生活，真的不是這樣，」我乾脆讓聖誕樹樹枝全部落地。「我是在騙誰？我們今年不會過聖誕節。詹姆斯會堅持自己得工作，但我確定他忙的不是工作，而葛瑞絲要與最近開始約會的男人的父母一起過節，雖然我們根本還沒見過面。聖誕節那一天，詹姆斯和我會一起用餐，就像一年之中的其他日子一樣，平凡至極。我們會默默坐在那裡，形同嚼蠟一般吃完，然後才能各自窩在不同的房間度過長夜。我會打電話給我的父母，但詹姆斯會因為國際長途電話的費用、催促我趕快掛電話。反正，不重要了，」我做出結論，「他們只想要知道米雅的狀況，讓我想起了自己每一天醒著的每一刻……」我想要恢復正常呼吸，我舉起手：夠了。我搖頭，背對那個眼眸對我充滿憐憫的男子，我好羞愧，沒辦法繼續，我講不下去了。

我發現自己心跳飛快，皮膚濕黏，雙臂開始冒汗，我沒辦法呼吸，有一種需要尖叫的衝動。這是不是恐慌症發作？

不過，當霍夫曼抱住我的時候，那種感覺消失得無影無蹤。他的手臂從後面環著我，我的心跳變慢，成了穩定緩速。他的下巴抵住我的頭頂，我的呼吸恢復正常，肺部盈滿氧氣。

他沒有說一切都會沒事，因為未必如此。

他沒有保證一定會找到米雅，也許他沒辦法。

不過，他抱我抱得好緊，在那一瞬間，所有的情緒都無法近身，悲傷與恐懼、悔恨與厭惡。他把它們禁錮在他的手臂之中，在那麼一時半刻，我不需要當那個承載一切情緒重量的人，就在那一瞬間，那成了他的負擔。

我轉身，把臉埋在他的胸膛。他的雙臂陷入遲疑，然後摟住我真絲睡褲的褲腰，我聞到他的刮鬍膏氣味。

我發現自己踮起腳尖，抬高手臂，把他的臉拉到我的面前。

「丹尼特太太……」他溫柔抗議。我告訴自己，他只是嘴上說說而已，我把嘴貼住了他的雙唇，全新刺激又充滿了渴望，所有的感覺一次到位。

他單手緊緊抓住我的睡褲，把我拉到他懷中。我伸臂扣住他的脖子，十指撫弄他的髮絲，我嚐到了他的咖啡氣味。

有那麼短暫一瞬間，他回吻了，就那麼一下而已。

「丹尼特太太……」他再次低聲呼喊，以雙手將我的腰輕輕往後推、遠離他的身體。

「拜託，叫我伊芙……」他往後退，以手背抹嘴，我雙手拉住他的外套衣襬，努力試了最後一次，依然失敗。

但他就是不肯依我。

「丹尼特太太，我不能這樣。」

一片沉靜，無休無盡。

我一臉茫然望著地面，低聲嘆道，「我做了什麼？」

這不是我會做的事，我以前從來不曾這樣，我是保守貞潔的那一個，這……這種態度是詹姆斯的專長。

我生命中曾經有過這樣的一段時光，男人的目光對我緊追不捨，男人們覺得我很美。當我挽著詹姆斯．丹尼特的手臂、穿過某個空間的時候，所有的男人與他們嫉妒的妻子都會轉頭盯著不放。

我發覺警探的手臂依然環抱著我，那種令人安心與充滿同情的感覺，還有他肉體的熱氣。不過，他現在距離我有三十公分之遠，而且我發現自己一直盯著地面。

他把手伸到我的下巴，抬起我的臉龐，強迫我看著他。「丹尼特太太……」然後，他又盯著我，他知道我在迴避他的目光，我沒辦法看他，我覺得太丟臉了，沒辦法盯著他眼眸中的心緒。「伊芙，」我望向他，沒有憤怒，沒有斥責，「我樂意之至。只是……在這種狀況下……」

我點頭，我知道。「你有高貴情操，」我說道，「不然就是說謊高手。」

他伸手撫摸我頭頂。我閉上雙眼，讓他撫觸，我依偎在他懷裡，任由他的雙臂抱住我，他把我摟得好緊，雙唇貼住我的頭頂，親吻我的髮絲，然後撫摸我的一頭長髮。

「沒有人逼我一個禮拜來找妳兩三次，這是我心甘情願。因為我想要見妳，我大可以打電話就好，但我來就是為了要見妳。」

我們就這麼站了約一分鐘之久，然後，他說他得要前往市區的法院。我送他到門口，望著他離開，我站在冰冷的玻璃前面，凝望樹林街道，直到他的車子完全消失為止。

之前的柯林

它被稱之為「亞伯特飛剪」。它是來自太平洋的暖空氣碰撞英屬哥倫比亞時產生的快速低氣壓區，它會轉化為一種名叫「契努克」的風，宛若颶風的強風，將極地低溫向南吹送。我根本不知道兩天前出現過，後來小木屋裡氣溫直落，實在太冷了，我們決定要在貨車裡開暖氣，待個幾分鐘，我們需要暖和身子。我們拚命在刺骨寒風中前進，前往貨車停車處，她跟在我後面，以我的身體阻擋風勢。進入車內，我找到了某個廣播電台，氣象播報員講到了「亞伯特飛剪」，我這才知道它來了，剛進入這個區域，它忙著朝我們潑雪吹風，那種寒冷的程度我只能說根本令人受不了。從早上開始，氣溫一定降了攝氏十度左右。

我本來覺得應該是沒辦法發動貨車引擎，我罵了好幾聲髒話，她趕緊補上多次「萬福瑪利亞」。不過，到了最後，真的成功了。過了一會兒之後，通風口才冒出暖氣，我們把它開到最大，靜靜坐在那裡。我覺得她一直在發抖，從來沒有停過。

她問道，「你開這台貨車開多久了？」她說這台貨車的年紀一定比她某些學生還老，前方喇叭壞了，塑膠座椅裂爛。

我回她，「撐得有夠久了……」氣象播報員暫時休息，開始放廣告。我開始轉廣播電台的旋鈕，從鄉村音樂跳到貝多芬的〈給愛麗絲〉，靠別鬧了。我又試了一次，找到某個經典搖滾電台。我不再轉動旋鈕，調降聲量。外頭狂風尖嘯，害貨車不斷搖晃，想必風速高達九十公里。

我一直在咳嗽流鼻水。她說這都是因為我前幾天晚上冒冷外出亂晃，不過，我告訴她，不可能因為待在寒冷環境中而感冒。然後，我轉頭咳嗽，我雙眼疲憊，整個人累得半死。

我們望著窗外，樹木來回傾斜，附近某棵橡樹的樹枝突然斷裂，擊中了貨車，她嚇了一大跳，盯著我。我開口告訴她，「沒事，」很快就會結束了。

她問我的計畫是什麼，打算讓我們在小木屋裡躲多久？我說我不知道，「我得要想清楚某些事，」我說道，「釐清之後才能離開。」

這些日子我一直在思考的就是這些：我們什麼時候要離開，又得去哪裡。氣溫陡降，顯然我們再也不能待在這裡。我已經叫丹恩處理假護照，但他說需要時間，我在山姆五金行外頭的公用電話問他，要多久？我要確認他知道我們時間不多。他回我，兩個禮拜後打給我吧，我看看能怎麼幫忙。

所以，目前我們就一直等待，但我沒有告訴她這件事。現在，就讓她以為我毫無頭緒吧。

電台冒出「披頭四」的音樂，她說這樂團讓她想起了媽媽，「在葛瑞絲和我的童年時代，她經常聽他們的歌，」她說道，「她喜歡這種音樂，但更重要的是，這是與她英國傳統的某種連結。她珍愛英國的一切——茶、莎士比亞，還有披頭四。」

我問道，「妳怎麼之前都沒提過妳媽？」

她說她一定有講，「不過，很可能是不經意提到而已，我媽的行事風格就是這樣，」她繼續說道，「永遠不會在聚光燈之下，從來不多話。她安靜，順從，個性乖巧。」

我的雙手一直停留在出風口前面，想要盡量吸收熱氣。我問道，「妳出了事，她會怎麼想？」

我可以聞到我們的香皂附著在她皮膚的氣息，跟我的完全不一樣。某種幽微的香氣，宛若蘋果一樣。

「我不知道，」她回我，「我還沒想到這件事。」

「但她知道妳不見了。」

「也許吧。」

「想必她很擔心。」

她回我，「我不知道……」

「為什麼這麼說？」

她思索了一會兒，「去年，她有打過電話給我，也許一兩次吧。不過，我後來沒有回電話，她也不想煩我，之後就沒聯絡了。」

不過，她說她其實一直在猜疑，心底多次浮現這個念頭。當她的生日已經過了之後，當她缺席感恩節晚餐，大家會怎麼想？如果他們發現她失蹤的話，她不知道他們是否會去找尋她的下落。「我在想警方會介入嗎？或者只是大家隨口八卦？我會不會丟了工作，他們找了別的老師替代我？我會不會因為沒繳房租而被房東收回房子？」

我告訴她，我不知道，也許吧，但重要嗎？又不是說她可以回家，就這麼重返工作崗位，回到那間公寓。「不過，妳的媽媽，」我說道，「她愛妳。」

「當然，」她說道，「她是我媽媽。」然後，她對我講出她媽媽的事。

「我媽媽是獨生女，」她說道，「自小在格羅斯特郡長大，在那個悠閒小村落之中，有老舊的石屋，陡斜屋頂的那一種，住家有數百年歷史。那是我外公外婆的家鄉。他們的住所沒有什麼特別之處，老舊農舍，裡面亂得要命，總是害我抓狂。我外婆有囤物癖，而我外公是那種活到一百零二歲都還在喝啤酒的人。他渾身都是酒氣，可愛的那一種——他的吻是那種永遠散發啤酒氣味的濕吻。他們就是一般人的外公外婆——她烘焙的蛋糕世界無敵，他有講不完的神奇戰爭故事。我的外婆會寫信給我，以筆記本紙頁寫下的長信，裡面有絕美的字跡，流暢的草寫字體在頁面飛舞，在夏天的時候，她會夾入我一直好喜歡的爬藤繡球花的壓花，這種美麗的藤蔓會沿著石牆往上爬，現在覆滿了她家的屋頂。」

她還告訴我，她母親在她小時候會唱〈藍色薰衣草〉給她聽。我告訴她，我從來沒聽過這首歌。

她還記得自己與姊姊成長的情景，玩捉迷藏。當她姊姊閉上眼睛、數到二十的時候，她躲入自己的衣櫃，戴了耳機，「我躲在衣櫃裡，」她告訴我，「塞滿床被的小衣櫃，我就是在那裡等她找到我。」她說她在那裡坐了一個多小時，那時候的她四歲。

最後，找到她的人是她媽媽，當她媽媽終於發現米雅失蹤的時候，把整個家都翻遍了。她還記得衣櫃門打開時的咿呀聲響，然後，她在地上已經進入半睡狀態。她還記得她母親的雙眼，充滿了歉意，還有她母親在地上抱著她的姿態，不斷重複「米雅，妳是我的乖女孩……」讓她忍不住心想媽媽到底有什麼沒說出口。她還記得她姊姊幾乎沒有受到什麼斥責，「她必須要道歉，」她告訴我，「她的確這麼做了，但態度近乎傲慢。」她記得自己雖然當時才不過四歲，但也開始思索當乖女孩有什麼好處，不過，她還是努力要成為乖女孩。

她還說，當她姊姊去上學或外出玩耍，她爸爸不在家，而她成了唯一在家的人的時候，她會與她媽媽一起喝下午茶，「那是我們的秘密，」她說道，「她會為我加熱蘋果汁，然後拿出她為這種場合私藏的茶葉、為她自己泡一杯茶。我們會分享她切成長條狀的花生醬與果凍三明治。我們會翹著小指喝飲品，還會互稱對方親愛的和寶貝，她還會告訴我這個神奇英國生活的一切，彷佛公主們與王子們自在閒晃，走過了每一條的石板路。」

不過，她說她父親痛恨那裡。他逼迫她母親必須要同化，硬是要她成為美國人，要拋卻自己的文化感。她告訴我，這是帝國主義：建立在支配與隸屬的某種關係。

當她提到她父親名字的時候，她露出苦笑，我想她並不是故意的，應該不知道自己做出什麼舉動，但她一清二楚。我覺得，唯一看不出帝國主義成分的就是她父母的關係。

外面天色昏暗，是那種無月的一片漆黑。貨車的內燈讓我們還可以看得見，但只有她皮膚的輪廓，還有她眼眸裡的映光。她說道，「她是在比我現在更年輕的時候來到了美國，原本的英國文化幾乎都已經沒了。我父親不准她繼續使用英式字彙，逼她要講美式字彙。我不知道是什麼時候發生了變化，她講的薯條從chips變成了French fries，生氣時冒出的該死bloody也不見了，不過，一定是在我成長過程中的哪個時點消失了。」

我問有誰會找她？一定有人發現她不見了吧。

「我不知道，」但她覺得是有，「我的同事們很擔心，學生們感到困惑。但我的家人呢？老實說我不知道。那你呢？」她問道，「有誰會找你？」

我聳肩，「我人間蒸發，根本不會有人鳥我。」

她說道，「你媽媽啊……」

我轉頭看她，我不說話。我們都不確定這是否算是問句。我只知道每次她看我的時候，我感覺到自己的內心起了變化。那種穿透人的目光已經沒了，現在，當她講話的時候，她凝望著我，再也看不見怒火與憎恨。

我伸出在風口烤熱的手，撫摸她的臉頰。幫她把一綹髮絲塞在耳後，我發覺她的臉頰貼住我的手，而且還留戀了片刻，她並沒有反對的意思。

然後，我開口對她說道，「我們應該要進去，我們在這裡待得越久，等一下就會越難熬。」

她沒有立刻移動，態度遲疑。我覺得她打算講些什麼，似乎是想要說出口，彷彿舌尖有什麼東西。

然後，她提到了達厄瑪爾。

「達厄瑪爾的什麼？」我問她，但是她並沒有回答我，整個人安靜下來，若有所思。比方說她怎麼最後會來到這裡，至少，我覺得她是這麼想吧，有錢法官的女兒怎麼會淪落到與我窩藏在這種破爛小木屋裡面？

「沒事……」她轉念不想多說。

我當然可以逼她說出來，但我沒有。

我現在萬萬不想提到的人就是達厄瑪爾。

我反而說出的是這句話，「我們進去吧。」

她緩緩點頭，開口說道，「好，那就進去吧。」然後，我們頂著強風、推開車門，沿著原來的足印回到了又冷又黑的小木屋裡面，聆聽鬼哭神嚎的風聲。

之後的蓋比

我不斷翻閱那本素描簿，拚命想要找出線索：那隻該死的貓。我自己對貓是深惡痛絕，一身靈活身手把我嚇得半死。牠們喜歡爽躺在我腿上，絕對是因為知道這樣會激怒我。牠們會掉毛，而且還會發出那種古怪的呼嚕嚕聲響。

我老闆對我緊迫盯人，叫我趕快結案。他一直提醒我，丹尼特的女兒都回家好幾個禮拜了，而到底是誰對她做出這種事，我依然沒有任何進展。我的癥結點很簡單：米雅是唯一能夠幫助我的人，而米雅連她自己的名字幾乎都記不得，遑論過去這幾個月的生活細節，我必須想辦法觸發她的記憶。

所以，我意外找到了這張貓咪的畫像。我媽媽說我爸爸總是與她送給他的那隻雪納瑞形影不離，我自己是連養隻鸚鵡都會遭牠拋棄，但我看鄰居老是抱著她的貴賓狗親個不停。大家和寵物的關係都很有趣，我自己不是，最後一次養的寵物的命運是被沖入馬桶裡。

所以，我打電話給明尼蘇達州的某人，請他幫我忙。我把那張畫傳真給他，跟他說我們在找一隻灰白色的虎斑貓，可能是二點五公斤左右。他會從大沼澤城派州警過去小木屋那裡一探究竟。

沒有貓，但是雪地裡有動物足印。在我的建議之下——這也不是什麼多難的智慧吧——他留了一碗食物，還有一點水，八成過了一晚之後就會結冰了吧，聊勝於無。我請他在早上的時候再回去查看一下，確定貓咪是否有進食。遇到這種時節，也沒什麼好狩獵的食物，這臭東西一定冷死了。我朋友開口對我暗示，找尋野貓不是他們的專屬業務。

「那不然是什麼？」我問道，「逮捕那些釣鱒魚超過每日上限的釣客？」我提醒他，這是上了全國新聞的綁架案。

「好啦，知道啦，」他對我說道，「早上的時候再向你回報。」

之前的柯林

我告訴她，我的中名是麥可，是依照我爸爸的的名字而命名。她還是不知道我的真名，當她要叫我的時候都喊歐文，通常我不會喊她任何名字，沒有這個必要。某次我洗完澡、從浴室出來的時候，她看到我背部下方附近有一塊傷疤，她問了我是怎麼回事。我告訴她，那是我小時候被狗咬留下的痕跡。不過，至於我肩上的疤，我就不想講了。我告訴她，我的身體一共有過三處骨折：小時候出車禍鎖骨骨折、玩橄欖球的時候手腕骨折，還有某次打架的時候鼻子骨折。

我在思索的時候一直在撫摸臉上的汗毛；生氣的時候踱步，反正就是讓自己忙個不停，不管做什麼都好。我沒辦法枯坐超過五分鐘，除非有特定目的：添柴火、吃晚餐、睡覺。

我告訴她這一切是怎麼開始的。某個男人說給我五千美金，叫我找到她、把她帶到下瓦克大道，那時候我對她一無所知，只看了一張照片，後來跟蹤她好幾天之久。我不喜歡做這種事，一直到當晚才知道計畫內容，到了那時候他們才打電話通知我該做什麼。這就是行事之道，因為我知道的越少就越好。這次跟其他任務不一樣，但酬勞豐厚，我從來沒拿過這種數目。我告訴她，我第一次只是為了還高利貸，「不然我就會被扁了。」之後是幾百美金，有時候是一千美金。我說達厄瑪爾的角色只是中間人，其他人都躲在煙幕彈後面，我說道，「我根本不知道出錢的人是誰。」

她問道，「會讓你覺得困擾嗎？」

我聳肩，「反正就是這樣。」

我對她做出這種事，她可以恨我；我把她帶來這裡，她可以恨我。但她之後會發現我的舉動很可能救了她一命。

我的第一次任務是要找到某個名叫湯瑪斯．福格森的人，得要想辦法叫他吐出一大筆欠款。他是個古怪的有錢人，在九〇年代發了大財的某個科技天才。他性好賭博，弄了一筆逆向抵押貸款，幾乎賭得傾家蕩產，接下來動用的是小孩的大學學費基金，然後，他又開始把手伸向他妻子娘家親戚準備在身後留給他妻子與他的基金。當他妻子發現的時候，她威脅要離開他。他想辦法弄到了更多的錢，跑到喬利埃特的賭場要一次翻本。諷刺的是，湯瑪斯．福格森果真在那間賭場發了一點小財，但他並沒有償還債務。

找到湯瑪斯．福格森太容易了。

我還記得我在芝加哥斯托利特爾區、走上那棟豪宅樓梯的時候，雙手顫抖不止，我只是不想要惹麻煩而已。我按了電鈴，某個十多歲的女孩透過門縫向外偷瞄，我用力推開門，當時是晚上八點多，某個秋夜，我記得很冷。屋內燈光昏暗，那女孩開始尖叫，她媽媽衝過來，當我亮槍的時候，她們立刻躲在某張老舊的書桌下當掩護。我告訴那女人叫她先生過來，過了足足五分鐘之後，那懦夫才終於露臉，之前他一直躲在樓上。事前的預防措施我早就都處理好了：切斷電話線，堵住後門，他無處可逃。不過，湯瑪斯．福格森拖得太久，讓我有足夠時間綁住他的妻女，然後，等到他總算出現的時候，看到我站在那裡拿槍對著他太太的頭。他說他沒錢，名下沒有一毛錢，但當然不是真的，停放在外頭的那台全新凱迪拉克，是他剛剛買給他老婆的禮物。

我告訴她，我從來沒有殺過人，那一次沒有，從來沒有。

我們開始閒聊，打發時間。

我說她睡覺的時候會打呼，她回我，「我怎麼會知道，我根本不記得上次有人盯著我睡覺是什麼時候的事了。」

我總是穿著鞋，雖然我們知道無處可去；雖然氣溫已經陡降到零下，但我們知道我們絕對不會離開火堆半步。

我讓所有的水龍頭都保持在滴水狀態，我告訴她千萬不能關。要是水結凍的話，管線就會爆裂。她問我，我們之後會不會凍死，我說不會，但其實我沒那麼篤定。

等到我無聊到爆的時候，我問她可否教我畫畫。我把畫好的每一頁都撕下來，因為全跟鬼畫符一樣，我把它們都扔進火裡。我想要畫她，她教我雙眼要如何靠近中央部位，「眼睛通常與耳朵上緣平行，而鼻子則是與耳底高度一致。」

然後，她叫我要注視她，然後她以自己的雙手開始剖分自己的臉。她是個好老師。我想到了她學校裡的那些孩子，他們一定很喜歡她，我從來沒有喜歡過我的哪一個老師。

我又試了一次，等到我大功告成之後，她說她成了蛋頭先生的標準複製品。我把它從線圈筆記本撕下來，不過，正當我想要燒毀它的時候，她卻從我手中把它取走。

她說道，「誰知道你哪天可能會出名……」

後來，她把它藏在我找不到的地方。她知道要是被我拿到的話，它一定會變成餵養火焰的材料。

之後的伊芙

他整個週末都在窮追猛打，到處暗示她會變得多胖，還有那個正在她子宮裡逐漸茁壯的邪惡小孩，他完全不理會我請他住嘴的哀求。米雅還沒有接受自己體內有了生命的概念，但我聽到她在浴室裡的嘔聲，我知道晨吐已經出現了。我敲門，詢問她還好嗎，而詹姆斯卻把我一把推開，我趕緊抓住門框，以免摔倒，一臉驚慌盯著他。

「難道妳沒有事要做嗎？」他問道，「美甲？足部保養？還是什麼其他的事？」

我反對墮胎，對我來說，這就是殺人。那是在米雅體內的孩子，無論促成者是什麼樣的瘋子都一樣。那是一個有心跳、四肢在逐漸茁壯的孩子，小小的身軀，也就是我外孫的身體之中，有血液在流動。

詹姆斯不肯讓我與米雅獨處。整個週末幾乎都逼她待在臥室裡面，給她灌輸人工流產合法運動的各種文獻：包括了他從市區各診所拿的宣傳小冊、還有他從網路上列印的文章。他知道我對墮胎的態度。我們兩個的觀點都很保守，但現在我們女兒的子宮內有了一個非婚生小孩，他把所有的理性思維拋到一旁，重點只有一個：拿掉小孩。他答應要支付墮胎費用，他是這麼跟我說的，或者，至少是低聲嘀咕，彷彿在自言自語。他說他之所以要付錢，是因為他不希望帳單送到保險公司請領費用，他希望完全不會留下任何紀錄，宛若從來不曾發生過這件事。

星期天晚上，我對他說道，「詹姆斯，你不可以逼她做這種事……」米雅不舒服，詹姆斯為她送餅乾進入臥房，他這一生從來沒這麼關注過她。她沒有和我們一起吃晚餐，這絕非巧合，我很確定詹姆斯把她鎖在臥房裡，這樣一來她就沒有辦法受到我的影響。

「她自己想墮胎。」

「因為你告訴她必須如此。」

「伊芙，她是個孩子，對於怎麼會冒出這個小畜生完全沒有任何記憶。她病了——受的苦已經夠多了，沒辦法現在做出這樣的決定。」

「那我們就等吧，」我提出建議，「等到她準備好為止，我們有時間。」

我們的確有時間，我們可以等好幾個禮拜，甚至更久，但詹姆斯不作如是想，他希望現在就解決。

他對我兇巴巴，「伊芙，靠！」他把椅子往後一推，從餐桌前起身，離開了用餐室，連湯都沒喝完。

今天早上，我還沒喝完咖啡，他已經叫醒米雅、逼她起床。當他把她猛推下樓的時候，我正坐在餐桌前，她一身打扮完全不搭，我知道詹姆斯一定是從她衣櫃裡隨便扯下衣服，強迫她穿上。他從大門衣櫃拉下她的外套，叫她一定要穿好，我質問他，「你在做什麼？」

我趕緊衝到門廳，咖啡杯從桌緣滑落在硬木地板，摔裂成無數碎片。

「我們之前就討論過這件事，」他說道，「我們說好的，大家都同意了。」他惡狠狠盯著我，逼我同意。

他老早就打電話給他的法官朋友，請對方妻子瓦克赫魯寇夫醫生幫忙。我聽到他一早就在講電話，那時候還不到七點鐘。我走路走到一半，在他書房外聽到了撤銷律師資格這個字詞，不禁讓我停下腳步。執行墮胎的場所是在芝加哥市區診所，不是什麼產科名醫的辦公室。瓦克赫魯寇夫醫生的執業項目是帶引寶寶進入這個世界，而不是取其性命。不過，詹姆斯萬萬不希望有人看到他拖著女兒進入某間墮胎診所。

他們會給米雅打鎮定劑，等到她進入充分的平靜緩和狀態之後，就算她說不要，也講不出口了。他們會撐開她的子宮頸，將寶寶從母親子宮吸出來，宛若吸塵器一樣。

「米雅，親愛的……」我伸臂握住她的手，寒涼如冰。她搞不清楚狀況，睡意還沒有全部消退，還沒有恢復自我，她一直沒有恢復失蹤前的那個自我。我認識的米雅坦率直接，堅持自己的理念。她知道自己要什麼，而且也會想辦法達成願望。她從來不聽她父親的話，因為她覺得他冷酷，令人蒙羞。不過，當他剛剛發揮優勢的時候，她卻冷感，無動於衷，他害她失神，被他的魔咒所控制。她無權自主，這樣的決定將會與她的下半輩子共生永存。我說道，「我一起去……」

詹姆斯把我逼到牆面，伸手指著我，對我下令。「妳不准去。」

我推開他，伸手拿我的外套，「我就是要去。」

他從我手中搶下外套，把它扔在地上，另一手緊抓米雅，把她拖出了大門之外。芝加哥強風衝入門廳，強攫我裸露的手臂與大腿，掀翻我的睡袍。我努力撿起外套，開口大喊，「妳不需要做出這樣的決定，米雅，妳不需要這樣……」但是他一直把我往裡面壓，我不肯罷手，他狠狠推我，我摔在地上。他猛力關上大門，我好不容易才恢復正常呼吸，站起來，凝望窗外，車子正好駛出我們家的戶外車道，「米雅，妳不需要做出這樣的決定……」雖然我還在說話，但我知道她已經聽不到了。

我的目光飄向鑄鐵鑰匙架，發現我的鑰匙不見了，早就被詹姆斯拿走，就是要讓我出不了門。

之前的柯林

不過才一兩天的時間，那場臭感冒就結束了。第一天感覺超慘，不過，當我開始覺得自己可憐的時候，我鼻子通了，我可以呼吸，我是這樣沒錯。但她並不是如此，聽到那咳嗽聲我就知道不對勁。

在我開始咳嗽沒多久之後，她也跟進。不是像我那種乾咳，而是某種更嚴重的深咳。我逼她要喝水龍頭的水。我所知不多——我不是醫生——但也許會有幫助。

她超慘，從她的臉色我就看得出來。她目光委靡，泛著淚光。鼻子破皮紅腫，因為一直拿衛生紙擦個不停。她一直覺得冷得要命，坐在火爐前，整顆頭靠在某張椅子的扶手上面，整個人軟趴趴到不行，就連我拿那把槍對著她的時候也沒有出現過這種姿勢。

我問道，「妳想要回家嗎？」她努力掩藏淚水，但我知道她一直在哭。我看到淚水從臉頰落下，一直滴到了地板。

她抬頭，以袖子的背面抹臉，「我只是不舒服罷了。」她撒謊，她當然想要回家。貓咪一直待在她的大腿上面，我不知道那算不算是她暖和的針織毯，或者她其實是在烤貓肉？再不然就是愛到不行。媽的我怎麼會知道答案？

我心中浮現我拿槍指著她的頭的畫面，想像她躺在崎嶇泥地，周邊全是落葉。這些日子以來，我一直無法將那種場景拋諸腦後。

我把手貼住她的頭，我告訴她很燙。

她說她一直覺得好累，幾乎無法睜開眼睛，當她清醒的時候，我一定會送上一杯水給她喝。

她告訴我，她夢到了她母親，還有她小時候生病、躺在家中起居室沙發裡的情景。她夢到了自己窩在某條毯子裡的畫面，那是她隨身攜帶的愛毯。有時候她母親會把毯子丟入烘衣機滾個幾分鐘、讓它變得暖烘烘。她媽媽會為她做肉桂吐司，在兩人一起看卡通的時候餵她吃東西，等到開始播映肥皂劇的時候，母女也會一起觀賞。她一定隨時有果汁可以喝，流質飲料，她母親會提醒她，記得要喝妳的流質飲料。

她告訴我，她真的看到她媽媽站在這間小木屋的廚房裡面，身著真絲睡袍，還有形狀如芭蕾舞鞋的拖鞋。還有聖誕音樂，她說是艾拉．費茲傑羅。她母親在輕聲哼唱，肉桂的氣味盈滿整個空間。她大聲呼喊她媽咪，不過，當她轉頭的時候看到的卻是我，她湧出淚水。

「媽咪……」她在啜泣，心跳飛快，她本來很篤定她母親真的在那裡。

我走過去，把手貼在她頭上，我的手跟冰塊一樣，害她抽搐了一下。「妳好燙。」然後，我遞給她一杯溫開水。

我坐在沙發上，挨在她身邊。

她把玻璃杯壓在唇邊，但是並沒有喝水。她整個人斜躺，頭頸下方是我從臥室拿出來的枕頭，薄得跟紙一樣，我不知道在她之前有多少人睡過。我伸手把掉在地板上的毯子撿起來，披在她身上。毯子宛若羊毛一樣粗糙，扎刺她的皮膚。

「如果葛瑞絲是我父親的最愛，那麼我就是我媽媽的最愛……」她突然冒出這句話。彷彿她忽然被點醒了，瞬間恢復神智。她說，當她自己做惡夢的時候，看到她衝入了她的臥房，可以感受到她伸出雙臂抱住她，保護她，絕對不會受到任何無名侵擾。在她姊姊去上學的時候，她看到了母親為她推鞦韆，「我看到她在微笑，聽見了她的笑聲，她愛我，」她說道，「她只是不知道怎麼表現罷了。」

早上的時候她抱怨頭好痛，喉嚨也是，也不知道為什麼她咳個不停。她並沒有在訴苦，她之所以會說出來是因為我問她。

她背痛。也不知道是什麼時候，她趴在沙發上睡著了。我碰觸她的時候，她全身燙得要命，不過，她卻狠狠甩開我的手，彷彿自己隨時會瞬凍成冰一樣。貓咪順勢移到她的背脊，後來被我推開，牠躲在沙發背後當避難所。

沒有人這麼愛我。

她在睡夢中發出囈語，喃喃講些根本沒有的事：某個身穿迷彩裝的男子，某面磚牆上的塗鴉，違法的噴漆，狂野風格，看不清到底是寫了什麼標語。黑色與黃色，交織在一起的肥大立體字母。

我把沙發給了她，自己睡在椅子上，已經兩個晚上都是如此。我睡床上比較舒服，但我不想距離她那麼遠。我半夜有一半的時間都會被那淒厲咳聲驚醒，但也不知道她是怎麼辦到的，居然能在這種狀況下入睡。通常會讓她驚醒的原因都是因為鼻塞，無法呼吸的恐怖狀況。

當她說她要上洗手間的時候，我不知道是幾點鐘了。她坐起來，等到覺得沒問題的時候才站起來，從她移動的那種姿態看來，我知道她全身都在痛。

她才走了幾步路就倒下去。

她好不容易才發出低聲呼喚，「歐文……」她想要伸手扶牆，但卻沒有摸到，踉蹌摔地。我從來不知道自己移動速度可以這麼快。我來不及抓住她，但卻及時抱住她的頭，沒有讓她撞到硬木地板。

她昏迷的時間沒有多久，最多就是兩三秒。等到她回神之後，她喊我傑森，她把我當成了他。我大可以發火，但我沒有，反而扶她起來站好，我們一起進了廁所。我脫下她的褲子，幫助她解尿，然後把她抱回沙發上頭，為她掖被。

她一度問我有沒有女朋友，我說沒有，我試過一次，但不適合我。

我問她有關她男友的事。我當初是在廁所小間堵他，一看到他就覺得這傢伙真令人討厭。他是那種愛裝強硬的人渣，覺得自己比誰都厲害，但其實是個懦夫。他就是湯瑪斯·福格森那種貨色，會讓別人拿槍對著他頭部的男人。

我盯著她睡覺，聽到了她肺部的咳響。我專心聆聽她的短淺呼吸，望著她胸膛隨著每一次的吐納、出現不規則的起伏。

我問她男友的事，她反問我，「你想要知道什麼？」

突然之間，我不想問了。

「沒事，」我回道，「當我沒問。」

「因為，」她說，「我相信你的話。」

「什麼？」

「你花錢買通他的事。我相信你。」

「真的嗎？」

「我覺得不意外。」

「為什麼這麼說？」

她聳肩，「我不知道，反正就是不意外。」

我知道我不能放任她這樣下去，我知道她每一天病況越來越糟糕。我知道她需要抗生素，如果不吃藥很可能會死，我只是不知道該怎麼辦才好。

之後的伊芙

絕對不能讓她落單。詹姆斯一回到家，身旁卻沒有米雅，我立刻就衝出家門，現在沒有任何事比米雅更重要。我知道她現在一定孤零零站在某個街角，被自己生父拋棄，想必完全沒有能夠回家的辦法。

我對他大吼大叫，他怎麼可以這樣對我們的孩子？他讓她自己一個人走出醫生的診療室，在寒冷的一月天，他明明知道她現在連自己弄早餐的能力都沒有，遑論自己找到回家的路。

而且，他還對我說，固執的人是她。對於這個該死的嬰兒抱持不可理喻態度的是米雅說她不肯墮胎，當護士呼喊她名字的時候，她直接走出產科醫生辦公室。

詹姆斯進入自己的書房，狠狠甩門，完全沒注意到我打包好的行李，而且我悄悄走下樓梯，離家出走。

我小看她了。當我硬從詹姆斯手中搶回我的車鑰匙、不斷多次繞行醫生辦公室的時候，她早就平安窩在自己的公寓裡，在電爐上面熱了一罐湯當午餐。

她開了門，我朝她撲過去，使出全力緊緊抱住她。她站在她以往稱之為家的這棟小公寓裡面。她已經好久沒待在這裡了，居家盆栽幾乎都快要死光，而且到處都是灰塵。這裡的味道像是一個陌生的家，透露出這裡已經許久無人居住的那種氣息。廚房冰箱上的月曆還停留在十月，充滿紅色與橘色葉子的鮮豔畫面。

電話答錄機嗶嗶作響，想必有上千通留言在等著她聆聽。

她很冷，一直在走路、等計程車，讓她凍壞了，她說她身上根本沒有一毛錢能夠支付車資。公寓裡冷死了，她身穿單薄襯衫，外加她最喜歡的兜帽運動衫。

「我真的，真的很抱歉……」但她早已恢復鎮定。她伸出手臂扶住我，問我出了什麼事，我把詹姆斯的事告訴了她，茫然失落的人是我。她從我手中拿走行李箱，把它放入臥室。

「那妳就住在這裡……」她讓我坐在沙發上，又為我蓋上毛毯，然後自己走回廚房喝湯——雞湯，她說，因為這讓她想起了家。

我們喝湯，然後，她講出在產科醫生辦公室裡發生的事。她伸手撫摸肚子，然後，緊握成拳，放在某張椅子上面。

一切本來都依照計畫進行。她說她已經說服自己接受吧，一切結束就只是時間的問題而已。詹姆斯坐在那裡，忙著閱讀某本法律期刊，等待門診。再過幾分鐘之後，那個俄羅斯醫生就要拿掉那個寶寶。

「不過，」她告訴我，「那裡出現了一個小男孩，還有他的母親，他還不到四歲。」她說那女子的肚子跟籃球一樣大，小男生拿著火柴盒小汽車在硬邦邦的等候室椅腳上下亂滾。轟，轟，轟……他的某台小汽車掉落在詹姆斯的腳邊，那個混蛋居然用他的義大利樂福鞋推開玩具，整張臉根本沒離開書頁。「然後，我聽到他媽媽的聲音，」米雅說道，「她身穿可愛的牛仔工裝褲，看起來尷尬極了，她對著那小男孩呼喊，『快過來，歐文……』，他跑過去，立刻把一台小汽車湊到她突出的腹肚，然後爬上她的大腿，對著那個還未出生的小孩開口，『嗨，小寶寶。』」

她暫停下來，喘氣，然後繼續對我吐露心聲，「歐文。我不知道那到底代表了什麼，但一定具有某種意義，我一直盯著那個小男孩，無法移開視線。『歐文……』我聽到自己大聲說出了這名字，那男孩與他母親都望向我。」

詹姆斯問她在幹什麼，她認為那是某種似曾相識感，彷彿曾經身歷其中，但到底是什麼意思？

米雅說她坐在那裡、傾身向前，對那男孩說道，她很喜歡他的車子，他主動拿了一台要給米雅看，但是他媽媽哈哈大笑，對他說道，哎，歐文，我覺得她不想看那些東西啦。但米雅真的仔細端詳。詹姆斯斥責她，叫她把玩具還回去，但她當下只想要親近那男孩。她說一聽到那名字就讓她幾乎無法呼吸，歐文。

「我把其中一台車拿在手中，某台紫色的貨車，我告訴他我好喜歡這一台，然後作勢開過他的頭頂，逗得他哈哈大笑。他說他很快就會有個小弟弟，奧立佛。」

然後，護士站在門口呼喊她的名字。詹姆斯站起來，她沒有，他告訴她現在輪到她了。

護士再次呼喚她，她直視米雅，她認識米雅。詹姆斯又叫了一次她的名字，他想要抓住她手臂、把她拉起來，然後發火教訓她，他風格一向如此。他再次提醒她，現在輪到他們了。

米雅告訴我，「歐文的母親喊她，我看到自己伸手過去，撫摸男孩的捲髮。我不知道最感到驚駭的到底是誰？是那男孩的母親？還是我爸爸？不過，那男孩很喜歡，他露出微笑，我也對他回笑。我把那兩台火柴盒小汽車放回男孩的手中，然後起身。」她告訴我，詹姆斯嘆氣：感謝老天，早該如此。但並非如此，她伸手拿外套，低聲對他說道，「我沒辦法。」

她溜到了走廊。當然，他追出去，口中滿是譴責批評與威脅，他逼她要重新考慮，但是她不肯。歐文，她根本不知道它的含義，她不知道為什麼這名字對她來說這麼重要，她只知道現在不能讓她的寶寶死去。

之前的柯林

我被她的尖叫聲吵醒的時候，是凌晨兩點鐘。我離椅起身，看到她指向漆黑空間另外一頭，某個根本不存在的東西。

「米雅……」我呼喚她，但卻沒有辦法讓她移開目光，「米雅！」我再次厲聲喊她，語氣堅定。我一定看了那地方有五次之多，因為她的尖叫把我給嚇死了。她的雙眼盈滿淚水，死盯著某個東西。我伸手找到電燈開關，打開了燈，只是為了要向自己確認真的只有我們兩個人而已。然後，我跪在沙發前面，雙手托住她的頭，逼她看著我，「米雅……」她終於回神過來。

她說門口站了一個拿砍刀、綁紅色頭巾的男人。她歇斯底里，精神錯亂，對於那個人的描述鉅細靡遺，甚至包括了牛仔褲右大腿的破洞，他是個嘴裡叼菸的某個黑人。不過，最讓我擔心的是，當我摸她臉的時候散發出的那股熱燙。還有，當她終於看著我的時候，雙眼的那種呆滯神情，當她的頭落在我肩上的時候開始哭泣。

我在浴缸裝滿了水，我沒有藥，沒有任何東西可以讓她退燒。流出來的水一直就只有微溫、從來就不夠熱，但這是我第一次心存感激。水溫夠高，讓她不至於會出現體溫過低；水溫也夠冷，不至於產生熱痙攣。

我扶她站起來，她整個人靠在我身上，我就這麼一路把她扛入廁所。她坐在馬桶上面，我幫她脫掉襪子，當她的腳碰觸到冰寒磁磚的時候，整個人為之抽搐。她苦苦哀求，「不要……」

我哄她，「不會有事的。」我撒謊。

我關了水龍頭，我說我要給她隱私，但她卻伸臂緊抓我的手，對我說道，「不要走。」

我盯著她伸出某隻抽搐的手，拚命想要解開她自己卡其褲的鈕釦，還沒完成就變得無力，伸手扶住水槽。我向前一步，幫她解開鈕釦。我扶她下馬桶坐墊，把她的褲子脫拉到地面，又從她的大腿處褪下衛生褲，然後拉起運動衫從頭上脫掉。

她進入浴缸的時候在哭泣。她把膝蓋依靠在胸前，讓水淹到膝頭。她的頭垂靠在上面，髮絲垂落單側，有七、八公分的髮尾在水裡漂動。我跪在浴池旁邊，靠著雙手托水、灑在池水碰觸不到的地方。我浸濕了浴巾，把它披在她的背後，她一直不停顫抖。

我盡量不要看她，當她哀求我一直講話，講什麼都好，讓她可以躲避寒凍的時候，我一直努力不要瞄她眼睛以下的部位，我努力不要去幻想我看不到的部分，盡量不要去想像她背脊彎處白色肌膚的膚色，我盡量不要盯著在水面漂浮的髮絲。

我告訴她有關住在我家走道底端那位鄰居的事。這位七十歲老太太每次出門、把垃圾從滑槽丟出去的時候，總是會把自己鎖在外頭。

我還告訴她，我媽媽把我們家早年全家福照片裡的爸爸全挖得乾乾淨淨，她原本黏貼的結婚照全部都進了碎紙機。她讓我留一張他的照片作紀念，不過，自從我們不再講話之後，我就拿它來練飛鏢。

我告訴她，我小時候想要進美國國家橄欖球聯盟打球，外接手，就像是湯米・瓦德爾一樣。我還告訴她，我會跳狐步舞，因為我媽媽教過我。不過，這不是我透露給別人的那種事。每逢星期天她心情好的時候，她會播放法蘭克・辛納屈的音樂，我們在家裡到處跳舞。那時候我的身手比她好，好太多了。她是從她爸媽那裡學來的舞步，在艱困日子中長大，真的非常艱困，也沒有其他事可做。她總說我根本不知道貧窮是什麼滋味，即便是我窩在睡袋裡、躺在我們車子後座的那些夜晚也一樣。

我告訴她，如果我可以作主的話，我寧可要住在這裡，天曉得到底是在哪裡的鬼地方。城市不適合我，有那些混帳人渣。

有些事我沒有告訴她，她在我們相遇的第一個夜晚看起來有多麼美麗，我凝望她一個人坐在吧檯，被幽暗燈光與煙霧遮蔽的整個過程。我觀察她許久，已經超出了必要時間，純粹是為了欣賞而已。我沒有告訴她，蠟燭讓她的臉龐發出映光，我拿到的那張照片並沒有顯露她的美，這些我全部沒說。當她凝望我，或是我在夜半做夢的時候聽到她原諒我的時候，我心中到底有什麼樣的感覺，我並沒有告訴她。我沒有讓她知道我很過意不去，雖然我真的充滿了歉意。我沒有讓她知道我覺得她好美，即便當我看到她盯著鏡子、嫌惡自己的時候亦是如此。

她因為不斷顫抖而累了，我看到她閉上雙眼準備入睡。我伸手撫摸她的額頭，我安慰自己燒已經退了。我喚醒她，然後幫助她從浴缸裡起身，拿了一條粗呢毛巾裹住她，扶她跨出浴缸。我找出最暖和的衣服幫她穿上，然後開始以毛巾擦乾她的髮尾。她躺在火爐前的沙發上面，火焰快要熄滅，所以我在圓木堆上面加了根木柴。我還沒來得及為她蓋毯子，她已經睡著了，但還是持續猛咳。我坐在她身邊，逼自己不能入睡，我盯著她胸膛起起伏伏，這樣才能夠確定她還活著。

大沼澤城有醫生，我告訴她我們得過去一趟。她本想要反對，她說，我們沒辦法，但我告訴她，我們就是得去看醫生。

我提醒她，她的名字是克洛伊。為了要偽裝我們兩人，我使出渾身解數。我叫她把頭髮後梳，她一輩子沒出現過這種造型。在前往診所的途中、我進入某間雜貨店買了一副眼鏡，我叫她要戴上去。不是很完美，但也夠了，而我自己則戴上芝加哥白襪隊的棒球帽。

我告訴她，我們用現金付帳，沒有保險。我還告訴她，不需要她的部分就不要多事，讓我來開口。

我們只需要一張處方箋而已。

我在大沼澤城足足繞了三十分鐘，最後才終於決定要找哪一個醫生。我的定奪方式是靠名字。肯尼斯．列文聽起來太拘謹，很可能是那種每天晚上看新聞看到睡著的討厭鬼。我找到一間診所，但是我繼續往前開——因為太多人了。有牙醫診所、婦產科。我最後決定的是某個女性化的名字，凱拉．李，某間家醫診所，停車場空蕩蕩，她的小跑車停在後面，依照地面積雪的這種狀況看來，此人經驗不是很老到。我告訴米雅，我們不需要找大沼澤城裡最好的醫生，只要知道怎麼開處方箋就可以了。

我扶她走過停車場，「要小心……」地面結了一層冰，我們走向門口的時候有刻意避開。她還是咳個不停，但她卻謊稱自己已經好多了。

診間在二樓，在某間影印店的上面。我們進去之後，直接走上狹窄的樓梯。她說能夠到溫暖的地方，宛若天堂。天堂，我很懷疑她是不是真的相信那種鬼話。

櫃檯後坐了一名女子，會哼唱那種難聽聖誕節應景歌曲的女人。我帶引米雅入座，她拿面紙猛擤鼻涕，櫃檯小姐抬頭，開口說道，「好可憐哪……」

我從她手中拿了文件，坐在加大座椅裡面。我盯著米雅填寫表格，她好不容易想起了克洛伊，不過，當她遇到姓氏那一格的時候，手僵住不動。

我問她，「何不讓我代勞呢？」我迅速從她手中取走了筆，她看我寫下了「羅曼」，我瞎編了一個地址，保險資料那一格留了空白。我把文件放到櫃檯，告訴那位小姐我們會付現金。然後，我坐在她身邊，問她覺得怎麼樣，我握住她的手，十指緊扣，輕輕捏了她一下，對她說道，「一切都不會有問題的。」

她誤以為這全都是為了要騙櫃檯小姐的花招，但她有所不知，其實我不太會演戲。

櫃檯小姐帶我們到後頭的某個房間，為米雅測量生命體徵。診間很小，對面的牆面有動物壁畫。櫃檯小姐說道，「低血壓，」而且呼吸速度與脈搏變快，體溫是攝氏四十度，她又說了一次，「好可憐……」她說醫生馬上就會進來。我不知道我們等了多久，米雅一直挨在桌邊，望著古怪的獅子與老虎，而我則在裡面來回踱步。媽的我想要離開這裡，我至少說了三次以上。

凱拉．李醫生敲門，然後自己就進來了。她個性爽朗——棕髮，不是我預期的金髮，我們本來以為看到的會是金髮無腦妹。

醫生嗓門很大，對米雅講話的態度彷彿把她當成了三歲小孩。她坐在旋轉椅，往前推，靠近米雅的身邊。米雅想要清喉嚨，她一直在咳嗽，慘到不行。不過，也許淒慘的感受可以掩蓋自己擔心得要死的真相。

醫生問我們以前有沒有來過，米雅講不出話，所以我就插嘴了，我態度出奇冷靜，「沒有，」我說道，「我們是初診病患。」

「所以是怎麼回事……」她看了一下檔案，「……克洛伊？」

米雅因為這一趟旅程已經更加疲累，幾乎無法回視醫生的目光。我想醫生一定聞到了我們衣服的體味，我們幾乎天天都穿在身上、自己已經察覺不出臭氣的那些衣服。她咳得撕心裂肺，那咳聲宛若體內有十幾隻㹴犬在吵架狂吼。她聲音嘶啞，幾乎已經快聽不見了。

「她咳成這樣已經大約有四天了，」我說道，「發燒，發冷。星期五下午的時候，我告訴她得要過來看醫生，但她說不要，只是著涼而已。」

「覺得疲憊？」

米雅點頭。我告訴她，米雅一直覺得倦怠，還在家裡昏倒，她把這些都寫入了病歷。

「有嘔吐嗎？」

「沒有。」

「腹瀉？」

「沒有。」

醫生說道，「讓我檢查看看。」她立刻拿手電筒照米雅的眼睛、檢查鼻孔與耳道，她叫米雅發出啊啊啊聲響，碰觸扁桃腺。然後，聽診器貼著米雅的肺部，

李醫生說道，「來，給我一個深呼吸……」我在她後面踱步，她忙著將聽診器在米雅的背部與胸膛四處移動。然後，她請米雅躺下，再次坐起來，輕拍米雅的胸膛，專心聆聽。

「我懷疑是肺炎，妳有沒有抽菸？」

「沒有。」

「氣喘病史？」

「沒有。」

我專心細看畫作：有隻斑紋長頸鹿，還有某頭公獅，它的鬃毛像是為了防止狗兒舔自己而被迫戴上的醜陋頸圈。此外，還有宛若剛從產房爬出來的粉藍色大象。

「以一般人能夠理解的語彙來說，我聽到妳肺部有許多雜音。肺炎是某種感染引發的肺部發炎，氣道因為體液而受到阻塞與窄化。一開始的感冒症狀，可能會因為各種理由而繼續停留在妳的肺部，然後就造成妳現在這樣……」她伸手在米雅身體周邊比劃。

醫生散發濃濃的香水味，當米雅咳嗽的時候，她依然講個不停，但我們都知道她明明聽得到咳嗽聲。

「我們以抗生素進行治療，」她繼續說道。她列出了各種可能性，給我們一份處方箋就夠了啊。「不過，首先我要以胸部X光片進行確定——」

就算是米雅的臉龐一開始還有血色，現在也全沒了，我們絕對不會踏入醫院。

「感謝您這麼認真，」我插嘴，而且往前一步，距離已經可以碰觸到醫生不成問題。我比她們兩個都高壯，但我不會靠自己的體型讓她改變心意。我們會在醫院遇到幾十個人，甚至超過這數目。

我擠出假笑，坦白承認自己待業中，沒有保險，我們拿不出兩三百美元支付胸部X光片的費用。

然後，米雅開始咳嗽，咳到我們都覺得她可能會開始嘔吐。醫生以小塑膠杯裝水，交給了她，然後她又起身，觀察這個上氣不接下氣的病人。

「好吧……」她終於寫下了處方箋，離開了診間。

我們準備出去的時候，在走廊遇到了她。她在櫃檯前彎身，忙著寫克洛伊．羅曼的病歷。她的醫師袍衣尾低垂，貼近牛仔靴的底端，看得出袍內穿的是醜陋的洋裝，聽診器纏繞在頸部。

「你確定我們之前沒有見過嗎？我覺得你看起來好面熟。」但她注意的不是米雅，而是我。

「沒有。」我態度不屑，現在不需要裝和氣，我已經拿到我要的東西。

我們為克洛伊．羅曼約了追蹤門診，她當然絕對不會出現。

我把米雅輕輕推出門外的時候，她還補了一句，「謝謝妳幫忙。」

在停車場的時候，我告訴她，我們很厲害，拿到了處方箋，有這個就夠了。返回小木屋的途中，我們在某間藥房短暫待了一會兒。米雅在貨車上等我，我衝進去，看到坐在櫃檯的是個十六歲的呼麻少年，而藥劑師一直窩在後面沒抬頭，不禁讓我一陣竊喜。我先給了米雅一顆藥丸，然後才離開停車場，我以眼角餘光一直在注意她，她在回去的途中睡著了。我脫下我的外套、蓋在她身上，以免她著涼。

之前的蓋比

我多次前往凱瑟琳・薩切爾的新住所探訪。我第一次出現的時候，我說我是她兒子，櫃檯人員對我說，「哦真是太好了——她一直提到你。」然後，就讓我進去了那位太太的房間。我從她的眼神可以看得出來，她發現是我很失望，但終於有伴也讓她大大鬆了一口氣，所以她也就懶得告訴他們是我撒謊。她現在服藥狀況良好，能夠進行最起碼的自主活動，薩切爾太太與某位八十二歲的老太太共享同一間照護病房，她過世只是遲早的事。他們給她的嗎啡量很重，她根本不知道自己人在哪裡，而且她認定薩切爾太太是名叫羅莉・馬奎爾的某位女子。沒有人來探望她，除了我之外，也沒有人來探望薩切爾太太。

後來我才發現薩切爾太太喜歡犯罪小說。我到了書店，把找到的每一本暢銷書都買下來。我坐在她的床邊，為她唸小說。我不是朗讀高手，根本不擅閱讀，我在小一的時候根本不覺得這是我的專長，沒想到原來我自己也很喜歡犯罪小說。

我會偷偷帶雞塊進入她的病房，只要有機會，我們就會共享十塊裝雞塊與一大份薯條。

我帶了我自己某台老舊CD音響，向圖書館借了一些聖誕節音樂碟片。她說在療養院感受不到聖誕氣氛，因為她可以看到窗外的雪，但是裡面卻一切如常。我晚上離開的時候，打開了音樂，這樣一來她就不需被迫聆聽室友的惱人呼吸噪音。

沒有去探望凱瑟琳·薩切爾的休假日，我就會拿來陪伴伊芙。我想盡辦法找出愚蠢理由、不斷出現在她家門口。十二月降臨，冬日朝我們籠罩而來，她的身邊也飄散著一股濃霧。她把它歸咎為季節性情緒失調，我也不管那到底是什麼了。我看得出來她一直很疲倦，哀愁，她一直坐在窗邊凝望落雪。

我努力編出一點小線索——不論是真是假——就是為了要營造我偵辦案件還沒有陷入絕境的印象。

我教她做我母親的義大利千層麵。我不是要讓她變成大廚，我只是不確定自己是否還能找出其他辦法讓她吃東西。

她說她丈夫在家的時間越來越短，工作得更晚，有時候甚至拖到晚上十點或十一點，昨天晚上他根本沒回來。他說他一整晚都在工作，忙著處理動議，根據伊芙的說法，這是他之前從來不曾出現的舉動。

我問道，「妳自己覺得呢？」

「他今天早上看起來很累，只是匆匆回家換衣服。」

我想要好好鍛鍊我高超的辦案技巧、搞清楚她為什麼不離開她丈夫，截至目前為止，一無所獲。

我做出結論，「所以他真的在工作。」

他當然不太可能是在工作，但如果這樣說可以讓伊芙好過一點，那就隨便吧。

我們絕口不提那一吻的事。不過，每一次我見到伊芙，都會幻想她的雙唇壓在我的嘴，當我閉上雙眼的時候，我可以嚐到她的味道，而且聞得到所有香氣，包括了她手指的香皂與身上的香水。

她叫我蓋比，我喊她伊芙，我們現在比以前更親近。

現在，當她打開大門的時候，可以看到有一抹喜悅之情，不再只是發現我並非她失蹤多時女兒的失望之情，還有因為我而產生的一絲喜樂。

伊芙求我帶她去療養院，但我知道狀況將會超過她所能掌控的範圍。她想要與薩切爾太太好好談一談，母親對母親的身分。她覺得薩切爾太太可能會對她講出一些不會向我透露的事。不過，我依然告訴她不可能。她問我凱瑟琳是什麼樣的人，我說她個性堅強又反骨，伊芙告訴我，她自己以前也很堅強，是因為精美瓷器與高級訂製服才害她變得軟弱。

等到薩切爾太太完全穩定下來之後，將會搬去附近的妹妹家一起同住，這位女子顯然在過去這幾個月並沒有經常打開電視。前幾天在凱瑟琳的央求之下，我打電話給她，她不知道自己的外甥成了失蹤人口，也從來沒有聽說警方在找尋米雅．丹尼特的事。

上級最近指派了其他案件給我，某棟公寓起火，很可能是縱火案。還有多名少女投訴某名高中老師。

不過，到了晚上，當我回到自己公寓的時候，我靠著酒精助眠，睡著的時候，會夢到監視器畫面裡的米雅．丹尼特，被粗暴的柯林．薩切爾帶出電梯。我心中浮現哀戚伊芙哭累入睡的畫面。然後，我會提醒自己，我是唯一可以阻止這悲劇的人。

某個下雪的星期二下午，我前往療養院，凱瑟琳・薩切爾問我有關她鄰居露絲・貝克的事，「露西知道我在這裡嗎？」我聳肩，我說我不知道。我從來沒聽過這個露絲——也就是露西——貝克。不過，她告訴我，露西會在柯林沒過來的時候、每週來探望她。她說這位女子每天幫她收信、替她拿到家中，我想到了那個幾乎無法扣緊、差點要倒地的信箱。未取郵件實在太多了，我得帶著搜索票、開車前往蓋瑞鎮郵局領取郵差無法塞入信箱的那些郵件。我問了鄰居，但並沒有露絲或是露西，也沒有貝克太太。薩切爾太太告訴我，露絲住在對街的白色鱈魚角風格平房，我這才想起那棟屋子外頭的「待售」招牌，那棟房子無人應門。

我開始研究資料，意外發現十月的第一個禮拜的某份訃聞。我調閱死亡紀錄，發現露絲・貝克太太因中風死於十月七日下午五點十八分，薩切爾太太完全不知情。當柯林不在的時候，本來都是由貝克太太負責照顧凱瑟琳・薩切爾，我想，無論他現在人在哪裡，應該都沒想到他委請照顧母親的這位七十五歲的老太太已經身亡。

我的心思又回到了那些郵件。我拿出從薩切爾太太信箱裡取出的那堆郵件、加上從郵局拿回來的那一大疊，依照郵戳日期進行排列。果然，從米雅失蹤的那一天開始一直到帳單與過期通知出現，中間有一段空缺，大約是五天。我覺得奇怪，到底是誰拿走了薩切爾太太的失蹤郵件？我又回到露絲・貝克的家，敲門。依然沒有回應。所以我追蹤她的近親，與我年紀相仿的某名女子，露西的女兒，與丈夫小孩住在漢默德。某天，我到了她家門口敲門。

一看到我亮出警徽，她大吃一驚，「有什麼需要我幫忙的地方嗎？」

我還沒報上自己的姓名，劈頭就問，「妳母親是不是露絲．貝克？」

她說沒錯。只要有警察找上門，第一個浮現的念頭就是：哪裡出了問題？

我忘了向她的喪母之痛致意，立刻切入正題，我心中只有一個懸念：找到米雅。

「我想妳母親一直在替某名鄰居收信，對方名叫凱瑟琳．薩切爾……」我才剛說完，這女子的臉色變得既羞愧又尷尬，她開始頻頻說對不起。我知道她很歉疚，但我猜她也擔心自己惹了麻煩。畢竟偷竊信件是重罪，而且，我身為警察，已經找上門來了。

「只是……只是一直都很忙……」她說道，「要安排一切……喪禮，還有打包她家的事。」她看到了郵件，其實，她經過那堆郵件旁邊無數次了，每當她進出她母親家的時候，它們就躺在大門旁邊某個木頭邊桌的上面，她只是一直沒有空拿去物歸原主。

我開車跟著她的休旅車，回到了凱瑟琳．薩切爾住處的那條街。我們把車開到了露絲．貝克家的戶外車道，她趕緊衝進去拿郵件。我向她道謝，從她手中一把抓下來，然後直接在車道上開始整理郵件。中餐外帶菜單、水費帳單、雜貨店廣告、更多的帳單，還有一封肥厚的信，收件人是凱瑟琳．薩切爾，但是卻沒有寄件人地址，上面的字跡很潦草。我撕開信封，發現裡面塞了一堆現金。裡面沒有字條，沒有寄件人地址。我拿在手中反覆研究，仔細閱讀郵戳，威斯康辛州的歐克萊爾。我把那封信丟入自己的副座，加速離去。回到警局之後，我打開網路研究地圖，查看從芝加哥到大沼澤城的路線。果然沒錯，從州際九十四號公路一路西行到明尼亞波里斯的聖保羅區，然後走五十三號國道公路北行，轉西進入明尼蘇達州北部，就是威斯康辛州的小鎮歐克萊爾，距離大沼澤城不過五小時左右而已。

我聯絡明尼蘇達州北部那位可能是叫做羅傑啊什麼的警官。他信誓日旦，一定是我弄錯了，但他還是會查個仔細。我告訴他，我會傳真一份素描給他，萬一需要的時候可以派上用場。柯林．薩切爾的面孔只出現在三州交會區，明尼蘇達州的各個電視台以及其他地方根本還不清楚此人是誰，不過，他們很快就會知道了。

之前的柯林

抗生素發揮作用，過了一晚之後，她開始覺得好多了。雖然還是咳得厲害，但已經明顯退燒。她看起來有了生氣，已經不再像殭屍了。

不過，隨著她逐漸康復，某些狀況也起了變化。我告訴自己，那是與抗生素有關，但其實我知道根本不是如此。她變得沉默，我問她還好嗎，她說她還是覺得不舒服，她不想吃東西。我努力勸她吃個幾口，但她只是坐在那裡盯著窗外。小木屋內一片寂靜，令人不安的寂靜，又讓我們回到了以前的某個狀態。

我想要跟她小聊，但是她只會以單字詞作為回應，是，不是，我不知道。她說我們快要凍死了，她痛恨雪，要是再吃雞肉湯麵，她一定會吐出來。

通常在這種狀況下我會生氣，喝令她閉嘴，提醒她我是怎麼救了她一命。我會告訴她，媽的快把雞湯給我喝掉，不然等一下我就塞入她喉嚨裡。

她完全不想畫畫。我問她想不想出去——我們觀察了過一陣子之後，天氣比較晴朗的某一天——但是她說不要。我還是出門了，但等我離開的時候，她就是動也不動。

她沒有辦法做決定。她不想吃雞肉麵湯，我也知道。所以，晚餐我就讓她選擇，我唸出了櫥櫃裡一切食物的名稱，她說她不在乎，反正她不餓。

她說她一直發抖，已經讓她很厭煩，她厭倦了我們吃的那些垃圾，一坨坨偽裝成食物的糊狀物罐頭。光是聞到那氣味就讓她想吐。

無聊讓她感到厭倦，數個小時完全無所事事就這麼過了一天，日復一日永無盡頭，也讓她感到厭倦。她再也不想在這種淒寒天氣之中散步，她再也不畫畫了。

她的指甲啃得亂七八糟。頭髮油膩到不行，已經打結到救不回來的程度。我們雖然強迫自己近乎天天在那個髒兮兮的浴缸裡洗澡，但依然逃離不了自己的體臭。

我告訴她，要是我被抓到的話，我會被他們送去坐牢。我不知道多久，三十年？無期徒刑？我告訴她，重點不是這個，被關多少年的數字沒有意義，不重要，我永遠活不到可以看到那一天的歲數。每一個作奸犯科的人都認識在裡面的人，大家都可以掛保證，我一進去就是死路一條。

這不是威脅，我沒有要讓她感到愧疚的意思，純粹就事論事。

我也不想待在這裡。我只要是醒來的每一刻都在想丹恩什麼時候會搞定護照，我要如何順利拿到，但絕對不能被警察發現。食物永遠不夠，夜晚越來越冷，所以不知道到了哪個早上我們就再也無法醒來。我知道現在該走人了。不然接下來食物就會沒了，錢也會用光，我們會活活凍死。

她就把一切丟給我去擔憂了，她說之前從來沒有人為她操過心。

我想到了各種可能發生的慘劇。餓死、凍死、被達厄瑪爾找到、被警察逮到。

回家有風險，待在這裡有危險，我知道，她也知道。但我現在更憂心的是，萬一她不在我身邊該怎麼辦。

之後的蓋比

信不信由你，他們真的找到了那頭臭貓。這個可憐的小東西躲在小木屋後頭的某個棚屋，幾乎快要凍死了。那裡完全沒有東西吃，所以警察帶去的貓糧幾乎被吃光了。不過，牠超不喜歡他們的籠子，至少他們是這麼說的，在他們扣好籠鎖之前，牠拚命以利牙尖爪想要逃出去。這隻貓搭乘渦輪螺旋槳飛機到了明尼亞波里斯，然後轉乘商用客機進入歐海爾機場，小傢伙比我更會趴趴走！今天早上我領了牠，把牠帶到丹尼特家門口，就在這時候——真沒想到——我發現伊芙與米雅已經搬走了。

我踏著輕快腳步走到了瑞格利區，在早上十點給這兩名女子一個驚喜，十二個甜甜圈、抹茶咖啡，還有一隻營養不良的虎斑貓。她們都穿著睡衣在看電視。

我剛剛趁正好有人出來的時候鑽進公寓大門，這樣一來就不需要按電鈴了，我喜歡這種驚喜感。

米雅開門的時候，我打招呼，「早安……」

她沒想到是我。伊芙從沙發上站起來，拍弄了一下自己的凌亂髮絲，「蓋比……」她趕緊拉好浴袍，確保沒有任何部位走光。

我本來打算讓貓咪留在公寓走廊，但我說真的，我剛開口說出「我帶了甜甜圈與咖啡過來……」，米雅才說出謝謝，那隻貓就完全暴怒，狂抓籠子欄杆，發出了我從來沒聽過的貓咪噪音，害我的華麗登場只能失敗作終。

伊芙臉色轉為煞白，開口問道，「那是什麼聲音？」所以我就把小傢伙帶進來，關上了門。根據研究顯示，與動物共居的人會減輕焦慮，血壓變低，膽固醇也會降低。他們比較放鬆，壓力沒那麼大，基本上就是比較健康。當然，如果你養的狗會隨地尿尿、抑或是把傢俱啃咬到碎爛，那就另當別論。

伊芙問道，「你把那隻貓帶來做什麼？」顯然她完全不知道是怎麼回事，以為我瘋了。

我反問，「這個小傢伙嗎？」我裝傻，蹲下來，打開籠子，把貓抱到懷中。牠伸出後肢利爪抓我，靠！「我一直把牠當成自己的朋友在照顧。希望妳們別介意。在場有誰對貓過敏？」我把牠放到地上，然後盯著米雅的雙眼。

這坨毛球晃到她身邊，在她的腿邊約繞了一千次的八字形，牠在喵喵叫，體內發出了嚕嚕聲響。

伊芙哈哈大笑，伸手順了一下自己的頭髮，「米雅，看起來妳有新朋友了。」

這女孩低聲講了些什麼，彷彿正在嘗試掂量某個新字詞，等一下就會脫口而出，讓我們驚愕不已。她任由貓咪撫觸她，我也不知道到底過了多久，因為我們一直在聽伊芙講個不停，這小傢伙真是愛米雅的雙腳。

當她彎傾身體把貓抱在懷中的時候，我趨前問道，「妳剛剛說的那個字是？」

牠沒有抓她。他們互碰鼻子，牠的頭還撞到了她的臉。

伊芙繼續講個不停，「我一直告訴她應該要養貓。」

我問道，「米雅？」

她眼眶盈淚望著我，她知道我明白一切，而且我這麼做是有原因的。「獨木舟，」她對我輕聲呢喃，「我剛剛說獨木舟。」

「獨木舟？」

「那是牠的名字。」

叫麥克斯或費多是怎麼了嗎？獨木舟？那是什麼名字啊？

「米雅，親愛的……」伊芙靠到她身邊，這是她第一次意識到狀況不對勁，她開口問道，「是誰叫獨木舟？」她壓低聲音，彷彿在跟某個智能不足的小孩講話一樣。她很篤定米雅在胡言亂語，這是某種自閉症系譜障礙的副作用。不過，這其實是我第一次看到米雅說出合情合理的話。

「伊芙……」我輕輕把她的手從米雅的手臂上移開。然後從自己的外套口袋裡拿出我傳真給大沼澤城警察們的那張圖，將它打開，顯現出素描技法完美的小小獨木舟繪像。「這個，」我把它交給她，「就是獨木舟。」

「所以他沒有……」

「那裡有間棚屋，」開口的是米雅，她沒有看我們，雙眼望著貓咪，悵然若失。伊芙從我手中拿走了那張畫，她現在知道了。她看過那本素描簿，她告訴過我，每一張圖，甚至包括了柯林．薩切爾的那張畫像，都害她半夜無法成眠，但是她忘記了那隻貓，伊芙整個人陷在沙發裡。「小木屋後面有一個棚屋，牠住在那裡。我是在某個生鏽的老舊獨木舟裡面發現了牠，第一次的時候，我嚇到了牠，我只是打開門東張西望，就把牠嚇得半死，從棚屋的某個小洞逃走了，飛奔速度宛若蝙蝠穿越森林。我一直沒想到牠會回來。但牠餓了，我之前留了食物。他告訴我，絕對不可以讓貓咪跟我們住在一起，絕對不行。」

我問道，「米雅，是誰說的？」我當然知道答案，我應該要當心理醫生才是。不過，答案卻出人意表。

「歐文……」她說完之後開始啜泣，伸手扶牆穩住身體重心。

「米雅，親愛的，誰是歐文？並沒有歐文這個人。小木屋裡的男人嗎？那個男人？他叫做柯林．薩切爾。」

「伊芙，」我的自尊感在那一刻不斷揚升，我好不容易做到了連博士也辦不到的事，我讓米雅主動回到了那間小木屋，與某個名叫歐文的男子，還有名叫獨木舟的貓咪在一起，「他有許多化名行走江湖，歐文可能是當中的另一個假名而已。」

「妳還記得其他的嗎？」我問道，「還有什麼關於他的事，可以告訴我嗎？」

伊芙打斷我，「我們應該要打電話給羅德絲醫生……」我知道她是好意——她惦念的是要為米雅著想——但我不能讓她打電話。她把手伸入她的包包，我呼喊她的名字，我們之間的互動已足以讓伊芙明白她可以信任我，我絕對不會讓米雅出事。她看著我，我搖頭，不是現在，目前正漸入佳境。

「他說他討厭貓，要是他看到貓進入小木屋，一定會開槍殺死牠。他其實沒那個意思，當然沒有，不然我也不會讓貓咪進屋。」

「他有槍？」

「對。」

當然有，我知道他有槍。

「米雅，妳是不是很怕他？覺得他可能拿槍殺了妳？」

她點頭，「是啊。」然後又不說話了，「沒有。」她搖頭，「我不知道，我覺得應該沒有。」

「啊，親愛的妳一定很害怕——畢竟他有槍，是他綁架了妳。」

「他有沒有拿槍威脅過妳？」

「有。」她陷入沉思，從某個夢境中醒來，努力回憶細節。她找到了片段，但一直無法拼湊出全貌。在某個夢裡，我們都在那裡，妳家是一棟房子，但那並不是妳的住處，那其實並不是妳的家。某個不像是妳媽媽的女子，但妳知道那明明是妳媽媽。白天的時候過得糊裡糊塗，就像是夜晚一樣。「他挾持我，走到外面，進入樹林，他拿槍指著我，他好生氣，大吼大叫。」她猛搖頭，淚水撲簌簌落下，伊芙看到這景象崩潰了，我必須走過去、擋在她們之間，逼伊芙退回原位。

我問道，「為什麼？」我的語氣冷靜又節制，也許我上輩子是心理醫生。

「是我的錯，都是我的錯。」

「米雅，妳犯了什麼錯？」

「我很想要告訴他。」

「告訴他什麼？」

「他不聽。他有槍，老是拿著槍指著我。我知道要是哪裡出了狀況，他一定會殺了我。」

「他是這麼告訴妳的？」我問道，「他真的有說要是哪裡出了狀況，他一定會殺了妳？」

沒有，沒有，她搖頭，她直視我的雙眸，「我可以從他的眼神裡看出來。」她說自己那天在酒吧裡的時候很害怕，她努力裝出若無其事，但其實很懼怕。我的心轉向到上城的那間爵士酒吧，禿頭老闆與漂亮的綠色蠟燭，那是米雅與柯林・薩切爾——也就是歐文——的相遇地點。從那名女服務生的證詞判斷，米雅是在自願的狀況下匆匆離開，我回想起她的話：我覺得她似乎是迫不及待想要離開這裡。我覺得，這種狀況聽起來不像是懼怕。

「然後，」米雅大喊，「一切都不對勁。我一直想要告訴他，我應該一開始就告訴他才是，但我很害怕。他有槍，我知道萬一哪裡出狀況，他一定會殺了我，我努力——」

「柯林・薩切爾，」我打斷她，「歐文。要是出了什麼狀況，歐文會殺了妳？」

她點頭，然後又迅速搖頭，「對，不是，」她好挫敗，急忙說道，「我不知道……」

「妳想要跟他說什麼？」我換了問題，但她的心思已經發生一百八十度大轉變，她搖搖頭，陷入困境，心情委頓，她已經再也想不起自己本來要說的話。

大多數的人都以為面對恐懼有兩種自然反應：戰鬥或逃跑。但其實面對恐怖狀況的時候，還有第三種反應：愣住不動。就像是被車頭燈照到的野鹿一樣，裝死。米雅的話語——我好害怕，我一直努力想要告訴他——證明了這一點。那不是戰鬥或逃跑的反應，而是愣著不動。當下的狀況是這樣的：處於高度警戒狀態，腎上腺素噴發，但是卻完全沒有辦法採取任何自救行動。

她再次說道，「都是我的錯……」

「妳犯下的錯誤是什麼？」我本來以為會聽到跟剛剛相同的對話內容。

不過，她這次說的是，「我想要逃跑。」

「然後他抓到妳了？」

她點點頭。

我想起她先前吐露的話，「外頭的樹林？」我問道，「他因為妳企圖逃跑而大怒，所以拿槍對著妳，還說要是妳膽敢再逃跑的話……」

「他就會殺了我。」

伊芙倒抽一口氣，她以手掩住張得大大的嘴巴。他當然會出言威脅殺人，這是他們的行事方式，我想這種狀況一定頻頻上演。

「他還說了什麼？」我繼續問道，「還記得什麼嗎？」

她搖頭，完全想不出來。「獨木舟，」我鼓勵她，「妳剛剛說過要是他看到貓咪進入小木屋，他會拿槍殺貓，但他並沒有這麼做。妳記得貓咪曾經進入小木屋嗎？」

她撫摸貓兒的毛，沒看我，「他說牠窩在我身邊好幾天之久，一直沒有離開。」

我問道，「誰沒有離開？」

「他說他這輩子從來沒有人這麼愛他，他沒看過這麼專情的傢伙。」

「誰？」

她看著我，以目光斥責我，笨哪，「獨木舟。」

就在那一瞬間，我突然被點醒了：如果看到這隻貓，能夠喚起這麼多的過往，要是我們讓米雅回到那間宛若家一樣的小木屋，又能挖掘出什麼記憶？我必須要找出到底是誰對她做出了這種事，才能確保她與伊芙安全無虞。

之前的柯林

我告訴她，我們一起出去走一走。外頭已經天黑，已經是十點多了。

「現在嗎？」她的那種語氣，彷彿我們還有更好的選擇一樣。

「就是現在。」

她想要跟我爭辯，但我不理她，這次不行。

我幫她穿上我的外套，然後我們到了外頭。現在飄著微雪，溫度約在攝氏負一度左右，雪花輕盈，極為適合打雪仗。我想起了母親不再以車為家、買下真正房子之前的日子，我們住在拖車園區，我與其他的拖車窮小孩一起互丟雪球的場景。

她跟著我走下階梯，她在梯底停下腳步，沉澱眼前的一切。天空暗黑，湖水被遺忘了。要不是因為有白雪耀光，一定會變得幽暗——過於幽暗。她伸出雙手抓雪，雪花停留在她的髮絲與睫毛，而我則伸出舌頭嚐雪。

萬籟俱寂。

外頭的白雪讓一切都變得光亮。這裡空氣清新，並不冷。這是雪景會讓人莫名感到溫暖的那種夜晚。她站在梯底，白雪的厚度已經到了她的腳踝。

我呼喚她，「過來這裡。」我們在雪地裡跋涉，走向後方的那座破爛小棚屋。我撬開了門，必須使勁才能破雪進去，費了一番功夫。

她幫我推門，然後等到我們進去的時候，開口問我，「你在找什麼？」

「這個……」我舉高斧頭。我記得以前在這裡看過這東西，要是換作兩個月前，她一定以為我要拿斧頭來對付她。

「那是做什麼的？」她並不害怕。

我心中已有計畫。

「妳等著看吧。」

現在的積雪應該有十公分了吧，也許不止。我們的腳深陷在雪地裡，褲子的大腿部分都已經濕透。我們走了好一會兒，已經看不到小木屋。我們此行有任務，光是那件事本身就令人振奮。

我問道，「有沒有自己砍過聖誕樹？」

她盯著我的那種表情，彷彿把我當成了瘋子，彷彿只有什麼瘋子鄉下人才會自己砍聖誕樹。不過，我隨後發現她的遲疑消失無蹤，她對我說道，「我一直想要為自己砍聖誕樹。」她眼睛散發光芒，宛若小孩子一樣。

她說她家總是用塑膠假樹，真樹會搞得客廳一團糟，她媽媽根本不想嘗試。她家的聖誕樹一點也不好玩，全都是為了好看而已。樹上都是易碎的水晶飾品，她只要走到聖誕樹的一公尺範圍之內、就會被喝令離開。

我告訴她，她要選哪一棵都可以，由她決定，她指了一棵一米八的冷杉。

「換別的吧。」我雖然這麼說，但還是從頭到尾打量那棵樹，不知道自己是否辦得到。

我告訴自己，她玩得很開心，她不介意寒冷天氣，也不在意腳踝處的襪面沾到了雪。她說她雙手冰得要死，還把它們貼著我的臉頰，讓我體驗一下，但我什麼都感覺不到，我自己的臉頰也凍僵了。

我告訴她，在我小時候，我和我媽媽都會刻意忘記聖誕節。她會拖我去參加彌撒，至於禮物啊聖誕樹啊那些鬼東西——嗯，我們沒那個錢。而且我一直不願看到我媽媽因此心生虧欠，所以我就是直接把十二月二十五號當成平常日子，過了就算了。回去上學的時候，小孩子都會誇耀自己拿到了什麼禮物，我總是瞎編回應。我不覺得自己可憐，我不是那種會自艾自憐的人。

我告訴她，我從來不相信聖誕老人，一輩子都沒信過。

她問我，「你以前想要什麼禮物？」

我想要的是一個爸爸，可以照顧我母親和我的人，這樣一來我就不需要自己獨自負擔一切，不過，我告訴她的答案是雅達利電玩主機。

她找到了一棵樹，大約是一百五十公分高左右，我交給她一把斧頭，「妳想不想試試看？」她雙手握住斧頭，哈哈大笑，我從來沒有聽過那樣的聲音。她對準那棵樹，狠狠砍了一下。

她砍了四、五次之後，把斧頭交給我。我仔細看了一下基底，是出現凹痕沒錯，但也就只有這樣而已，看起來沒那麼簡單。我告訴她退後，我準備要大力猛砍。她睜大雙眼，露出五歲小孩的目光，要是我沒有砍下這棵樹的話就糗大了。

整個世界好安靜，一切寧和。我知道我從來沒有享受過這麼完美的夜晚。她告訴我，她難以想像外頭的某處正在交戰，有人在挨餓，小孩受到虐待，我們遠離了文明世界。她說道，「某個小孩在轉動雪球，我們是裡面的兩座小雕像。」我開始想像那個畫面：我們處在自己的圓罩世界之中，辛苦走過一座座瓷丘，周邊有閃耀白雪包圍著我們。

我聽到遠方有貓頭鷹在叫。我叫她別講話，「噓……」，我們專心聆聽了好一會兒。這是雪鴞從他處遷徙而來的避冬之處，我們冷得要死，但是牠卻前來這裡尋求溫暖。我們聆聽，好安靜，她望向天空，看到雲朵邊緣爆裂，大雪朝我們不斷飄落。

這棵樹重死了。我們一起拖拉，她在前面，我在後頭。我們在雪地裡將它向前推滑，自己摔入雪裡有四、五次之多，我們的手好冰，幾乎無法抓住樹幹。

等到我們到達小木屋之後，我抱住樹木基底，整個人以倒退的方式進行挪移，把它高舉拉上台階。她站在梯底，假裝幫忙，但我們都心裡有數，她什麼都沒做。

我們把它拚命塞入大門，然後把它斜靠在牆壁上。我整個人癱倒，那棵樹的重量一定將近七十公斤，不但濕透而且還盈滿積雪。

我脫掉濕答答的鞋子，從廚房水龍頭取水狂飲。她則伸手四處撫摸依然帶雪的嫩葉。她散發出松樹的氣味，這是我們第一次沒有抱怨天寒地凍。我們的雙手刺痛，鼻子與雙頰都冷得發紅，但層層衣物之下在冒汗。我盯著她，她的皮膚因為寒氣而顯得生氣勃勃。

我進入浴室清洗，換了衣服，她擦乾地板上的水漬，從樹底到我們踩過留下的雪印都不放過。我聞到自己雙手的松樹香味，摸到了黏糊糊的樹脂。我激烈喘氣，努力恢復正常呼吸節奏，出去之後，我一屁股坐在沙發上。

她進入臥室，脫去黏在身上的濕衣，然後穿上了吊在窗戶窗簾風乾的另一件衛生褲，她出來的時候，對我說道，「以前從來沒有人送過我聖誕樹。」

我忙著重新點燃柴火，她在屋內到處走動。她盯著我的謹慎雙手將木柴排列就位，重啟火光。她說我不管做任何事都是那樣，帶有某種專家姿態，但我卻假裝若無其事，我的反應是不發一語。

我坐回沙發，拿了條毯子披住大腿，雙腳擱在咖啡桌上面，我依然喘得上氣不接下氣。

我說道，「真想來杯啤酒。」

她盯著我坐在那裡，我不知道究竟看了多久，我可以感受到她一直凝視著我。

過了一分鐘之後，我問道，「妳也是嗎？」

「啤酒？」

「嗯。」

她回我，「對啊。」

我記得我們兩個肩並肩，在那間酒吧裡喝啤酒。我問她是否記得，她說是啊，還說感覺像是百萬年前的事了，那時候還沒有人拿膠水把我們封在某個嬰兒食品空罐裡面、在我們的世界裡撒滿亮粉。

她問我，「現在幾點了？」

我的手錶放在我腳邊的那張桌子上面，我彎腰傾身看了一下，我說是凌晨兩點。

她問道，「你很累嗎？」

「可以這麼說。」

「謝謝你送了我這棵樹，」她剛說完，又補充了一句，「謝謝你為我們準備了這棵樹。」她不想要自以為是。

我盯著那棵樹，斜靠在原木牆面。很醜，普普通通，但她說很完美。

「不，」我回他，「這是為了妳，這樣妳就不會哭喪著一張臉了。」

我答應她要為這棵樹找聖誕燈。我不知道該怎麼找，但我答應會做到，她說不用擔心，「這樣就很完美了……」但我說我一定會找到。

她問我有沒有搭過捷運，我瞪了她一眼，嫌她笨。我說有啊，當然，在芝加哥走跳不太可能不搭捷運。她說她幾乎都是搭乘紅線，在城市之下飛翔，彷彿地面之上的喧囂都不存在。

她問我，「你有沒有搭過公車？」

我真的不知道她怎麼會冒出這個問題，「有時候。」

「你會出門，去酒吧啊什麼的。」

「有時候吧，」我聳肩，「其實我沒什麼興趣。」

「但你有搭公車嗎？」

「我想是吧，有時候。」

「你有沒有去過湖邊？」

「我認識某人，他在貝爾蒙特港有一艘船。」我指的那個人是跟我一樣的匪類。他是達厄瑪爾的手下，住在船裡，那是一艘二手遊艇，他總是加滿油，而且停在船塢，萬一要逃亡的時候就可以派上用場。他在那艘船上放了足夠的食糧，至少撐一個月不成問題，可以從五大湖區北上加拿大。那就是我們這種人的生存之道，永遠都在準備跑路。

她點點頭。貝爾蒙特港，當然有去過，她說她總是在那裡慢跑。

「搞不好我以前看過你，也許我們在街上錯身而過，還曾經一起搭過公車，也許曾經在地鐵等同一班捷運？」

「有數百萬人住在芝加哥。」

「但也許有這可能吧？」

「我想是有吧？妳到底想說什麼？」

「我只是在想……」她的聲音越來越小，聽不見了。

我問道，「什麼？」

「要是我們曾經相遇，如果不是因為……」

「這件事嗎？」我搖搖頭，我沒有要裝傻，但這是實情，「八成不可能。」

我又說了一次，「我們根本不可能相遇。」

「你怎麼知道？」

「我們根本不可能相遇。」

我別開目光，把毯子拉到脖子的位置，轉身側躺。

我叫她關燈，她一直在廚房裡磨蹭，我開口問道，「妳怎麼還不上床睡覺？」

她還是堅持問下去，「你怎麼會這麼篤定？」

我不喜歡這段對話被引導的方向。

我反問，「有差嗎？」

「要是我們真的相遇的話，你會不會找我搭訕？那一個晚上，要是你不需要做這件事，會主動跟我說話嗎？」

「我一開始就不會進去那間酒吧。」

「不過——要是你真的進去了呢？」

「不會。」

「不會嗎？」

「我才不會跟妳講話。」

這樣的拒絕狠狠打了她一巴掌。

「哦。」

她走到房間的另一頭，關燈。但我不能就這麼算了，不能讓她懷抱怨氣上床睡覺。

在一片黑暗之中，我老實招認，「不是妳想的那樣。」

她態度很防備，我傷了她的感情，「你覺得我是怎麼想？」

「跟妳無關。」

「一定有。」

「米雅……」

「不然是怎樣？」

「米雅……」

「怎樣？」

「與妳無關，並沒有任何意義。」

但其實有，真的與她相關。當她朝臥室走去的時候，我吐露心聲，「我第一次看到妳的時候，妳從妳的公寓走出來。我坐在對街的某棟四戶公寓階梯，就是坐在那裡等待而已，我之前看過照片。我在街角的公共電話打給妳，妳接了電話，我立刻掛掉，所以我知道妳在家。我不知道我等了多久，四十五分鐘吧，也許是一小時，我必須搞清楚自己身處的狀況。

「然後，我從大門側邊的小窗看到妳，發現妳戴著耳機蹦蹦跳跳下樓梯。妳打開大門，坐在外頭綁某隻鞋子的鞋帶。我記得妳的頭髮，垂落肩膀，然後妳伸出長臂、把頭髮往後綁好。有個女人經過，應該是帶了四、五隻狗吧，然後，她對妳說了些什麼，妳微笑，我心想，我這一生從來沒有見過……我不知道……我這一生從來沒有見過這麼美麗的景象。妳沿路奔跑，不見了，我在原地等待。我望著計程車來來去去，還有一大群下班人潮在街角公車站下車回家。當時是六點鐘，也許是七點吧，天色開始變暗，那是典型的鮮麗秋日天空，妳回來的時候在走路，正好經過了我面前，然後，妳小跑過馬路，對某台減速讓妳過去的計程車揮揮手。我想妳一定看到了我吧。妳掏出鞋子裡的鑰匙，進入屋內，上樓梯，這個位置我看不見妳。我從妳家窗戶看到燈亮了，還看到了妳的剪影，開始想像妳在裡面做什麼。我幻想自己與妳待在那裡，如果不需要做出這種事，那將會是什麼樣的情景？」

她沉默不語，然後，她說她記得那一晚，她說她記得那天空，色彩如此鮮明，她還說天空是柿子與桑格里亞水果酒的顏色，只有上帝才能調配出的那種紅。

她說，「我記得那些狗，三隻黑色拉布拉多與一隻黃金獵犬，還有那名女子，四十多公斤的身軀，被一團狗繩拖著跑。」她還說她記得那通電話，但她那時候覺得沒什麼好擔心的。她還記得自己待在屋內的時候覺得好孤單，因為臭男友要工作，不過，其實她更強烈的感覺是好慶幸。

「我沒有看到你，」她柔聲細語，「要是有的話，我一定記得。」

她彎身坐在沙發上，靠在我身邊。我拉開毯子給她位置，她順勢挨了進來，緊貼在我懷中，沒有任何空隙。我可以感受到她壓在我胸膛的心跳節奏，我感受到貫穿自己耳內的血流搏動，聲響好大，我確定連她都聽得到。我把毯子披住她的身軀，伸出手臂，找到了她的手，然後，我們十指交纏。她緊握的力道讓我放了心，我的手不再顫抖。我把下臂放在她的頸凹處，她的身軀填滿了我們的每一處空隙，我們終於融為一體。我把我的頭貼住一坨髒兮兮的金髮，這麼近的距離，她的皮膚會感受到我吐出的氣息，向她保證我們還活得好好的，只不過，我們的內心已經幾乎無法呼吸。

我們就這麼進入遺忘狀態，遁入某個一切無關緊要的世界，除了我們，什麼都不重要。

我醒來的時候，她人不見了，我已經感受不到她貼壓我的力道。雖然不久前明明什麼都沒有，但我現在卻覺得悵然若失。

我看到她在外面，坐在門廊台階，她冷得要命，但看起來她並不在意。那條毯子披在她身上，她穿的是我的鞋子，好大。她在踢階梯上的雪，但貼地的毯子末端已經濕了。

我沒有立刻出去。

我泡了咖啡，找到外套，從容不迫。

「嗨……」我光腳走到外頭，把一杯咖啡交給她，「我想這可以讓妳暖身。」

「哦！」她嚇了一大跳，看到我的光腳丫，對我說道，「這是你的鞋……」她打算要脫下來，卻被我阻止。我說我不介意，我喜歡這樣，看到她穿我的鞋子，在床上依偎我身邊，我可以習慣，不成問題。

我說道，「這裡很冷。」冷斃了，搞不好是攝氏負七度。

她問道，「是嗎？」

我沒回答。

「我還是讓妳待在這裡吧。」我覺得選擇在今天這種天氣冷死自己的人，一定是想要獨處吧。倒不是說我們之間出了什麼事，不過，光是躺在她身旁這麼久，這麼靠近她，感受到她肌膚的柔軟，還有當她打呼時胸部發出的聲響，諸此種種都真的發生了。

「你的腳一定很冷。」

我瞄了一下自己的腳，站在一層薄薄雪冰的上面，「是啊。」我轉身準備進去。

「謝謝你的咖啡。」

我不知道我期待她該說些什麼，但我覺得她應該講別的話才是。

「嗯。」我回話之後，讓大門自己關上，發出了砰響。

我不知道過了多久——已經久到我開始生氣了，氣我自己居然會對她生氣。我不該在乎的，我根本不需要鳥她。

不過，她出現了。她的雙頰被凍紅了，頭髮披瀉而下，她說道，「我不想要一個人。」

她把毯子丟在門口。

她告訴我，「我已經不記得上次被人稱讚漂亮是什麼時候的事了。」

漂亮不足以形容她的美。

當她朝我走來的時候，姿態謙卑，雙手撫摸的時候小心翼翼。上一次我把她推開，但上一次不一樣。

她現在是不一樣的女子。

我成了不一樣的男子。

我伸手撫摸她的一頭長髮，雙手下移，碰觸她的手臂。它們記得她的手指，還有她背部的形狀。她盯著我，我從來沒有見過那種神情，不論是在她或其他女子的臉龐都不曾見過。信任，尊重，慾望。我努力記憶她臉旁的每一個雀斑與疤痕，我記住她耳朵的形狀，我伸出食指撫摸她雙唇的弧度。

她執起我的手，帶我進入臥室。我說道，「妳不需要這樣……」她早就不是我的囚徒，我只希望她可以留在這裡。

我們在門口停下來，她的雙唇找到了我的嘴，我托住她的頭。我的手指撫摸她的髮絲，她的雙臂緊緊扣住我的腰後，不肯放手。

❖

發生改變的是我們撫觸的方式。有一種互通感，那是我們以往會刻意避開的部分。我們進入同一個房間的時候會輕碰彼此，她會伸出十指撫弄我的髮絲，我的手恣意在她背後流連不去，她細細探索我的臉部線條，我們睡同一張床。我們的雙手與指尖負責記憶我們的雙眼看不到的一切，凹凸不平的某處頭皮，乾燥皮膚區塊。

這種過程一點也不輕佻，我們沒有打情罵俏，我們已經超越了那個層次。我們沒有挖掘過往的戀愛，我們根本不會想要讓對方心生嫉妒，我們沒有為彼此取小名。我們沒有提到那個字，愛情。

我們殺時間聊天，講出了在芝加哥裡親眼所見的一切瘋狂事物。推著購物車四處遊晃的流浪漢，揹著十字架四處走動的耶穌狂熱分子，還有鴿子。

她問我最喜歡的顏色是什麼，我說沒有。她又問我最喜歡的食物，我拿湯匙舀了一點流質食物、讓它流入碗內，「只要不是這個就好。」

她問我，要是我們沒有來到這裡，要是我把她交出去、拿到了我的酬勞，那麼她的下場會是什麼？

我回她，「我不知道。」

「我會死嗎？」

我們學到了以前不知道的事物，肌膚碰觸可以讓我們保持溫暖，義大利麵圈罐頭與焗豆不能混搭食用，還有兩人可以同坐在那張搖搖晃晃的扶手椅裡面。

我們有吃東西，但到底內容物是什麼，我不知道。我們是為了生理需求而進食，沒有所謂的早餐、午餐或是晚餐，全都一模一樣，味道噁心死了。

她用那雙眼睛盯著我，要求我給答案，我再次回她，「我不知道。」我看到他們把她從我的車拖下去、然後把她扔進廂型車裡面。她雙手被綁，眼睛被蒙起來，我聽到她的哭聲。

我推開了自己的碗，我不餓，胃口盡失。

她站起來，拿了我的碗，她說她今晚負責洗碗。但等到我伸手可以碰觸到她的時候，我輕輕抓住她的手腕，「別管了。」

我們挨在窗戶邊看月亮，空中的銀亮之色。雲朵忽隱忽現，有時候月亮會露臉，有時候沒有。她說道，「你看那些星星……」她知道那些星座的名稱，白羊座、天爐座，還有英仙座。她說當她在芝加哥的時候，她會在搭機的時候許願，因為夜空中的那些流星數目超過了星宿。

有的時候，她明明就跟我待在同一個房間，但感覺好遙遠。

她教我如何以西班牙文從一數到一百，我教她跳狐步舞。當湖水完全結冰的時候，我們去冰釣。我們一直不曾待太久，她不喜歡看我釣魚，所以總是在冰上行走，那姿態就像是摩西早已為她分水。她喜歡剛剛落下的新雪，有時候可以看到獸跡，有時候我們會聽到遠方的雪地摩托聲響。她凍壞了，直接進入屋內，我覺得好孤單。

我帶她出去，我把槍帶在身上，兩人在樹林裡走了好一陣子，到達了某個偏僻的地方，一定沒有人會聽到子彈從槍口爆裂的聲響。

我告訴她，我希望她要學會如何開槍。我把它放在平攤的雙手之間，交給她，儼然把它當成了美麗的珠寶，她根本不想碰那鬼東西。

我柔聲說道，「拿啊。」

「為什麼？」

「以防萬一。」

我要她學習開槍，這樣她才能保護自己。

「你就是要保護我的人啊。」

我問道，「萬一哪天我不在了呢？」我把她的一綹髮絲塞到她冰冷的耳後，看著強風又將它吹散，「裡面沒有裝子彈。」

她以大拇指與食指扣住扳機護弓，從我手中取走了槍。很重，寒冷天氣之中的金屬冷冰冰，地面覆滿白雪。

我把她的手指放在扳機上面，然後將她的手掌包住槍托。然後，把她的大拇指往下扳。我把她的左手抬高、與右手平行。我的手抓住她的手，讓她可以安心，絕對不會有事，這一切不會有問題。她的雙手好冷，就跟我的一樣，不過，現在她的雙手已經沒有先前的矜持，我們互相碰觸的時候，她也不會刻意抽開。

我向她介紹手槍的各個部分：槍管、槍口，還有扳機護弓。我從牛仔褲裡拿出了彈匣，教她如何裝入手槍。我還教她各式各樣的槍枝：步槍、手槍、半自動槍枝。這個是半自動手槍，擊出一發子彈之後，彈匣中的另一顆子彈會進入膛室，一切只需要靠扳機的拉力。

我還告訴她，絕對不能拿槍對準她無意殺害的對象。

「我有過慘痛教訓，」我說道，「我七歲的時候，也可能是八歲吧。附近有個小孩的爸爸有槍。他老是拿這件事出來唬爛，我罵他騙子，他想要證明給我看，所以放學之後我們去了他家。沒有人在家。他爸爸把槍放在床邊桌裡面，沒有上鎖，而且裡面裝了子彈。我從抽屜裡拿出來，把它當成了玩具一樣。我們玩官兵抓強盜，他是警察，但有槍的人是我。那小孩說道，『手舉起來！』我轉身，對他開槍。」

然後，我們在冰寒天氣中站立不動。我們都想起了她低頭望著槍管的場景。罪惡感，還有遺憾，我相信她在我眼中看得出來；我相信當她聽我說出「我不會殺妳」的時候，也從我的語氣中聽得出來。

她說道，「但你本來有可能動手……」我們都知道這是真話。

「嗯……」我認了。我不是那種會說對不起的人，但我相信我的面容已經表達了歉意。

她說道，「但那不一樣……」

我問她，「怎麼說？」

她讓我站到她的後方，我抬高她的雙臂，我們一起瞄準附近的某棵樹。我拉開她的大腿，教她如何站立，然後扳下擊錘，扣扳機。聲響震耳欲聾，子彈飛出，差點就讓她踉蹌摔倒，樹皮爆裂飛出。

她說道，「因為要是我有機會的話，我也會殺了你。」

這就是我們對於一開始那些事件的和解方式，這就是我們修補那些惡劣用語以及心中可怕念頭的彌補方式，這就是我們在起初那些日子、那幾個禮拜的時候，在小木屋裡，在那些圓木牆面空間之中——現在那裡已經成為我們的家——對於那些暴力與仇恨的抹消方式。

她問道，「你的朋友呢？」我的下巴朝她手中的槍點了一下，這一次，我希望她自己試試看。

「算他運氣好，我小時候沒有瞄準器，子彈刮過他手臂外側，擦傷而已。」

平安夜的伊芙

蓋比一大早打電話告訴我，他已經上路了。當時是凌晨五點半剛過沒多久，我的手機就響了，我跟詹姆斯不一樣，他總是像嬰孩一樣睡得深沉，我早在幾個小時之前就醒了，另一個無法入眠的夜害我深受其苦。我懶得叫醒他，我找到了自己的睡袍與拖鞋，走到外頭。

有消息了。我站在大門台階，冷得發抖，等待蓋比的座車駛入我們家佈滿白雪的戶外車道。已經過了六點鐘，外頭依然昏暗。鄰居們的聖誕燈飾點亮了夜空：妝點好的聖誕樹放在老虎窗邊，透出了熠熠閃光，簷槽掛了冰柱狀的燈飾，只要是面街的雙懸窗，都可以看到燭光搖曳。煙囪裡冒出了一圈團的煙氣，裊裊飄升進入冽寒空中。

我把睡袍裹得緊緊的，靜靜等待。我聽到遠方有列車隆隆駛過市中心的聲響。在星期天早晨，平安夜的拂曉時分，不會有人在軌道旁等車，

「怎麼樣了？」他把車停好，下車，立刻朝我走來，根本沒關車門。

「我們先進去。」他握住我的雙手，帶我進入溫暖的地方。

我們坐在白色豪華沙發上面，挨在一起，幾乎沒發現我們已經互觸大腿。屋內昏暗，只有廚房電爐的亮燈。我不想要吵醒詹姆斯，我們一直輕聲細語。

他的眼中有某種神情，新的消息。

我頹然開口，「她死了……」

「沒有，」但他又修正用詞，盯著自己的雙手，低聲下氣承認，「我不知道。」

「明尼蘇達州東北部某座小鎮有個醫生，名叫凱拉·李。我不想要讓妳抱持太大希望。大約是一個禮拜前左右的事，我們接到電話——她看到新聞出現米雅的照片，認出是她自己的病患。米雅看病已經是好幾個禮拜之前的事了，可能有一個月之久，但她確定是米雅沒錯。米雅使用的是假名：克洛伊·羅曼。」

「醫生打的電話？」

「李醫生說還有名男子與她同行，柯林·薩切爾，她說米雅病了。」

「病了？」

「肺炎。」

「肺炎……」

要是沒有治療，肺炎可能會引發敗血症，造成呼吸窘迫，無法呼吸。如果沒有接受治療，很可能會死亡。

「醫生開了處方箋，讓她回家。醫生請她一週後回診，但米雅一直沒有出現。」

蓋比說他對於這個大沼澤城有一種不安的預感，他的直覺告訴他，她可能就在那裡。

我問道，「你為什麼會想到大沼澤城？」我想起他那天來我家的時候，曾經問我是否聽過那個地方。

「我在薩切爾家裡意外找到某張柯林寄給他媽媽的明信片。他是鮮少離家的男孩，所以這明信片吸引了我的目光，那是個躲藏的好地方。」

他繼續說道，「還有……」

我哀求他，「什麼？」

「她拿到了處方箋，但這並不表示她拿了藥，是否有服藥也很難說。」

「我已經詢問過凱瑟琳．薩切爾，對於薩切爾家族做了一點研究。原來他們家多年前就在大沼澤城有間小木屋。凱瑟琳說她對那裡不熟，從來沒有去過那裡。但是她前夫在柯林小時候帶他去過。那是夏屋，也就是說，一年只能住幾個月而已。我已經派某名警官前去查看，他到了那裡的時候，發現有台伊利諾州車牌的紅色貨車停在外面。」

我跟著重複，「紅色貨車……」蓋比提醒我，薩切爾太太的鄰居們很確定柯林開的是貨車。

我焦急問道，「然後呢？」

他站起來，「我準備要過去了，開車前往，今天早上就要出發。我本來打算搭機，但這方式不妥當，沒有直達班機，要等候轉機——」

我也站起來，「我跟你去，讓我打包——」

我想要從他身邊繞過去，他的雙手緊抓我肩膀不放。

「妳不能去，」他語氣溫柔，他說這只是直覺，沒有證據。現在警方已經在監控那間屋子，他連米雅是否在那裡都不確定。柯林．薩切爾是危險人物，他被通緝的理由不只是這起綁架案而已。

「我可以去，」我大叫，「她是我女兒。」

「伊芙……」

我聲音不穩，雙手顫抖，我等了好幾個月，為的就是這一刻，現在，終於到來，我不確定我是否準備好了，有太多狀況可能出錯。「她現在需要我，我是她母親。蓋比，保護她是我的責任。」

他抱著我，結實的熊抱，「保護妳是我的責任，」他說道，「相信我，如果她在那裡，我會把她帶回來。」

我大喊，「我現在不能失去她……」

我的目光飄向我們多年前的全家福：詹姆斯、葛瑞絲、米雅，還有我。幾乎每一個人都是被迫出現在那裡，明明蹙眉翻白眼卻掛著虛假笑容，就連我也一樣。但米雅看起來就是好快樂。為什麼？我覺得納悶，我們從來沒有給過她任何快樂的理由。

蓋比低頭吻我的額，雙唇貼住不放，緊黏著我已冒出皺紋的皮膚。

正當我們以那種姿態站在那裡的時候，身穿緊繃格紋睡衣的詹姆斯緩步下樓。

他大聲喝斥，「媽的這在搞什麼？」

第一個推開對方的人是我，「詹姆斯，」我匆匆趕向門廳迎接他，「他們找到了米雅。」

但他的目光卻飄過我，迴避我的開場白，「這就是你宣布消息的方式？」他態度挑釁，奚落蓋比，「引誘我老婆？」

「詹姆斯，」我再次呼喊他，抓住他的手，讓他可以明瞭狀況：我們的女兒要回家了，「他們找到了米雅。」

不過，詹姆斯卻以高傲姿態望向蓋比，他根本不看我，「我要眼見為真。」丟完這句話之後，他就離開了。

之前的柯林

聖誕樹裝了燈。我不會告訴她那是怎麼來的，我說她聽了一定不高興，我還告訴她，某人的損失就成了我們的收穫。

她說當我們關了燈，肩並肩處在一片黑暗之中的時候，那燈光看起來美極了，只有聖誕樹的燈與火爐。

她說，「真是完美。」

我說道，「還不夠好。」

「什麼意思？」她問道，「明明很完美。」

但我們兩個都很清楚，距離完美還有很大一段距離。

真正完美的是她凝視我、她呼喚我名字的方式，還有她撫摸我頭髮的那種態度，但我覺得她對於自己的動作完全沒有任何意識。我們每晚躺在一起的模樣，還有我的感受：完整。完美的是她有時微笑有時大笑的那種風情，我們可以想到什麼就說什麼、抑或是也可以坐著好幾個小時都靜默不語的那種態度。

現在貓咪白天都躺在我們身邊，晚上和我們睡在一起，窩在枕頭有一絲暖意的地方。我叫她把貓趕走，但是她不肯。所以她更挨近我，反而與我擠在一起。

她拿桌上的食物殘渣餵貓，牠吃得狼吞虎嚥。但我們都知道，當櫥櫃裡空空如也的時候她必須要決定：是留下我們，還是牠。

我們聊到要是有機會的話、打算去哪裡。

我列出了我想到的所有溫暖地方，「墨西哥、哥斯大黎加、埃及，還有蘇丹。」

「蘇丹？」

「為什麼不行？那裡很熱。」

她問道，「你有那麼冷嗎？」我把她拉到我身上。

我回她，「現在暖和多了。」

我問她想要去哪裡——如果我們真的有機會離開這裡的話。

「義大利有一座小鎮，」她說道，「某座鬼城——全然廢棄，被淹沒在橄欖樹叢之間，只有兩百人左右，幾乎等於不存在的小鎮，裡面有一座中世紀城堡與老教堂。」

「這就是妳想要去的地方？」我好驚訝，我本來以為會聽到馬丘比丘或是夏威夷之類的答案，不過，我看得出來，她早已思索許久。

「那是我們可以躲藏的地方，遠離電視與科技的世界。它位於利古里亞，與南法接壤的義大利地區——距離利古里亞海岸只有幾十公里而已。自己種食物，不需要依靠別人，我們不需要擔心被抓到或是被人發現，抑或是……」我瞪了她一眼，她回我，「你覺得很蠢……」

「我覺得不再吃燉番茄，換成新鮮蔬菜也滿好的。」

她老實招認，「我討厭燉番茄。」

我說我也很討厭，我當初之所以拿那些罐頭是因為太匆忙。

「我們可以找一間老農莊，那種醜醜的花崗石屋，有一百年，嗯，也許是兩百年歷史的那一種。我們將會擁有絕美山景，要是幸運的話，還可以看到海岸。我們可以養動物，自己種食物。」

「種葡萄嗎？」

「我們可以找個葡萄園，改名換姓，一切從頭開始。」

我以雙肘撐住身體，「那妳會是誰？」

「什麼意思？」

「妳的新名字。」

答案應該是很明顯，「克洛伊。」

「克洛伊，那麼之後妳就是克洛伊了……」我開始細細玩味這個名字，克洛伊。我還記得那一天，好幾個月之前的事了，我們開貨車回到大沼澤城的路程當中，我逼她挑選一個名字，她想到了克洛伊。我問道，「為什麼是克洛伊？」

「什麼意思？」

「那一天，我告訴妳不能再當米雅的時候，妳說那就克洛伊吧。」

「哦……」她坐直了身體，臉上出現我衣服的皺痕。她頭髮很長，髮尾落在背部一半的位

置，搞不好更長，我在等待一個簡單的答案，我就是喜歡之類的話。但我聽到的不止於此，

「什麼意思？」

她閉上雙眼，我知道她不想告訴我。

但她還是說了，「當時我六、七歲，我媽媽在廚房，但是她開了電視，新聞頻道，我當時在畫畫，她不知道我在專心看電視。出現了一條新聞，堪薩斯州或是奧克拉荷馬之類的地方的某所學校樂隊出外巡演，一群小孩搭巴士去外面參加比賽什麼的，我不知道，不是很專心聽。巴士打滑墜落深谷，有六個小孩死了，司機也是。

「然後，這家人現身了，媽媽、爸爸，還有兩個比較年長的男生，可能是十八或十九歲，他們的面容依然清晰可辨——爸爸身材瘦弱，髮線已經後退。而那兩個兒子，像是籃球員一樣的瘦高身材，頂著褐橘色的頭髮，而那母親的模樣像是被聯結車輾過一樣。他們在哭，站在這個小白屋之前的每一個人，都在哭個不停，所以才會引發我的關注。那樣的哭聲，崩潰心碎，萬念俱灰。大多數的時候，我都是盯著那爸爸，但其實他們每一個人都是如此，為了死去的女兒，死去的妹妹，在公眾場所嚎啕痛哭。她在這場意外中喪生，司機打瞌睡墜谷。她明明十五歲，但我記得她父親一直滔滔不絕在講她的嬰兒年代，他頻頻強調她有多麼了不起，但他提到的一切——她個性和善，傻乎乎，而且天生就是吹長笛的料——實在未必稱得上是了不起。但對他來說就是如此，他頻頻呼喊，『我的克洛伊』，或是『我的寶貝克洛伊』。克洛伊．佛洛斯特，那就是她的名字。

「我心心念念的就是克洛伊．佛洛斯特。我想要變成她，希望有人熱切想望我，一如她的家人在想望她一樣。我為克洛伊哭泣，總共哭了好幾天。我孤單的時候會找她說話，我一直與我的亡友克洛伊進行對話。我繪出她的畫像，有數十張之多，我畫出了她的褐橘色頭髮與咖啡色雙眸。」她伸出雙手搔抓頭髮，怯生生別開目光，一臉尷尬。

然後，她講出真心話，「我嫉妒她，真的。嫉妒她已經死了，嫉妒有人在某個地方深愛著她，超過了他們對我的愛，」她遲疑了一會兒，然後說道，「這種話很瘋狂，我知道。」

但是我搖搖頭，「並沒有……」因為我知道那是她想聽的答案。但我想到的是她成長過程中一定何其寂寞，想望一個自己根本不認識的亡友。米雅與我的遭遇都令人不是很開心，但至少我們並不孤單。

她改變話題，她再也不想提克洛伊．佛洛斯特這個人了。

「那你會是誰？」

「約翰吧？」我也只能當約翰[5]而已。

她說道，「不，」其實答案就跟克洛伊一樣幾乎呼之欲出，「你會是歐文，因為反正名字不重要吧？那又不是你的真名。」

我問道，「妳想要知道嗎？」

[5] John Doe為無名氏之意。

我猜她早已在心中猜疑過無數次，一直在想我的真名是什麼，我覺得奇怪，她怎麼不曾想要問我。

「不用，」她回我，「因為對我來說，你就是那個人，你是歐文。」她還說不管以前我是誰都不重要。

「以後妳就是克洛伊了。」

「我會是克洛伊。」

就在那一刻，米雅已經不存在了。

之後的伊芙

我徵求羅德絲醫生的意見，她同意了，但必須有一個前提：她也得同行。我拿詹姆斯與我共用的信用卡買了三張機票，而蓋比的費用由警局支付。

我們要重返那間一直拿來禁錮米雅的小木屋，盼望到了那裡之後，可以幫助她恢復記憶，想起自己被囚時的細節。如果光是那隻貓就可以觸發關於柯林・薩切爾的諸多回憶，那麼，我很好奇那間小木屋會產生什麼樣的效果。

米雅和我共用一只行李袋，我們東西不多，我一直沒有向詹姆斯提到我們要去哪裡。米雅請阿亞娜幫忙照顧獨木舟幾天，對方毫不遲疑就答應了，她九歲的兒子隆尼知道即將有貓相伴，開心得不得了，我們搭乘計程車前往歐海爾機場的途中，先請司機讓我們前往她的公寓。這是米雅與獨木舟第二次別離，米雅心情很難受，不知道她第一次與他告別的時候是什麼場面。

對於米雅這種狀況的人來說，機場是個恐怖之地。噪音震耳欲聾，成千上萬的人，喇叭廣播不斷，空中還有飛機升騰。米雅雖然夾在羅德絲醫生與我之間，但她很緊張，我們都看得出來，我一直緊扣她的手臂。羅德絲建議可以吃一錠煩寧，她早已放在她的行李箱裡面，以防萬一。

我們四個在自己航廈的某排長椅入座，蓋比盯著我們，「妳還帶了什麼？」

「其他的鎮定劑，」她回道，「藥效更強。」

他往後一靠，拿起別人留下的報紙。

「安全嗎？」我問道，「要考量……」

米雅態度冷漠，替我接口，「要考量寶寶。」我自己說不出那個字。

我說道，「嗯……」米雅講得出口，讓我覺得自己好羞愧。

「很安全，」醫生向我們保證，「就這麼一次沒問題，我倒是不建議在孕期經常服用。」

米雅喝了一小口的水吞藥，然後，我們開始等待。當我們的航班宣布登機的時候，她已經快要睡著了。

我們要飛往明尼亞波里斯的聖保羅機場，中停四十五分鐘，然後繼續轉機飛到明尼蘇達州的杜魯斯。將會有一位蓋比口中所謂的朋友，也就是羅傑．漢彌爾警探，在那裡與我們會合，然後開車載我們到大沼澤城。雖然他稱此人為朋友，不過，光是當他提到這男人時的那種語氣，我就聽得出他隱含的不屑。我們是早班飛機，早上九點，當飛機升入可怕寒空的時候，我們都知道這將會是漫長的一日，唯一的幸運之處是米雅睡著了。

我和米雅比鄰而坐，她坐在窗邊，我坐走道。蓋比與我中間有一條細長走道相隔，他伸手輕觸了我的手臂有一兩次，詢問我一切是否安好。他旁邊是羅德絲醫生，她沉浸在有聲書世界，耳機覆貼雙耳。機艙的其他人完全沒有注意到我們的狀況。大家在閒聊天氣、滑雪狀況，還有他們自己的銜接航班。當飛機要降落的時候，有名女子專心唸出天主經，祈禱我們可以平安落地，她的顫抖雙手緊抓著一串玫瑰念珠。機師警告我們會遇到亂流，叫我們要好好待在座位裡。

等到我們降落在明尼亞波里斯的時候，米雅醒來，因為狀況混亂又再次焦躁不安。我詢問醫生什麼時候要再給藥，但羅德絲醫生叫我放心，我們必須要耐心等待，因為我們需要米雅在這個下午保持清醒。我們在等下一班飛機的時候，蓋比主動拿了一台iPod給米雅，而且拚命找出了最不惱人的音樂來蓋過嘈雜噪音。

我不知道等到我們到達之後會出現什麼狀況，光是這樣的念頭就讓我心煩。我想到了米雅對那隻貓的反應。當我們一看到她之前遭挾持監禁的那個地方，她又會作何反應？我在想，自從她回家之後我們已經得到的進展，會不會就此化為烏有？

我暫時離開去上洗手間，羅德絲醫生立刻補位，坐在米雅身邊，以免讓她落單。等到我出來的時候，蓋比正在外頭等我，我走過去，讓他以雙臂擁抱我，他對我說道，「過沒多久之後，這一切都會結束，相信我。」

我真的相信。

到了杜魯斯，有台警局休旅車準備護送我們過去，開車的男子自我介紹是漢彌爾警探，蓋比叫他羅傑。米雅向對方說幸會，但蓋比提醒我，其實這並非是他們第一次見面。

他是大肚腩男人，年紀與我相仿，但看起來蒼老多了，我發覺自己最近也開始老化。那台休旅車裡面貼有他妻子的照片：過胖的金髮女子，周邊圍繞著子女。一共有六個，一模一樣的胖嘟嘟魁梧身材。

米雅、羅德絲醫生與我進入後座，而蓋比坐前座。他本來好意要讓位置給我，但我婉拒，我不想要承擔閒聊的重責大任。

車程有兩個多小時之久。蓋比與漢彌爾警探自顧自閒聊警務工作，兩人拚命在互別苗頭。我看得出來，蓋比不喜歡這男人，他的語氣不是很友善，有時候的態度還很唐突，但因為考量到我們這三名女子，他還是維持風度。他比較想與米雅和我講話，而不是我們的司機，在這段車程當中，我們其他人幾乎都保持沉默，就讓漢彌爾警探自言自語，講述這球季中明尼蘇達灰狼隊打贏芝加哥公牛隊的某兩場比賽，我對於職業運動球隊根本一無所知。

我們幾乎都在六十一號公路上奔馳，部分路段是沿著蘇必略湖的水岸前行。米雅的雙眸一直緊盯湖面，我不知道她以前是不是看過？

「有沒有哪裡覺得很眼熟？」蓋比問了不止一次，他問的都是我無膽開口的問題。

先前羅德絲醫生曾經表明立場，蓋比不該過度施壓探問，而蓋比講得很清楚，他有任務得要完成；而她的職責就是要收拾殘局。

我們經過了大沼澤城，接下來走的是被大家稱之為「燧石小徑」的路線。漢彌爾警探知識豐富，但其實他所提供的資訊我幾乎都已經知道了，在米雅回來之後的那些失眠之夜，我已經默默記下了這條風景秀麗小道的所有細節。我們沿著某條雙線道前行，穿過了蘇必略湖國家森林，我想我這輩子從來沒有看過州面有這麼豐富的植被。大部分的植物在此時都已經枯死，被埋在一堆堆的深雪之下，要等到春天到來的時候才會露臉。常綠樹木以針葉廣納白雪，呈現辛苦的承重姿態。

我們持續前行，我看出米雅的坐姿越來越挺直，目光越來越適應環境，我過往所見到的那種呆滯眼神不見了，而是覺知與好奇。

羅德絲醫生正在引導米雅，方式是視覺化與不斷自我肯定：我辦得到。現在詹姆斯的聲音在我耳畔響起，正在嘲弄這女子的非理性技巧。

蓋比在自己的座位裡轉頭，開口問道，「現在認出什麼了嗎？」她搖頭。現在已經是傍晚時分，三點鐘，也許是四點鐘吧，天色已經逐漸轉暗，滿佈密雲，雖然車內有穩定的暖氣，我的雙手與腳趾卻開始變得僵麻，暖氣無法抵抗外頭的零下氣溫。

「妳當初逃出來的時候還真是剛好，」漢彌爾警探對米雅說道，「不然妳絕對撐不過這個冬天。」

那種意象不禁讓我全身起了一陣涼意。就算柯林．薩切爾沒有殺她，大自然也會自己動手處理。

「啊，」蓋比開口緩和氣氛，他察覺我出現了他不喜見的心緒波動，「大家一定很驚訝，其實米雅真的是個鬥士，對不對？」他提問的時候還眨眨眼，然後，他張嘴默示了幾個只有她與我看得到的字詞，妳辦得到，就在這個時候，休旅車輪胎撞到了一坨白雪，我們全都轉頭，與我們正面相迎的是某間淒涼的圓木小木屋。

她早就看過了這些照片。我多次看到她懶洋洋坐著不動，盯著這間小木屋或是柯林．薩切爾的空茫雙眼，但什麼都看不出來。不過，她現在真的看到了什麼。漢彌爾警探打開車門，而米雅彷彿像是被磁力吸引了一樣，立刻下車，我必須要阻止她，「米雅，妳的帽子，」我說道，「妳的圍巾……」因為外頭實在太冷了，這樣的空氣一定會凍傷她的皮肉。但米雅似乎對寒意渾然不覺，我必須把手套硬是戴上她的手，她簡直就像是個五歲小孩一樣。當她看到這棟小木屋，還有滿雪車道通往的那道階梯之上被黃色封鎖線圍住的大門口，整個人悵然若失。白雪覆蓋階梯，但還留有腳印。而且從車道的胎痕看來，最後一次落雪之後還曾經有人過來這裡。到處都是白雪：屋頂、門廊，還有屋子周邊的無人世界。我不知道米雅來到這裡有什麼感覺，如此荒僻，可能會讓人以為自己是世間最後的一批人。一想到這個，不禁讓我全身顫慄。

這裡還有我在米雅畫作裡見到的那片湖，早已歷經無數次的封凍，春天到來之前，不可能會融冰。

這種孤單絕望感讓我難以承受，所以我沒有發現米雅拾級而上的時候一派自在，充滿了熟悉感。蓋比第一個過去扶她，主動提供協助，階梯濕滑，她摔倒了不止一次。

他們在階梯頂端等待漢彌爾警探打開門鎖，羅德絲醫生與我緊跟在後。

警探推門，發出了吱嘎聲響。我們其他人拚命想要一探究竟，而蓋比展現他平常彬彬有禮的態度，「女士優先……」不過，他立刻跟了進去。

平安夜的蓋比

到達明尼蘇達州某處的時候，開始下雪了。我盡量加快速度，但還是不夠快。雨刷已經到達極速，但還是沒有辦法從擋風玻璃看清眼前的一切。這是每個六歲小孩的夢想：平安夜降雪。今晚聖誕老公公會到來，他的雪橇裝滿了給每一個小女孩小男孩的禮物。

漢彌爾警探打電話過來，他找了兩名手下監控那間小木屋，向我報告狀況，有一間被森林遮擋的小木屋，但是他們沒有發現任何人進出，也看不出裡面有人。

等到我抵達的時候，他打算要安排一組團隊：約莫十名菁英手卜。在這個區域可是大事，不是天天都會遇到的狀況。

我想到了伊芙。心中思索了無數次：當我要告知她好消息的時候，會使用什麼樣的措辭；然後，我又想到了萬一不是好消息的各種可能性：米雅不在小木屋裡面，或是她在這場營救行動當中遇難，有無數環節都可能會出包。

當我到達蘇必略湖水岸的時候，羅傑的手下已經越來越焦躁不安。他已經派出六個人出發前往樹林，準備圍攻，而且配備的是警局裡最強大武器。

漢彌爾警探是有使命感的人，似乎打算要證明什麼。

「在我還沒到達之前，不准任何人開槍，」我在某條覆滿白雪的狹路奔馳，輪胎打滑，我拚命抓回平衡感，嚇死我了。不過，更讓我擔憂的是這名警探語氣中的張狂，比我還誇張，他是在槍枝的保護傘之下，帶隊衝鋒陷陣的那種人。

「霍夫曼，這是平安夜，我的手下們還得與家人團聚。」

「我盡快趕過去。」

太陽西沉，外頭一片昏暗。我把油門催到底，急速穿越窄道，差點害自己被積雪壓沉的低垂樹枝斷頭。我多次遇到幾乎完全停頓的狀態，輪胎積雪，完全無法前進，這台大爛車會害我喪命。

我一定要盡量加快速度，我知道我必須在漢彌爾警探展開行動之前抓到薩切爾，那傢伙可能會做出什麼事很難說。

平安夜的柯林

今天下午，我回到鎮上，打電話給丹恩，一切就緒，他說他會在二十六號於密爾瓦基與我們見面，這是他的最大限度，他已經表明態度，媽的他才不會開來大沼澤城。

這是我送給她的聖誕禮物，明天的驚喜。我們會在日落時分啟程，開一整晚的車，這是最安全的方式。我提議我們在動物園見面，很適合的公共場所，聖誕節有開門。我已經在腦中盤算過無數次了，我們會把車停在停車場，她躲在靈長類動物區，我會與丹恩在野狼區會合，等到他離開、我確定沒有人跟蹤我們之後，我會去找她。從那裡出發，前往加拿大最快的方式是到達安大略省的溫莎。我們會開車進入溫莎，然後，看看我們的油錢最後能開到什麼地方，我身上的現金撐到那時候不成問題。然後，一切就結束了。我們會以假名展開新生，我會去找工作。

我已經請丹恩也幫媽媽弄了一份假證件，等到我可以的時候，也會想辦法拿給她，我還得想清楚。

我知道這是我待在這間破爛老舊小木屋的最後一晚，她不知道，我在心中悄聲向它道別。

明天是聖誕節。我記得在我小時候，聖誕節當天會一大早出門。我會從我們的零錢桶裡面拿出一元兩分的銅板，走到街角麵包店，他們會一直營業到聖誕節中午。我們假裝這是個驚喜，但我們其實心裡有數。媽媽會一直賴在床上，等到我悄悄溜出大門後才醒來。

我從來不會立刻前往麵包店。我會當偷窺狂，透過附近住家的窗戶凝望其他小孩的面孔，只是想要知道他們在聖誕節拿到了什麼。我會盯著他們的幸福笑臉好一會兒，然後，在雪地裡繼續跋涉前進的時候暗罵他們去死吧。

麵包店門口的馴鹿鈴響，會通知在那裡工作百年之久、恆定如一的老太太，我到嘍。她會在聖誕節戴聖誕老公公的帽子，發出吼吼吼的聲響，我會請她給我兩個價格為五十一分的長狀巧克力多拿滋，然後她會放入白色的午餐袋。等到我回家的時候，媽媽已經準備好兩杯熱巧克力在等候我。我們會一起共進早餐，佯裝今天並不是聖誕節。

這一次，我凝望窗外，想到了媽媽，不知道她是否安好。明天將是我們這三十年來的第一次，沒有在聖誕節共享長狀多拿滋。

等到我拿到紙筆的時候，我會在密爾瓦基寫封信給她，投入郵筒。我會告訴她我很平安，還有克洛伊也是，這只是為了要讓她的無用父母稍微安心一下而已，如果他們還在乎她的話。等到這封信到達媽媽手中的時候，我們已經離開美國了，只要我一想出辦法，我也會讓媽媽離開美國。

克洛伊到我背後，伸出雙臂摟著我，她問我是不是在等聖誕老公公。

我開始思索，要是能夠重來的話，是否會做出任何改變，但答案是不會，唯一的遺憾是媽媽不在這裡。不過，我無法在不破壞這一切的狀況下予以彌補，總有一天，一切都會搞定，這是我消解罪惡感的方式。我不知道要靠什麼途徑，也不知道什麼時候，我不知道到底要怎麼把假證件給媽媽但是卻不會被人發現，還有，我也不知道該怎麼寄足夠的錢給她搭機，但總有一天……

我轉身，把她抱入懷中，四十多公斤的體重，她瘦了。褲頭得一直往上拉，不然就會從屁股往下滑。她雙頰凹陷，目光變得遲鈍，不能一直這樣下去。

我問道，「妳知道我今年聖誕節想要什麼嗎？」

「什麼？」

「剃刀。」我以手指撫梳鬍鬚，真討厭，我覺得噁心。我想到一等到我們離開美國之後，一切都會變好，不會冷得半死，可以拿真正的香皂洗澡，我可以把這張毛茸茸的臉刮乾淨。我們可以一起走向世界，不需要躲藏，不過，我們一輩子都無法心安就是了。

「我喜歡啊……」她取笑我，露出微笑，只要她一微笑，我覺得一切就圓滿了。

我回她，「騙子。」

「那我們就得要兩把剃刀嘍。」她讓我撫摸她的細軟腿毛。

我問道，「妳想跟聖誕老公公要什麼禮物？」

「什麼都不需要，」她不假思索，「我已經擁有了我需要的一切。」她把頭依偎在我的胸前。

我學她講話，「騙子。」

她把我推開，凝望著我。她說，她想要美美的，為了我，好好洗個澡，噴香水。

我說道，「妳很美。」這是真的，不過，她又輕聲細語重複了一次：騙子。她說她這輩子從來沒覺得自己這麼噁心。

我伸出雙手托住她的腮幫子。她不好意思，想要別開目光，但我逼她看著我，我再次說道，「妳很美。」

她點點頭，「好，好啦，」然後，她以十指撫觸我的鬍子，「還有我喜歡這個。」

我們互相凝視了好一會兒，然後決定停止拌嘴。

「總有一天，」我答應她，「妳可以噴香水啊什麼的。」

「好。」

我們講出了總有一天到來時想做哪些事。出去晚餐，看電影，世界其他角落的生活日常。

她說她好累，溜進了浴室。我知道她很難過。我們討論未來，但在她的心中，他深信再也沒有未來。

我收拾我們的東西，盡量偷偷摸摸進行。我把它們在桌上一字排開：她的畫本與鉛筆，還有剩下的現金。我只花了兩分鐘就把重要的東西都準備好了，我需要的只有她。

然後，我因為無聊，拿了一把尖利的刀，在流理台刻下了我們曾經在此這幾個字。字痕是鋸齒狀，當然不是什麼大師傑作，我拿我的外套蓋住了刻字，這樣一來，等到我們離開的時候她才會發現。

我記得在小木屋的第一夜，在她眼中的恐懼。我們曾經在此，我心想，但現在離去的已經成了不一樣的人。

我凝望日落，小木屋的氣溫陡降，我又添加了薪柴。我看著自己的手錶，分秒點滴流逝。我覺得這種無聊感已經讓我受不了，我開始煮晚餐，雞肉湯麵。我告訴自己，這是我此生最後一次吃雞肉湯麵。

就在這時候，我聽到了那個聲響。

之後的伊芙

她以前來過這裡，立刻想起來了。

米雅說這裡以前有棵聖誕樹，但現在已經消失不見了。火爐裡總是有旺盛熱焰，但現在卻無聲無息。而且，以前的味道與現在也大不相同，現在只有漂白水的刺鼻臭味。

她說她看到了可能是以往的生活片段：櫥櫃裡的一堆湯品罐頭，但現在已經都沒了。她聽到了水龍頭的滴水聲，還有沉重靴子踩踏在硬木地板的嘈雜聲響，但我們其他人靜默不語，背貼圓木牆壁，宛若老鷹一樣盯著米雅。

「我聽到了小木屋屋頂的落雨聲，」她說道，「還看到獨木舟在房間裡奔跑穿梭。」她的目光沿著一條從客廳到臥室的假想線行進，彷彿，在那個當下她真的看到了那隻貓，但我們都知道牠現在正與阿亞娜還有她的兒子窩在一起。

然後，她說她聽到有人在喊她的名字。我問道，「是米雅嗎？」我的聲音幾乎聽不見，但她還是搖頭回應，不是。

她提醒我，「是克洛伊……」她的手貼住耳垂，身體出現許久以來第一次的平和狀態，她露出微笑。

但那笑容沒有持續太久。

平安夜的柯林

媽媽老是說我長了一對蝙蝠耳朵，我什麼都聽得到。我不知道那是什麼聲音，但卻逼得我起身查看。我關了燈，小木屋一片漆黑。臥室裡的克洛伊開始不安躁動，雙眼努力適應一片漆黑。她喊我的名字，我沒有立刻回應，她又叫了一次，這次她怕了。

我拉開窗簾，微弱的月光幫助我看到了狀況，警車一定至少有六台，而且警察數量是車輛的兩倍。

「靠。」

我放下窗簾，跑到小木屋的另一頭。

我急忙喊她，「克洛伊，克洛伊！」她從床上嚇醒，她努力驅趕睡意，腎上腺素也開始在她體內竄流，我把她拉出臥室，躲到無窗的玄關區域。

她清醒過來了，緊抓我的手，指甲陷入肉裡，我感覺得出來她雙手顫抖，她問道，「怎麼了？」她在哭，知道狀況不妙。

我說道，「他們到這裡了……」

「啊天哪，」她哭喊，「我們得趕快逃！」她放開我，進了臥室，她以為我們可以想辦法從窗戶溜走，她以為我們可以逃得出去。

我告訴她，「沒辦法……」窗戶卡得死緊，絕對打不開。但她還是試了。我伸出雙手抓住她，哄她離開窗邊。我語氣冷靜，「無處可去，跑不了。」

「那我們就抵抗啊。」她從我身邊擠過去，我努力避開窗前的位置，雖然我覺得屋內一片黑暗，可以讓我們變成隱形人，但我還是到了窗前。

她大叫她不想死。我想要告訴她，那是警察，該死的警察，我想要說出口，但她聽不進我講的話，她不斷重複她不想死，淚水潸然落下。

她以為是達厄瑪爾。

我沒有辦法好好思考，我望向窗外，我告訴她無處可去，我們沒有辦法一戰，他們太多人了，絕對行不通，這樣只會讓狀況更糟糕。

但她找到了抽屜裡的那把槍，她知道要怎麼開槍。她以顫抖雙手緊抓它不放，裝上了彈匣。

「克洛伊，」我語氣溫柔，輕聲細語，「這樣不會有任何幫助。」

但她還是把手指放在扳機上面，左手與右手合在一起，握得超緊，就像我之前教她的一樣，雙手與握柄之間沒有任何空隙。

「克洛伊，」我說道，「結束了。」

「拜託，」她在哭，「我們得要戰鬥，不能就這樣結束。」她瘋了，暴怒癲狂又歇斯底里。

但說也奇怪，不知道為什麼，我很冷靜。

也許我知道出現這結局只是遲早的事吧。

我們定住不動了好一會兒。我盯著她的雙眸，崩潰又頹敗的眼神。她在哭，鼻涕流個不停，我不知道過了多久，十秒鐘，十分鐘吧。

「我自己來……」她氣急敗壞，因為我不肯為她出手而大怒。我盯著她手中的槍在抖動，她辦不到，而且，要是她真的膽敢這麼做，一定會害自己喪命。然後，她壓低聲音說道，「但你的瞄準器呢……」

她的話沒有說完，我從她的表情看出了她的心緒：無助，絕望。

「沒關係，」過了一會兒之後，她說道，「我自己來。」

但我不能讓她動手。我點頭，開口說道，「好。」我伸手，取走她手中的槍。

我不能讓一切這樣結束，她哀求我救她一命、我卻拒絕了她，當然不可以。

泛光燈流洩入內，害我們什麼都看不到，我們站在窗戶前面，處於完全暴露狀態。我持槍站在那裡，雖然她的雙眼因為恐懼而瞪得好大，但我卻目光鎮定。強光害她嚇了一跳，她倒在我懷中，我趕緊站在她前面，以免她被看到，我伸手擋光。

拿槍的那隻手。

平安夜的蓋比

漢彌爾打電話來，他說他手下準備好了。

我厲聲問道，「什麼意思？」

「他聽到我們的聲音。」

我問道，「你有看仔細嗎？」

「是他沒錯，」他回我，「是薩切爾。」

「不准有人開槍，」我說道，「在我到達之前，不能有任何人輕舉妄動。聽見了沒有？」他說好，但我心底明白他根本不鳥我。

「我要留他活口，」但他聽不到，電話另一頭吵鬧得要命，漢彌爾彷彿在一公里多之外跟我講話一樣，他說他派了底下最好的狙擊手過來，狙擊手？

「不准有人開槍！」我不斷重複，親自抓到薩切爾，只是我任務的前半段，後半段是要找出誰是幕後的金主。「先不要用槍，告訴你的手下們先不要用槍。」

不過，漢彌爾忙著自顧自講話，他沒有聽到我在說什麼。他說那裡很黑，他們有夜視鏡，看到了那個女孩，看起來很害怕。然後，一陣停頓，漢彌爾說道，「還有槍……」我覺得我的心陡然一沉。

「不准有人開槍！」我看到了小木屋，隱身在森林之中，外頭停了一大堆警車，難怪薩切爾聽到了聲響。

「他挾持了那個女孩。」

我的車子打滑，一發現在這樣的雪地裡無法繼續前進的時候，我乾脆把車子排檔拉到停車檔。「我到了！」我對著手機大叫，雙腳陷在雪地裡。

「他有槍。」

我丟掉手機，拚命往前跑，我看到他們了，在警車後面排成一列，每一個人都在準備開火，「不准有人開槍……」就在我說出這句話的時候，一聲清晰槍響讓我突然一驚，停下了腳步。

之後的伊芙

對於我們回到小木屋之後會發生什麼事，我其實也沒有把握。在機場的時候，我曾經對蓋比講出我所能想出的各種最糟糕的情景：米雅什麼都想不起來，這麼多週的治療會化為烏有，這種舉動會害米雅崩潰。

當米雅在觀察那間小木屋——也就是位於明尼蘇達州森林裡的某間陋屋——內部細節的時候，我們都緊盯著她。她迅速掃視了一次，過沒多久之後，她的記憶恢復了，排山倒海而來，當蓋比問出那個已經問了無數次的問題的時候，「米雅，妳記得什麼嗎？」我們這才驚覺現在詢問必須要小心翼翼。

我女兒發出的那種聲音是我從來不曾聽過的哭喊，近乎是某種瀕死野獸的慘叫。米雅癱跪在客廳正中央，她在尖叫，講的是我聽不懂的陌生語言，她在啜泣，我一直不知道米雅會出現這樣的瘋狂爆哭，我也開始掉淚，「米雅，親愛的……」我輕聲呼喚，想要把她拉過來，抱住她。

不過，羅德絲醫生警告我要小心。她伸出手，不准我去安慰米雅。蓋比彎身靠過來，低聲對醫生與我說道，米雅歇斯底里癱軟的這塊地方，就在這裡，還不到一個月之前，曾經躺了一具血淋淋的屍體。

米雅面向蓋比，她的美麗藍色眼眸滿是憤怒，她在咆哮，「你殺了他，你殺了他……」不斷重複。她在哭，胡言亂語，她說她看到了鮮血，從他斷氣的軀體流出來，滲入地板的隙縫之中。她看到貓咪奔逃，屋內到處都是血色腳印。

她在寂靜的屋內聽到子彈穿透而入的聲響——她嚇得跳起來，重現了當初聽到玻璃碎裂落地的瞬間反應。

她說她看到他倒下，看到他的四肢變得癱軟，撲通落地。她記得他的雙眼變得呆滯無神，身體不由自主痙攣。她的雙手、衣服沾滿了血，「到處都是血……」

她絕望低泣，匐匍在地四處摸索，羅德絲醫生說米雅思覺失調症發作，我推開醫生的雙手，只想要好好安撫我的女兒，我只想要哄慰她，我朝米雅奔去，就在這時候，蓋比抓住我的手臂阻止我。

「到處都是，到處都是鮮血，醒來！」米雅雙手猛拍地面，然後縮起雙膝，開始激烈搖晃身體，「醒來！天哪，拜託你醒來，不要離開我！」

平安夜的蓋比

我不是第一個準備衝入小木屋的人。我在那堆人當中看到了漢彌爾的肥臉，我揪住他的衣領，質問他這到底媽的是怎麼一回事。要是換作平常時候，他想教訓我絕對不成問題。不過，今天非比尋常，我已經瘋了。

「他打算殺了她。」

他聲稱薩切爾逼他們別無選擇。

「這是你的說詞。」

「混蛋，這裡不是你的轄區。」

他的某個崇拜者——看起來最多十九歲，也可能是二十歲吧——從屋內朝外走，他開口說道，「混蛋已經死了。」漢彌爾的反應是舉起大拇指，還有人鼓掌。顯然這就是狙擊手，蠢到什麼都不清楚的小孩。我記得我十九歲的時候，我唯一想做的事就是拿槍，現在，用槍的念頭會把我嚇得半死。

「霍夫曼，你是怎麼回事？」

「我要留他活口。」

大家陸續擠進來，某台救護車穿越雪地，警笛大響。我望著紅藍色的閃光，不斷交替，凌厲嗚聲劃破黑夜。急救人員拿出裝備，拿著擔架在雪地裡努力跋涉前進。

漢彌爾跟著他的手下進去，大家上了階梯，進入屋內。泛光燈照亮了屋內，後來終於有個有常識的人打開了某盞檯燈，我屏氣不敢呼吸。

我之前從來沒有見過米雅．丹尼特，我想她應該從來沒聽過我的名字吧。她一定完全不知道在這整整三個月之中、我一心掛念的只有她，一大早醒來的時候看到的就是那張面孔，睡前見到的也是那張面孔。

她從小木屋裡出來，一旁有漢彌爾負責引領，他緊抓著她，那力道讓她看起來宛若被上銬一樣。她全身都是血，雙手與衣服都是，就連頭髮也遭殃，將她的金髮髮絡染成了鮮紅色。她的皮膚慘白，在討厭的泛光燈強光之下成了透明色澤，居然沒有人想要好心關掉泛光燈。她是鬼，是幽魂，表情空茫，空有軀殼但沒有靈魂。當她下樓梯滑倒的時候，漢彌爾猛推她一把，強逼她站好，淚水凝凍在她的臉頰。

當漢彌爾把米雅從我身邊帶開的時候，他鄭重宣告，「我先！」她的雙眼在我面前輕掠而過。我看到的她是伊芙，三十年前的伊芙，在詹姆斯．丹尼特、葛瑞絲、米雅，以及我之前的伊芙。

要不是因為我超擔心嚇壞的米雅，我一定會狠狠教訓他。

我在裡面看到了柯林．薩切爾的屍體，以詭異姿勢癱在地面。當年我還是街頭巡警的時候，曾經有一兩次在車禍現場幫忙搬屍，屍肉的感覺，沒有任何事物能與之比擬：魂魄離開的那一瞬間，它就變得又硬又冷。雙眼，無論有沒有閉合，都已經失去了生氣。他的眼睛睜得大大的，屍身已經冰冷，我從來沒見過這麼多的血。我施力闔上眼瞼，開口說道，「終於見到你了，幸會，柯林．薩切爾。」

我想到了住在那間爛療養院的凱瑟琳．薩切爾，我眼前已經浮現當我報喪的時候、那逐漸退化的面容將會出現的表情。

漢彌爾的人馬開始上工：拍攝犯罪現場照片、採指紋、蒐集證據。

對於這個地方，我不知道該怎麼定調才好，最多，就是不適人居吧，到處散發臭氣。其實我也不知道自己本來預期的是什麼狀況？中世紀的碾頭機和碎膝夾？如果沒有的話，也有腳鍊與枷鎖和手銬吧？我放眼所見是一個醜陋的小地方，媽的裡面居然有聖誕樹，我自己家還比不上這裡。

有人把某間派克外套丟在地上。「看一下這個……」我站起來，雙腿抽筋。塑膠檯面刻有幾個字，我們曾經在此，「你覺得這是什麼意思？」

我伸出手指撫摸那些字，「我不知道。」

漢彌爾走入小屋，嗓門震耳欲聾，「她現在是你的了……」他說出這句話的時候，還輕輕踢了薩切爾一下——以防萬一。

「她說了什麼？」我之所以發問只是為了閒聊而已，我才不鳥她對他說了什麼。

他回我，「你自己去問啊。」他語氣中有某種弦外之音勾起我的興趣，他以傲慢笑容在炫耀——我知道了你不知道的事——「狀況還不錯。」

我彎身，看了柯林．薩切爾最後一眼。他躺在硬木地板上面，已然死絕。我低聲問道，「你到底做了什麼？」然後，我走出屋外。

她坐在後門敞開的救護車裡面，旁邊有一名緊急救護人員陪伴。他們拿了一條毛毯裹住她的身軀，正忙著確定她身上沒有自己的血。救護車現在沒聲音了，警示燈與警笛都靜悄悄，只有人語交談，還有人在大笑。

我緩步朝她走去，她望向遠方，任由急救人員仔細檢查，但是每一次的撫觸都害她為之抽搐。

「這裡很冷啊……」我開口，引起她的注意。她一頭長髮散落臉龐，遮蓋了雙眼。她流露出某種幽微的神情，我不知道到底代表了什麼含義。她的肌膚黏有血漬——是乾涸了？——還是結凍？她在流鼻涕，我從口袋裡取出手帕，塞入她手中。

我從來沒有這麼關心過哪個陌生人。

「妳一定累壞了，這真是一場辛苦折磨。我保證，我們很快就會送妳回家，我知道有人迫不及待想要聽到妳的聲音。」

「我是蓋比．霍夫曼警探，我們一直在找妳。」

真不敢相信這是我們第一次見面，我覺得我對她的熟悉感已經超過了我一半的朋友。

她目光上揚，只看了我一下，然後目光又一路盯著他們要送進去的空屍袋。我說道，「妳不需要看那個……」

不過，她看的不是屍袋本身，而是那個空間，她緊盯著袋內空間。附近擠滿了來來去去的人，幾乎全是男人，只有一名女子。大家在互動時刻提到了聖誕計畫：上教堂、與姻親共進晚餐、熬夜組裝妻子上網買的某些玩具，大家都很忙碌。

要是換作是其他案子，我會和別人擊掌慶祝，幹得好，但這跟其他案子並不一樣。

「漢彌爾警探已經問過妳一些問題，我也有些事想要問妳。不過，可以緩一緩。我知道這……對妳來說……並不容易。」

我突然想要摸一下她的頭髮，或是輕拍她的手，可能會讓她回魂過來的某些簡單動作。她目光迷茫，整顆頭靠在彎曲膝蓋上面，不發一語。她沒有哭，我一點都不驚訝，因為她是處於驚嚇狀態的女子。

「我明白這對妳來說是一場惡夢，對妳的家人也是。好多人都一直在擔心妳。我保證，我們會讓妳來得及回家過聖誕節，」我繼續說道，「我會親自送妳回去。」只要米雅給我一聲好，那麼我們就可以準備上路，展開漫漫歸鄉旅程，伊芙會在他們家大門口張開雙臂迎接她。不過，我們得先進當地醫院、進行詳細檢查，希望記者們還沒有聽到風聲，不然他們就會拿著攝影機與麥克風、在醫院外一字排開，丟出一堆問題。

她沉默不語。

我打算用我的手機打電話給伊芙，讓米雅親自為她送上這個好消息。我伸手在口袋裡拚命找，靠我手機去哪裡了？哦，這樣啊，可能壓力太大，太快了，她還沒有準備好。不過，伊芙如坐針氈在等我電話，我要盡快。

她終於開口，聲音細柔，「發生了什麼事？」

我心想，當然，一切發生得這麼快，她正在努力釐清一切。

「他們抓到他了，」我說道，「一切都結束了。」

「一切都結束了。」她講出這幾個字之後，跌坐在雪地裡。

她的目光環視全場，仔細觀察眼前的一切，彷彿這是她第一次見到的畫面。難道這是她第一次得以走入戶外嗎？

她低聲問道，「我在哪裡？」

我與急救人員互看了一眼，對方聳肩。我心想，靠，這種事你比我厲害吧。我負責抓壞人，你要照顧好人啊。

我開口，「米雅……」我聽到遠方有手機在響，很像是我的鈴聲，我又喊了一次，「米雅……」

當我第二次呼喚她名字的時候，她面露困惑。我又喊了第三次，因為我想不出接下來該說什麼話。出了什麼事？我在哪裡？這都是我打算要問她的問題。

她小聲回我，「那不是我的名字。」

急救人員在打包自己的東西，他希望帶她去給醫生做檢查，不過，目前她看起來還好。是有營養不良的症狀，逐漸復原的傷口，但並沒有大礙。

我吞口水，「明明就是。妳是米雅．丹尼特，妳不記得了嗎？」

她搖頭，「不是。」並非她不記得，而是她確定我搞錯了。她挨到我身邊，彷彿在吐露秘密一樣，她告訴我，「我的名字是克洛伊。」

漢彌爾警探從旁邊經過，發出了令人作嘔的聲響，「我早就告訴你狀況還不錯。」他冷笑，同時對手下大喊，「動作快一點，我們就可以收班了。」

之後的蓋比

我們在大沼澤城入住某間飯店，蘇必略湖畔的傳統小客棧，外頭有一個「免費歐陸型早餐」的招牌吸引了我的目光。我們得要等到第二天早上，才能搭上回程班機。

羅德絲醫生給米雅開了鎮定劑，讓她沉沉睡去。我把她抱入她與伊芙入住的房間，然後我們三人站在走道裡講話。

伊芙緊張不安，她知道這整件事都搞錯了。她甚至差點責備我，但立刻收口，最後她只說了一句，「遲早會真相大白……」但我不知道她是真心這麼認為或者只是想要安慰我。

我之後會提醒她，當初下令挾持米雅的人並不是柯林．薩切爾，在找她的另有其人，我們需要讓米雅盡可能保持頭腦清楚，才能把這個人揪出來。他一定跟他說了什麼，柯林一定曾經告訴她來龍去脈。

伊芙靠在粉色壁紙的走道牆面。醫生已經換了休閒褲與拖鞋，她梳了一個緊繃的髮髻，額頭面積看起來變得好巨大。她雙手交疊胸前，對我們說道，「這叫做斯德哥爾摩症候群。當受害者與擄人者產生感情聯結的時候，就會出現這種狀況。他們在監禁期與擄人者契合在一起，他們會捍護擄人者，對於前來援救的警察感到恐懼。這並不算罕見，我們一直屢見不鮮。家暴案、受虐孩童、近親相姦都有。警探，我相信你可以舉出例子。某名女子打電話報警說她先生打她，等到警察到了她家門口，她痛罵他們，轉而護衛自己的伴侶。」

「許多狀況會有助滋長斯德哥爾摩症候群。米雅覺得自己飽受攻擊者的威脅，我們知道的確如此；除了攻擊者之外，她覺得孤立無援，我們知道也是這樣；她覺得自己沒有辦法逃離困境，當然這一點也毋庸置疑。最後最後，薩切爾先生只需要向她稍微展現一點人性，比方說——」

我主動接口，「不讓米雅餓死。」

「沒錯。」

「給她衣服穿，給她庇護之地。」我可以繼續講下去，對我來說再合理不過了。

但對伊芙來說卻不是如此。她等到羅德絲醫生道別、離開走廊——聽不到我們說話之後——她才開口，流露那種只有媽媽最清楚的語調，「她愛他。」

「伊芙，我覺得——」

「她愛他。」

我從來沒有看過伊芙如此篤定。她站在門口望著米雅在床上睡著的模樣，宛若新手母親凝視自己的嬰兒。

伊芙挨在米雅身邊共睡一張床。雖然我有自己的房間，但我睡在另一張床上，伊芙請我不要離開。

當我鑽進被窩的時候，我在思索自己有什麼資格講話？我對於談戀愛根本一無所知。

我們都睡不著。

「我沒有殺他……」我提醒伊芙，但這也不重要了，因為反正有人殺了他。

之後的伊芙

在回家的整趟旅程當中，她失魂落魄。她挑了靠窗座位，把額頭貼住了冰冷的玻璃。當我們努力要與她講話的時候，她沒有反應，我不時還會聽到她在哭泣。

我看到她的淚水從雙頰潸然而下，落在她的雙手。我拚命想要安慰她，但她卻閃避我。

我曾經談過一場戀愛，好久以前的事了，我幾乎記不得。我在這座城市某間餐廳遇到的這個英俊男子，讓我神魂顛倒，這個充滿魅力的男人讓我狂喜不已。現在，他消失了，我們之間只剩下傷痛的感覺與卑劣話語。不是誰奪走了他，而是我飄走了，現在的距離已經遠到我再也看不到那青春臉龐或是魅誘笑容，但依然讓我好心痛。

羅德絲醫生與我們在機場分開，她打算一大早的時候再為米雅看診。醫生與我決定要將她的療程增為一週兩次，急性壓力失調是一個課題，而悲痛又是另一個課題。

她對我說道，「要面對的太多了……」我們望向米雅，她把手放下來、貼住自己的腹部。這個寶寶再也不是負擔，而是他的最後一絲遺痕，必須要好好把握。

我在思索，要是當初米雅動了墮胎手術、會對她造成何種傷害？想必會把她推向崩潰邊緣。

我們在長期停車場看到了蓋比的車，他主動開口要載我們回家。他姿態笨拙，想要拿全部的行李，就是不肯讓我幫忙。米雅的步伐比我們其他人快，所以我們得要努力跟上腳步，這樣一來，她就不需要看到我的不安面容，也不需要盯著那名男子的眼眸——她認定是他射殺了她的愛人。

在整趟旅程當中，她一直坐在後座，不發一語。

我問她夠不夠暖和，她沒理我。

蓋比問她餓不餓，她沒回應。

沒什麼車流，這是冰寒的星期天，那種會讓人想要窩在床上的天氣。蓋比打開了廣播電台，調低音量。米雅躺在後座，剛好在這時候睡著了。我望著那一頭亂七八糟的頭髮披散在她凍傷的粉紅色雙頰，雙眼在顫動，她的身體在入眠狀態，但腦海裡卻充滿了各種景象。我怎麼想也想不通：像米雅這樣的女子，怎麼會愛上柯林．薩切爾這種人？

然後，我的目光飄向坐在我身邊的男人，與詹姆斯截然不同的男子，簡直太玄妙了。

我吐露心事，「我離開他了……」我一直盯著前方的路面，不曾揚起目光。

蓋比不發一語，不過，當他的手蓋住我的手背時，已經一切盡在不言中。

蓋比把我們載到門口，他開口說要幫我們把東西拿進去，但我拒絕了，我說我們可以自己來。米雅自己朝公寓走去，丟下了我，我們兩人默默望著她離開。蓋比說他早上再過來，有東西要拿給她。

然後，等到沉重大門關上、已經看不到她的時候，他彎身吻我，完全沒有理會繁忙人行道上準備返家的通勤族，還有喧囂馬路上的來往計程車。我伸出雙手抵住他的胸膛，開口說道，「我沒辦法……」這句話會讓我傷得比他更嚴重，他的溫柔的眼眸納悶不已，然後，他緩緩點頭。這與他無關，但我現在也該好好重整自己生活重點的秩序，它們已經失衡許久了。

米雅告訴我，有碎玻璃的聲音。她盯著呼吸困難的他。有血，到處都是，當他伸出雙手的時候，她無能為力，只能看著他倒下。

她在自己的床上醒來，尖叫。等到我進去的時候，她已經從床上摔下來，趴在地上，擺出彷彿自己壓住某人的姿態，她低聲呼喚他的名字，「拜託不要離開我……」然後，她開始拉開被褥，找尋他的蹤影。她丟毯子，扯床單，大吼大叫，「歐文……」我站在門口，望著這令人心碎的場景，她推開我，差點來不及奔到馬桶前就吐出來。

每天都在上演這種畫面。

有時候，晨吐沒那麼嚴重，不過，米雅說這些日子最辛苦。讓她懸念的不再是持續不斷的嘔吐感，而是不斷想起歐文死了。

我在門口附近徘徊，開口喊她，「米雅……」只要能夠撫平那種傷痛，叫我做什麼都不成問題，但我無計可施。

等到她準備好了，她終於把小木屋最後一刻的事告訴了我，關於窗戶破裂，玻璃碎滿地，冬風強行灌入的過程，「那聲響把我嚇壞了，我的目光立刻投向外面，後來聽到歐文不停在喘氣，他低聲呼喊我的名字，克洛伊，他拚命想要吸入足夠的空氣。他雙腿開始癱軟，我不知道究竟出了什麼事。」她大哭，搖頭，腦中浮現當下的畫面，每天會上演百次之多，我把手放在她的大腿上面，勸她別再想了，沒有必要，但是她還是這麼做，因為她必須如此，因為她的心再也無法壓抑回憶，它們宛若隨時爆發的火山，先前在她的心中進入休眠狀態。

「歐文？」她大聲呼喊，困陷在非屬當下的某個時刻，「槍從他手中落地，在地板撞出凹洞。他伸手要摸我。有血，到處都是血。他中槍了，雙腿開始不聽使喚，我想要抓住他，真的，但他身體太重，最後癱軟在地。」

「我倒在他旁邊，『歐文！啊天哪，歐文……』」她開始啜泣。

她說她想到了義大利的利古里亞海岸，那是她在最後一刻看到的場景。在海面悠閒漂蕩的船隻，還有濱海阿爾卑斯山脈與亞平寧山脈的高聳頂峰。她看到了山丘裡隱藏了一間石板農舍，他們，也就是她與那個名叫歐文的男子，在當地的豐饒鄉村綠地辛勤勞動，背都快斷了。她幻想他們再也不需要逃亡，他們到家了。在那最後一刻，米雅看到小孩在如茵綠地奔跑，躲藏在一排排的整齊葡萄樹叢之間。他們有跟他一樣的深色髮絲與眼眸，而且在他們的異地英文對話當中，還夾雜了小朋友、歡樂，以及真愛的義大利字彙。

她告訴我，鮮血從他體內不斷噴濺而出，流遍地板，貓咪在屋內四處亂跑的情景，還有地上四處散佈的血爪小印。她的雙眼再次掃視整個房間，彷彿這裡就是事發現場，當下回到了那一刻，但明明貓咪活像個瓷雕像一樣乖乖窩在臥室窗台。

她說他呼吸變慢，然後他費力呼吸，節奏短淺，到處都是血。「他的雙眼再也不動了，胸膛也是。『醒來，快醒來！』我一直搖他，『啊天哪，拜託快醒來，拜託不要離開我……』」她埋在自己的床被裡啜泣，她說當前門被推開的時候，他的四肢已經停止奮戰。有一道眩目強光，還有某個男人叫她離開屍體旁邊。

她大叫，「拜託不要離開我……」

她每天早上醒來的時候，都大喊他的名字。

她睡在臥室，我攤開沙發床，睡在客廳。她不肯打開窗簾，不願意讓這個世界進入屋內。她喜歡保持黑暗，待在這樣的空間之中，她可以相信這是一場二十四小時不間斷的惡夢。我幾乎完全無法勸她進食，「就算不是為妳，」我哄她，「也該為寶寶著想。」她說，這是她得活下去的唯一理由。

她偷偷向我坦承她撐不下去了。當她清醒的時候，並沒有說出口，不過，當她在啜泣，因絕望而不知所措的時候，她流露了心跡。她想到了死亡，各式各樣的自殘手法，她逐一細數給我聽，我提醒自己，絕對不能讓她落單。

星期一早上，蓋比現身，帶了一箱從小木屋裡取出的物品。他一直留存它們當作證物，「我本打算要還給柯林的母親，」他說道，「但轉念一想，也許妳們想看一看吧。」

他希望可以就此停火，但他得到的回應卻是她的斥責目光，她低聲說出「歐文……」。

我把她從臥房裡拉出來，她坐著不動，雙眼茫然盯著電視。我必須要注意她看了什麼內容，晚間新聞讓她整個人崩潰，出現了死亡、謀殺、定罪這類的字詞。

我告訴米雅，開槍射殺歐文的人不是蓋比，但她說不重要，沒有意義，他死了。她不會因此憎恨蓋比，她麻木了。靈魂出現了一片巨大的空缺——我們大家都一樣。我努力想要讓她明瞭警方在那裡是為了保護她，他們眼中看到的是一名持槍罪犯與他的獵物。

最重要的是，米雅很自責，她說當初是她把槍放到了他的手裡，她在夜半流下後悔的淚水。羅德絲醫生告訴她有關悲痛的各個階段：否認與憤怒。醫生保證，總有一天會進入接受痛失摯愛的階段。

米雅打開了蓋比帶給她的那個盒子，從裡面拿起某件灰色的兜帽運動衫，她把它湊到面前，閉上雙眼，嗅聞純棉布料的氣味。「米雅，親愛的，」我說道，「讓我把它洗乾淨。」它散發可怕惡臭，但她雙手緊握不放，不肯讓我拿走。

她很堅持，「不可以……」

她每一個晚上都與它共眠，佯裝那是緊緊抱住她的雙臂。

她在任何地方都會看到他：在她的夢中，她醒來的時候亦然。昨天，我執意要散步，對一月這種時節來說，還算是可以忍受的日子。我們需要新鮮的空氣，我們窩在這間公寓已經好幾天之久。我打掃這房子，擦洗好幾個月不曾使用的浴缸。我拿了一把鋸齒狀的大剪刀、修整她的植物，把枯葉丟入垃圾桶。阿亞娜主動幫忙，替我們在超市買了些東西——牛奶與橘子汁，還有，在我的要求下，買了鮮花，這是可以提醒米雅世間仍有生氣勃勃之萬物。

昨天，米雅穿上從同一個紙箱取出的某件大外套，我們到了外頭。在階梯最下方的時候，她停下腳步，盯著對面街道的某個幻想之地。我不知道她看了多久，最後我悄悄拉她手臂，開口說道，「我們去散步吧。」我不太清楚她到底在盯著什麼，那裡什麼都沒有，只有一棟立面裝設鷹架的四戶公寓。

芝加哥冬日淒寒。但偶爾老天會大發慈悲，給我們一個攝氏四度到九度不等的天氣，提醒我們痛苦到來也終將過去。我們散步的時候，氣溫一定是攝氏三、四度吧，十幾歲的小孩會穿著短褲T恤衝出來的那種天氣，居然忘了我們在十月的時候面對這種氣溫時的驚駭。

我們一直待在住宅區，因為我覺得不會那麼吵，我們還是可以聽到不遠處的市聲。現在是中午，她拖著腳步前進，在轉彎進入威夫蘭大道的時候，她與某名年輕男子撞在一起。我本來可以提醒她要注意提防，但我自己盯著附近某間陽台的過期聖誕樹裝飾，與旁邊人行道一灘灘讓我聯想到春天的融雪水窪相比，顯得格格不入。那男人很帥，戴了一頂棒球帽，壓得低低的，眼睛一直盯著地面，米雅也沒注意。她不可置信，幾乎是彎身大哭。

他不明白米雅為什麼會哭成這樣，頻頻道歉，「對不起，真的很對不起……」我請他千萬不要擔心。

他戴的棒球帽，與米雅從紙箱裡拿出來的是同一款，現在她一直把它放在自己的床邊。悲痛與晨吐讓她一天得衝去廁所三次，有時候是一天四次。

蓋比在今天下午過來，決心要把事情搞個水落石出。截至目前為止，他對於每次的小小探訪都覺得成果頗豐，他的唯一目標就是和解。不過，他提醒我，依然有潛在威脅，而且，停在她家外頭駐守的警車不會待在那裡一輩子。現在，他請米雅坐在客廳的沙發床上面。

她開口說道，「跟我說他媽媽的事……」這就是所謂的互相妥協。

米雅的公寓大約只有十一坪左右。客廳裡放了沙發床與小電視，要是有人來訪過夜，她就會拉出沙發床。我已經多次洗刷浴室，但依然感覺不乾淨。每當我淋浴過後，浴室裡到處都是積水。廚房小得只能容納一人，打開冰箱門的時候，要是不把它硬推到電爐邊，絕對沒有站立的空間。這裡沒有洗碗機。暖氣幾乎沒辦法為屋內供暖，當它發揮作用的時候，室內氣溫會飆升到攝氏三十二度。我們坐在沙發床上面吃晚餐，我們通常懶得起身，因為我每個晚上都把它當成了床。

蓋比開口，「凱瑟琳……」他姿態尷尬坐在沙發床的邊緣。這麼多天以來，米雅一直在追問他媽媽的狀況，我不知道該說什麼，只有蓋比知道薩切爾太太的詳細狀況，而不是我。我從來沒有見過那女子，但過了幾個月之後，我們將會是同一個小孩的外婆與祖母。「她病得很重，」他說道，「出現帕金森氏症的前期症狀。」

我進入廚房，假裝在洗盤子。

「我知道。」

「這情況不意外。薩切爾太太住在療養院一段時間了——她沒辦法照顧自己。」

米雅問那女子是怎麼會住進療養院？就柯林——歐文——的理解，她一直住在家裡。

「是我把她帶到了那裡。」

她問道，「你把她帶到了那裡？」

「是的，」蓋比老實承認，「薩切爾太太需要有人持續照護。」

從米雅的眼眸中看得出來，這一點為他大大加分。

「他很擔心她。」

「他的確該擔心，不過她很好，」蓋比向她保證，「我開車載薩切爾太太去參加喪禮。」他停頓許久，讓米雅消化沉澱。蓋比曾經告訴過我那場喪禮，就在米雅返家過沒幾天之後的事。我們當時專心面對羅德絲醫生的頭幾次約診，發現冰箱的低鳴聲會把我們的小孩嚇得半死。蓋比從某份蓋瑞城地方報剪了訃聞給我，還給了我喪禮的流程表，象牙白色的封面，印有此人的光面黑白相片。當時的我因為柯林・薩切爾居然能夠享有這種一般待遇的喪禮，讓我憤怒異常。我把流程表丟入了火爐，望著他的臉在火焰中迅速消失，我祈禱那個真正的人，那個他，也在地獄裡活活被燒死。

我停下手邊工作，等待痛哭聲響出現，沒有，米雅動也不動。

「你有去參加葬禮？」

「有，狀況很不錯，一如預期。」

蓋比形象躍升的速度是三級跳。我聽出米雅語氣變了，再也沒有任何的厭惡感。柔和多了，也少了一點防衛戒心。不過，站在廚房裡的我，緊抓著某個瓷盤，想像的卻是柯林在地獄裡被焚燒的場景，我拚命想要撲滅心中那種畫面。

「棺材是……」

「是合起來的。不過有放照片，而且有許多人與會，他絕對不知道有這麼多人愛他。」

她低聲說道，「我懂……」

一片寂靜，已經到了我無法承受的地步。我以屁股褲子擦乾雙手。當我凝望客廳的時候，看到蓋比就坐在米雅的旁邊，離她好近，她乾脆把頭倚在他的肩上，

他伸手環住她的背部，她在哭。

我想要打斷他們，讓她依偎哭泣的應該是我的肩膀，但我不敢。

「薩切爾太太現在與她妹妹瓦麗瑞住在一起，現在完全正常服藥，比較能夠控制病況。」

我躲在廚房，假裝沒有在偷聽。

「我上次見到她的時候，」蓋比說道，「看得出……希望。」

蓋比問道，「跟我說在那間小木屋的整個經過好嗎？」

我屏住呼吸，我不知道自己是否想聽這一段。她把自己知道的部分告訴了蓋比，有人花錢找他逮她、然後把她交給某個她從來沒聽過的人。但是他下不了手，所以他把她帶到了一個他認為可以保她安全無虞的地方。我深呼吸，他把她帶到了一個他認為可以保她安全無虞的地方，也許他根本不是瘋子。

她還提到了贖金，她說與詹姆斯有關。

我進入客廳，專心聆聽。一提到詹姆斯名字的時候，他激動起身，來回踱步，「我就知

道……」他講了一遍又一遍。我望著我的寶貝女兒坐在沙發床上面，想到她的父親明明有能力保護她遠離這場災厄。我離開公寓，在天寒地凍的冬日找尋慰藉，蓋比望著我離開，他知道他沒辦法一次安撫所有的人。

等到她晚上就寢的時候，我聽到她輾轉難眠。我聽到她在哭泣，呼喊他的名字。我站在她臥室房門外頭，想要讓這一切煙消雲散，但知道自己無能為力。蓋比說我無計可施，他說，就只能陪伴著她吧。

她說她可以在浴缸裡自溺身亡。

她可以拿菜刀割斷某條動脈。

她可以把頭伸入火爐之中。

她可以從逃生梯一躍而下。

她可以在半夜的時候走到捷運月台。

之後的蓋比

我拿到了搜索票，對這名法官的辦公室發動搜索。警佐也跟在我身邊，想要舒緩緊張氣氛。但是丹尼特法官根本不鳥他。他撂話，等到我們兩手空空無功而返的時候，我們兩個都會發現自己丟了飯碗。

不過，我們最後並非兩手空空，反而發現了被丹尼特法官藏起來的三封威脅信，放在他鎖住的私人檔案之間，重點都是要求贖金。這些信件中提到他們挾持了米雅，他們要求大筆贖金，才能讓她平安獲釋，不然他們就會揭發丹尼特法官曾經在二〇〇一年接受三十五萬美金賄賂、將某起勒索案改為輕判之醜聞，這是黑函。

我們的確花了一些時間，四處問案，動用了我的高超辦案功能，但我們最後還是找出了這起勒贖失敗案件的主謀，其中一個是幫忙執行計畫的索馬利亞人達厄瑪爾．歐索瑪。目前有五人在押，不得申請保釋，正在等候審判。

要是我的手能拍拍自己的背，那我一定會給自己一個鼓勵。但我沒辦法，我就讓警佐代勞了。

至於丹尼特法官，他發現最後丟工作的人其實是他自己，他被取消了律師資格。不過，這根本不算什麼，他還得煩心其他的事。他在等待自己接受審判的時候，還得仔細想一想他那些妨礙司法的證據。針對賄賂起訴的部分已展開研訊，要判斷是否有任何理據。我敢打包票，一定有。

不然為什麼丹尼特法官把那些信件藏在檔案夾之間，一直不希望別人發現？

在他入獄之前，我曾經質問他，「你本來就知情，」我的語氣是百分百的不可置信，「從頭到尾，你都知道她被人綁架。」

到底是什麼樣的人會對親生小孩做出那種事？

他的聲音依然充滿自傲，不過，這是有史以來第一次，他的語氣裡出現了一絲羞愧，「一開始的時候，不知道……」他當時在警局的某間拘留室。丹尼特法官被關入鐵牢，這是我們第一次開始交手之後，我夢寐以求的畫面。他坐在床邊，盯著公用馬桶，他知道他遲早得要在我們大家面前尿尿。

這是我第一次確定丹尼特法官講真話。

他說一開始的時候，他確定米雅在外頭做蠢事，那是她的天性，「她以前也逃家過。」然後，勒索信出現了，他不希望任何人知道自己的貪瀆情事，這些年來，他一直收受賄賂。要是這樣的話，他一定會被取消律師資格。不過，他也承認，他萬萬不希望米雅出事，在那麼一瞬間，我相信他的話。他本來打算要付贖金救她，同時也是為了要讓他們封口。他要求提供人質活口的證據，但完全沒有。

「因為，」我說道，「他們沒有挾持她。」是柯林・薩切爾挾持了她，應該說是柯林・薩切爾救了她。

他說道，「我以為她死了。」

「然後呢？」

「要是她死了，那麼就不需要有任何人知道我做了什麼事。」丹尼特法官流露出一種我萬萬沒想到會出現在他身上的虛心。

虛心以及懊悔？他對於自己的所作所為感到遺憾嗎？

我想到了他與伊芙共處一室的那些日子，躺在同一張床上的每一個夜晚，他心中一直認定他們的女兒已經死了。

伊芙訴請離婚，等到判准的時候，她可以拿走丹尼特法官一半的家產，那筆錢足夠為她自己與米雅得到全新的人生。

後記

之後的米雅

我坐在羅德絲醫生幽暗的診間，她在我的對面，我把那晚的事告訴了她。大雨滂沱，歐文與我坐在黑漆漆的屋內，聆聽大雨狂擊小木屋屋頂的聲響。我告訴醫生，我們是怎麼到了屋外，撿拾柴火，還有我們被大雨淋得濕透，最後進入屋內，「就是那個夜晚，」我告訴她，「我與歐文之間起了變化。就是那個夜晚，我明白了我為什麼會在那裡，待在那間小木屋，與他在一起，他並沒有打算要傷害我。」我開始解釋，想起了他以那雙陰鬱嚴厲的眼眸盯著我的模樣，沒有人知道我們在這裡，要是被他們發現的話，一定會殺死我們，妳和我。突然之間，我成了什麼的其中一部分，再也不是從小到大的獨自一人，「他在救我……」就在那一刻，一切發生了變化。

自此之後，我再也不怕了，就從我開始明瞭的那一刻開始。

關於那間小木屋，關於我們在那裡的生活，關於歐文，我都告訴了羅德絲醫生。她問我，「妳愛他嗎？」我說是的，我的雙眼盡是哀傷，醫生從我們之間的咖啡桌伸手過來、遞面紙給我，我把它貼住臉頰，哭了出來。

她鼓勵我說出來，「米雅，把妳的感受告訴我……」她鼓勵我說下去，我講出好想念他，我真希望不曾恢復記憶，這樣一來，我就可以一直處於完全渾然無覺的狀態，不知歐文已死。

不過，當然，故事不僅止於此。

我可以告訴她有關日日夜夜纏繞著我的那股哀愁，但我永遠沒有辦法告訴她有關自責的部分。我知道是我害歐文進了那間小木屋，我把槍放在他的手中。要是我一開始把實情告訴他，那麼我們也許可以想出什麼計畫，可以一起想辦法。不過，在一開始的那幾分鐘，一開始的那幾天當中，我太害怕了，擔心要是說出真相之後不知道他會對我做出什麼舉動；之後，我還是不能告訴他真相，因為擔心不知會引發什麼樣的改變。

他不會是那個保護我、讓我可以逃離我父親與達厄瑪爾的人，即便這一切都是假的，只是騙局。

我窮盡一生，想要找到某個會照顧我的人，就是他。

我不會放手。

我伸手搓揉越來越大的腹部，感受到寶寶在踢我。在朦朧的窗外，夏日已然到來，熱氣與濕度讓人難以呼吸。過沒多久之後，寶寶就會降臨，歐文留下的紀念品，我再也不孤單了。

我心中一直掛記著某個畫面。當時的我是初中生，我驕傲帶回A成績單，她拿了一個很醜的

「蜂蜜❻快樂」磁鐵，那是我送給她的當年聖誕禮物，她拿磁鐵把它固定在冰箱門上面。我父親回家，看到了那張表，馬上隨便瞄了一下，然後對我媽媽說道，「那個英文老師應該被開除，米雅的年紀也應該分得清楚there和their吧，妳說是不是？伊芙？」他把那張紙當成了杯墊，我在離開廚房之前，看到水漬已經滲入紙張的纖維裡。

那一年我十二歲。

我回想起那個九月天，我走入那間陰暗的酒吧。那是某個美麗的秋老虎天氣，但酒吧裡卻一片昏暗，幾乎沒什麼人，應該是下午兩點鐘吧，只有幾個老客人安靜坐在自己的桌前，靠著冰鎮波本或是威士忌借酒澆愁。這地方破破爛爛，某棟邊牆有塗鴉的磚造建築的角落空間。背景音樂放的是強尼．凱許的作品。這裡不是我居住的區域，更偏西南方，在勞恩岱爾。我在酒吧四處張望，發現我是唯一的白人。吧檯邊排有木頭高腳椅，某些椅面出現裂痕，還有的缺了椅腳，後面那面牆的玻璃櫃架排滿了酒。空氣中瀰漫著菸味，向天花板飄飛，讓這地方顯得朦朧晦暗。有人拿椅子壓擋大門，讓它保持開敞，但即便如此，清新的秋日——陽光與溫暖的空氣——也怯生生不敢入內。酒保是個留山羊鬍的禿頭男，他對我點點頭，詢問要為我準備些什麼。

我要了一杯啤酒，然後到了酒吧後面，依照他的吩咐，找了最靠近男廁的位置坐下來。當我看到他的時候，我的喉嚨突然往上縮緊，難以呼吸。他雙眸幽黑，宛若煤色，他的黑色皮膚充滿彈性，跟輪胎一樣。他坐在某張垂直板條背椅裡面，彎身喝啤酒。他身穿迷彩外套，這種天氣實在不需如此，我自己早已脫下外套，綁在腰際。

我問他是不是達厄瑪爾，他盯了我一分鐘之久，那雙純煤色的眼睛打量我的一頭亂髮，還有我眼眸中的決心。然後，又低望我的身體，牛津襯衫與牛仔褲，端詳在我胸前交叉的黑色包包，最後是我腰際的派克外套。

他沒有說自己到底是不是達厄瑪爾，反而問我準備了什麼給他。他講話的時候，聲音宛若低沉貝斯，還有為了力求生存而留住的非洲底蘊。

我自己坐入他對面的位置，發現他的個頭比我大，大多了，而當我從自己包包拿出信封、放在桌上的時候，他在觸探它的時候，那一雙手，每一隻都是我的兩倍大。他一身黑皮膚，宛若黑熊裡最深色的那一種，宛若殺人鯨的脂皮層，是那種上頭毫無任何掠食者威脅的頭號掠食者，他坐在我的對面，中間隔著這張簡單小桌，他很清楚他站在食物鏈的最上方，而我只是海藻。

他問我，他為什麼應該要相信我，他怎麼能夠確定我不會把他當傻瓜在玩弄，我鼓起所有勇氣，眼睛眨也不眨嗆他，「我又怎麼能夠確定你不會把我當傻瓜在玩弄？」

他放肆大笑，然後，以帶有幾分瘋癲的態度回我，「哼，沒錯，但還是有一點不一樣。妳也知道，沒有人敢把達厄瑪爾當傻子一樣耍弄。」

於是，我明白了，要是出了什麼狀況，他一定會取我性命。

但我不能讓自己被嚇到。

---

❻ Bee發音同Be，要快樂，取同音異字之趣。

他從信封裡取出了那些鈔票：證據，我已經放在身邊六個禮拜左右了，最後才終於想出該怎麼處理。告訴我媽媽或直接報警似乎太簡單，太平凡了。既然犯下了可怕的罪行，就需要來點可怕的懲罰。撤銷律師資格不會抵銷惡劣父親之過，不過，要是損失一大筆錢，偉大名聲掃地，那就差不多了，至少，比較接近一點。

當然，不容易找到，這一點我很確定。我正好在某個上鎖的檔案櫃裡翻到了一些文件，那天深夜他拉我母親去海軍碼頭參加某場慈善晚宴，一個人付五百美金，支持某個以增進貧窮孩童教育機會為宗旨的非營利組織——我覺得荒謬至極——超可笑——想想他自己是怎麼看待我的工作。

那晚我搭乘紫線到林登站，然後叫計程車到了他們家。我假裝自己的電腦壞了，我母親好心要把她的老舊電腦送給我，還建議我可以帶個包包回家過夜，我說好，我當然不會留下來，但我還是打包，要裝個樣子，偷藏證據的完美方法，過了幾個小時之後，我已經徹底搜查過我父親的書房，我叫了一台計程車回家，回到我自己的公寓，在功能完善的電腦前面，我搜尋私家偵探，將我的懷疑轉為完整的證據。

我要的不是勒索，其實不是，我要找的是所有的一切。逃稅、偽造文書、偽證、騷擾，什麼都好。不過，我找到的卻是勒索。三十五萬美元，轉入某個離岸銀行帳戶，我父親一直把它放在某個上鎖檔案櫃裡的密封信封裡，我運氣很好，找到了鑰匙，塞入十多年前某個中國商人送給他的古董茶罐，藏在鬆散的茶葉之間，小小的銀色美麗製品。

「要怎麼處理？」我詢問坐在對面的那個男人，達厄瑪爾。我不知道到底該怎麼稱呼他。殺手，還是合約殺手。我之所以知道此人的名字，都是拜某個素行不良的鄰居之賜，他幹過不止一起違法勾當，警察會在半夜出現在他家公寓。他很愛吹牛，那種喜歡趁著爬樓梯到三樓的時候，大談自己失態行為的傢伙。

達厄瑪爾第一次與我通話的時候——我在街角公共電話亭打的電話，通話時間短暫，只是為了要安排這次會面——他問我希望怎麼取我父親的性命，我說不要，因為我們沒有打算殺死他。我針對我父親所擬定的計畫更殘酷，身敗名裂，遭人痛罵，清譽毀於一旦，而且得要與被他判決入獄的那些罪犯住在一起，因為，對於我父親來說，那樣的結局更淒慘，宛若煉獄，人間的地獄。

達厄瑪爾可以拿六成，我拿剩下的四成。我點點頭，因為我沒有立場討價還價。而且，贖金的四成是一大筆錢，整整八萬美金。我拿到自己的部分之後，會以匿名方式捐款給我的學校。我已經在心中勾勒細節，預做準備，為了要逼真，我不能就這麼直接消失，必須要有證據，萬一之後警方開始辦案：證人、指紋、監視器畫面，諸如此類的東西。我不會先問是誰動手、會發生什麼事，抑或是什麼時候。必須要有意外元素，這樣一來，在事發的當下，我才會出現正常反應：在某起綁架案當中被嚇得半死的女子。我在西北方的阿爾巴尼園區那裡找到了一間破爛的套房。我會躲藏在那裡，至於其他的部分，就交由達厄瑪爾與他的同夥來執行。至少，當初的計畫是這樣。我從幾乎沒錢的儲蓄帳戶預付了三個月的租金，然後開始慢慢儲藏礦泉水、罐裝水果、冷凍肉品，還有麵包，這樣一來我就永遠不需要出門。我買了廚房紙巾與衛生紙，成套的美術用品，就不需要冒險被別人看到。等到贖金付了之後，我父親的惡行終於曝光，那麼，警方就會到阿爾巴尼園區的這間破爛小公寓展開救援行動，他們會找到被五花大綁、嘴巴被塞住的我，而綁匪依然逍遙法外。

達厄瑪爾想要知道他得要綁架誰，要找誰當人質要贖金。我凝望他陰險的黑色眼眸，剃得乾乾淨淨的光頭，十多公分的臉頰長疤，還有卡在他皮膚裡的某根鉚釘，我猜應該是什麼刀刃——彈簧刀或砍刀——劃破了脆弱的外在，造就了內在無可撼動的某個男人。

我的目光掃視酒吧，確定我們周邊沒有別人。除了某名身穿牛仔褲與過緊襯衫的二十多歲女服務生之外，這裡清一色男性；除了我之外，大家都是黑人。有個坐在吧檯高腳椅的男子，笨手笨腳滑下來，醉醺醺離開座位，搖搖晃晃準備去男廁。我盯著他從我身旁走過去，推開沉重的木門，然後，我的目光又回到了達厄瑪爾嚴肅冷酷的黑色雙眸。

然後，我開口說道，「就是我。」

致謝

首先，要大大感謝我了不起的作家經紀人瑞秋・迪倫・佛列德，對於《別愛上陌生人》與我都深具信心。瑞秋，妳的辛勤努力與無窮無盡的支持，讓我銘感五內，不過，最重要的是，妳堅信《別愛上陌生人》絕對不會只是我電腦裡的另一個檔案而已。要不是因為妳，這一切絕對無法成真！

感謝我的編輯艾瑞卡・意姆蘭伊，在整個過程中的表現可圈可點，絕對找不到更好的編輯了。艾瑞卡，妳的絕妙構想，形塑了現在的《別愛上陌生人》，對於最終版本，我深以為傲，感謝妳給了我這次大好機會，一直鼓勵我要全力以赴。

感謝葛林伯格事務所以及禾林MIRA出版社一路以來的支持。

感謝親友——尤其是那些不知道我在寫小說的諸位，給予我的回應只有驕傲與支持，尤其是我的母親與父親，席馬諾克、凱林柏格、季里申科家族，感謝貝絲・席琳的誠實回饋。

最後，要感謝我先生彼得，讓我有機會可以實現夢想，也要謝謝我的子女，媽媽出書應該是讓他們興奮極了！

Storytella 172

別愛上陌生人

The Good Girl

別愛上陌生人/瑪麗.庫碧卡作 ; 吳宗璘譯. -- 初版. -- 臺北市 : 春天出版國際文化有限公司, 2024.01
面 ;　公分. -- (Storytella ; 172)
譯自 : The Good Girl
ISBN 978-957-741-748-0(平裝)

874.57　　112014782

ISBN 978-957-741-748-0
Printed in Taiwan

作　者　瑪麗・庫碧卡
譯　者　吳宗璘
總編輯　莊宜勳
主　編　鍾靈

出版者　春天出版國際文化有限公司
地　址　台北市大安區忠孝東路四段303號4樓之1
電　話　02-7733-4070
傳　真　02-7733-4069
E－mail　bookspring@bookspring.com.tw
網　址　http://www.bookspring.com.tw
部落格　http://blog.pixnet.net/bookspring
郵政帳號　19705538
戶　名　春天出版國際文化有限公司
法律顧問　蕭顯忠律師事務所
出版日期　二〇二四年一月初版

定　價　440元

總經銷　楨德圖書事業有限公司
地　址　新北市新店區中興路二段196號8樓
電　話　02-8919-3186
傳　真　02-8914-5524
香港總代理　一代匯集
地　址　九龍旺角塘尾道64號 龍駒企業大廈10 B&D室
電　話　852-2783-8102
傳　真　852-2396-0050